어느 미혼모의 가슴 아픈 이야기

이 명 수 지음

지성문화사

여자가 사랑에 속았다고 말하면,
사람들은 유행가 가사 같다고 웃는다

남자에게 있어서 여자, 여자에게 있어서 남자는 삶의 목적일 수밖에 없다. 남자 때문에 여자가 존재하고, 여자 때문에 남자가 존재하기 때문이다.

따라서 남자와 여자가 만나는 것은 벌·나비가 꽃을 찾는 것과 똑같은 자연스러움인데, 이 만남에서 인간의 역사가 이뤄졌다.

인간의 역사에는 빛과 그림자처럼 사랑의 기쁨과 슬픔이 공존해 왔다. 사랑의 테마가 영원하듯이 사랑의 비극도 계속되어 왔고, 앞으로도 계속될 것이다.

인간은 마음과 육체로 이뤄져 있다. 그렇기 때문에 사랑도 정신적인 것과 육체적인 것이 있다. 누구나 알고 있는 플라톤적인 아가페(agape)와 본능적인 에로스(eros)가 그것이다. 보편적인 인간의 사랑은 '아가페+에로스'의 형태를 취하고 있다. 그런데 근래에 와서는 아가페를 경시하고 에로스를 중시하는 사람들이 우후죽순처럼 늘어가고 있다.

물밀듯이 밀려든 서구 문명의 영향 아래 대중 문화는 성의 봉건성에 과감한 도전을 시도한 지 이미 오래이고, 대중 문화와 더불어 성장한 신세대들의 행동 양태는 즐거운 성을 맘껏 향유하려고 하고 있다.

이른바 프리섹스 주의자들이다. 그들은 애정 표현의 절차는 과감히 생략하고 오로지 육체의 환희, 성의 희열을 향해 줄달음질치고 있다.

나는 프리섹스란 말을 생각하면 짐승들의 그것이 연상되어 입맛이 쓰다. 굳이 이유를 들자면 프리섹스에는 별다른 노력이나 인내가 필요하지 않기 때문이다. 암컷이 수컷에게 끌리고, 수컷이 암컷에게 반하여 교미를 하는 것은 개들도 잘하고 있다.

인간은 단순히 짐승이 아닌 이상 인간다운 그 무엇이 있어야 한다. 그 무엇이란 사회 규범과 도덕적 자유를 지키려는 마음이다.

인간의 기본 윤리는 불변하는 신(神)의 뜻이다. 그러므로 시대가 아무리 변했다고 해도 인간의 근본 윤리가 변할 수는 없다. 도도히 흐르는 시대 사조에 의해 도덕이 다소 변질되고는 있지만, 도덕이 변질되었다고 해서 인간의 신체구조까지 변한 것은 아니다.

에로스의 비극은 여기에 있다. 단지 감각적인 쾌락의 산물로 출생하는 사생아들이 극단적인 비극이고, 비열하고도 사악한 낙태 행위의 성행이 비극이다. 어디 그뿐인가. 신의 형벌이라 일컫는 에이즈(AIDS)의 발생이 그렇고, 치정(癡情)으로 인해 파멸한 숱한 사람들이 그렇다.

우리 주위에는 에로스의 비극에 우는 사람들이 흔하고도 흔하다. 나는 그들의 눈물을 너무도 많이 보고 들었기에 다소 야릇한 제목으로, 무척이나 솔직하게 이 글을 썼다. 모럴이 없는 쾌락주의가 인간을 얼마나 타락의 심연(深淵)에 밀어넣는지를 적나라하게 그리려고 노력했다.

어떤 면에서 인간은 심한 조작(造作)에 의해 농락당하는 경우가 많다. 특히 사랑이란 미명 아래 기만당하기를 잘한다.

여자가 사랑에 속았다고 말하면, 사람들은 유행가 가사 같다고 웃는다. 당사자인 여자는 정말 가슴이 찢어지는데 사람들은 재미있어 하며 킬킬거리고 웃는 것이다. 이런 광경은 나와 당신, 그리고 저쪽의 당신 주변에도 흔하디 흔한 이야기이다.

에로스는 남녀를 차별한다. 남자에게는 한없이 관대하고 여자에게는 더없이 비정하다. 영원할 것으로 믿었던 에로스 사랑이 산산이 깨어질 때, 남자는 추억을 갖지만 여자는 지울 수 없는 상처를 갖는다. 그 상처가 여자를 자칫하면 나락으로 추락하게 만들기도 하고, 파멸로 이끄는 수렁이 되기도 한다.

인생은 아무리 열심히 살아도 과실이 따르게 마련이다. 그리고 가장 피하기 힘든 과실이 사랑의 과실이고, 그 결과적인 책임은 몽땅 여자가 뒤집어 쓰는 것이 일반이다.

여자에게는 뱀의 유혹에 넘어가 죄를 저질렀던 원죄(原罪)가 있다. 여성의 내부에는 '유혹받고 싶어하는 심리'가 항상 교활한 뱀의 혓바닥처럼 날름거리고 있다. 그것을 계획적으로 노리고 접근하는 유혹자와 만날 때 온갖 비극은 시작된다.

나는 이 책을 쓸 때 여자의 유혹받고 싶어하는 심리를 교묘하게 자극하는 남자의 유혹법(誘惑法)을 깊이 다루고 싶었다. 그러나 자칫하면 흥미 본위의 억설(臆說)을 농(弄)하는 글이 될 소지가 다분하여 많은 갈등을 했다. 또한 비극적인 사례들을 그림으로써 인간 불신 풍조를 조장하지나 않을까 하는 염려도 있었다.

그러나 실로 현명한 인간은 남의 불행에서 큰 지혜를 배우게 된다는 사실에서 용기를 냈다. 남의 체험을 바탕으로 하여 진실과 위선의 한계를 구별하기를 바라면서……

인간의 사랑은 모름지기 기쁨이어야 하고 행복이어야 한다. 문제투성이의 삶을 끝내는 빛으로 반짝이게 하는 마지막 희망이어야 한다.

사랑의 결실을 행복으로 만들기 위해서는 참과 거짓을 구별하는 안목이 있어야 한다. 가짜 보석에 눈이 현혹되고 마음을 빼앗기는 것을 늘 경계해야 한다.

이 책이 쓰여진 목적이 여기에 있다. 참사랑을 하는 지혜와 진짜 보석을 식별할 수 있는 안목을 독자들에게 전해주기를 바라마지 않는다.

신록이 우거지는 초여름
이 명 수

사냥꾼과 女子의 aphorism

1
여성에게 대항하는 무기는 자상한 마음이며,
마지막 가장 잔혹한 수법은 망각이다.
　　　－곤차로프－

2
여자는 남자의 공격을 처음에는 필사적으로 막으려 들고
그 다음부터는 남자의 퇴각을 필사적으로 막으려 든다.
　　　－오스카 와일드－

3
남자란 최초의 키스는 완력으로 빼앗고, 두번째는 달래면서 얻어내고
세번째 키스는 으스대며 요구하고, 네번째 키스는 태연히 받아들인다.
그리하여 다섯번째 키스는 마지못해 응해주고 그 다음부터의 모든 키스를
귀찮게 받아들이는 변덕쟁이.
　　　－헬렌 로란드－

4
사랑의 말은 넋두리가 많고 길수록 좋다. 여자의 마음이란
결코 돌로 되어 있는 것은 아니니까.
　　　－플라톤－

5
여자의 운명은 맨 처음 키스 때 정해진다.
　　　－모파상－

6
변덕스럽게 연애할 수 있는 능력은 인간을 동물과 구별하는
주요한 특징이다.
　　　－브룬－

7
남성의 욕정은 격렬하지만 일시적이다.
　　　－보봐르－

8
순결에서 과오에 빠지는 사이에는 단 한 번의 키스가 있을 뿐이다.
　　　－아베릭스곤－

차례

사냥꾼과 여자 이야기

제1장

여행길에서 만난 여자들 이야기

지난 해 초여름, 나는 오래도록 근무했던 직장을 그만두고 여행길에 올랐다. 간편한 옷차림에 시원한 밀짚모자, 배낭 하나 둘러메고 집을 나서는 순간, 한없는 자유로움과 막연한 기대감에 가슴이 설렜다.

한 달 정도 여행하고자 생각했기에 일부러 행선지를 정하지 않았다. 서울역에 가서 마음 내키는 대로 가리라는 심사였다.

발걸음도 경쾌하게 뚜벅뚜벅 역으로 걸어가면서 나는 〈사라지는 길손〉이라는 시를 몇 번이고 음미했다.

고무 지우개를 호주머니에 넣고 산책에 나선다.
떠나기에 앞서 아버지도 어머니도, 특히 연인 따위는 말끔히 지워 툭툭 털어버리고는 집을 나선다.
얼마쯤 가다가 되돌아보니
어머니의 눈알만이 희멀건 먹물 같은 공간에 떠올라 나를 노려보기에 달려가 싹싹 지워버린다.

하루는 여자를 지우고
하루는 바보처럼 잠을 잔다.
이제 백 명째 친구를 깨끗이 지워버리고 저녁놀을 향해 여행
을 계속하는 전류처럼 미동(微動)하는 소제 기계 같은 나의 형
태를 보자.
되돌아보아도 으레 풍경은 없다.
지지리도 텅 빈 공간만이 깔려 있다.
…………
요컨대 발꿈치 바로 뒤에서 지구(地球)는 수직으로 허물어진
것이다.
지우개의 찌꺼기가 구름조각처럼 떠 있는 언저리에 소리없이
내리는 비의 은선(銀線)만이 아름답다.
지워버리는 행위로써 나는 무(無)의 공간을 그렸다고 할 수
있을까.

나는 전라선 통일호 열차표를 사면서도 행선지를 정하질 못
했다. 그래서 우선 대전역까지 표를 끊었다. 가다가 마음이 내
키는 곳에서 내리리라는 생각에서였다.
열차표를 손에 넣었을 때야 비로소 나의 여행을 사실로 실감
할 수 있었다. 정말 꿈에서나 그리던 여행이었다.
"즐거운 여행이 되십시오!"
활짝 웃는 얼굴로 손을 흔들어주던 아내의 얼굴이 떠올랐다.
"안녕히 다녀오세요!"
고사리 손을 흔들며 아빠를 전송하던 아이들의 모습이 눈앞
에서 어른거렸다. 나는 그 모습들을 시 속의 길손처럼 지우개

로 싹싹 지웠다. 여행하는 동안만이라도 한없는 자유인이고 싶었기 때문이다. 구름따라 바람따라 흐르는 방랑자이고 싶었다. 평소의 습관적인 관계로부터 철저히 도망치고 싶었다.

열차표를 살펴보니 나한테 지정된 좌석 번호가 3호차 45번이었다. 무심코 숫자를 합해보니 가보(노름판에서 아홉 끗)였다. 마치 노름꾼이 가보패를 잡은 것처럼 웬지 좋은 예감이 들었다. 그것은 나와 나란히 앉아서 여행을 하게 될 46번 좌석의 손님에 대한 기대였다.

'남자일까, 여자일까. 어쨌든지 말이 통하는 사람이었으면 좋으련만……'

나는 나와 동석할 상대를 막연히 생각했다. 여행의 출발이니만큼 이왕이면 젊고 아름답고 상냥한 여성이었으면 좋겠다고 생각했다. 아니면 학식이 해박하거나 경험이 풍부한 노신사라도 괜찮을 것 같았다. 그의 경험담을 듣는 것도 분명 유익하고 즐거운 일이라고 생각했기 때문이다.

기차가 떠나기 바로 직전에 3호차에 올라섰다. 지정 좌석을 찾아가는 나는 마치 맞선보러 나가는 낫살든 노총각처럼 약간 흥분된 심리상태에 있었다.

마침내 지정된 좌석을 찾았다. 그곳에는 이미 젊은 여자 세 명이 수다를 떨고 있었다.

'이크! 이게 웬 행운이야, 완전 꽃밭이군!'

의자를 돌려 얼굴을 마주하고 서로 정답게 이야기를 하는 것으로 보아 일행이 틀림없었다.

나는 좌석에 앉기 전에 배낭을 선반 위에 올려놓으면서 슬쩍 그녀들의 얼굴을 살폈다. 아가씨들임에는 분명한데 나이가 들어보였다. 한 스물일곱이나 여덟쯤 되었을까. 한결같이 청바지에 티셔츠를 입고 있는 옷차림으로 보아 어디 여행이라도 떠나는 모양이었다.

"실례합니다."

나는 가벼운 인삿말을 건네며 비어 있는 나의 좌석에 앉았다. 그녀들은 나의 인사를 받는 둥 마는 둥 자기들의 이야기에 여념이 없었다. 나는 느긋한 마음으로 차창 밖으로 시선을 던졌다.

"민박 할 수 있을까?"

"있겠지 뭐, 요즘 누가 있을라구."

"화엄사에 들렀다가 노고단에 올라가야겠지?"

"아냐, 노고단에 올라갔다 온 후에 천천히 절을 구경하는 편이 나아."

이런 대화에서 나는 그녀들의 행선지를 알 수 있었다. 휴일도 아닌 평일에 지리산을 찾아가는 세 명의 노처녀(?)들, 대체 무얼하는 여자들일까. 그것이 궁금했다.

기차가 수원역을 통과했을 때 이동 판매원이 내 곁으로 다가왔다. 나는 맥주 두 병과 오징어 한 마리를 샀다. 판매원은 모두 일행으로 생각했는지 컵을 네 개 주었다.

"학생들도 한 잔씩 하겠어요?"

나는 잠시 컵을 들고 망설이다가 마주보고 앉아 있는 여자에게 잔을 건네며 소리없이 웃었다.

"주신다면 사양하지는 않겠어요."

얼굴이 호떡만큼이나 둥근 그녀가 옆자리의 친구와 장난스럽게 한번 눈을 맞추고 나서 잔을 받았다. 내가 맥주를 따라주자 그녀가 입을 열었다.

"아저씨, 우리가 학생처럼 보여요?"

"그럼, 학생이 아니란 말예요?"

내가 놀란 표정을 지으며 되묻자 그녀들은 까르르 웃었다.

"호호호……. 그렇다면 제가 몇 살로 보입니까?"

명분을 얻은 나는 그때서야 그녀들의 얼굴을 번갈아 가면서 유심히 살폈다. 호떡 같은 여자 곁의 여자는 약간 마른 얼굴에 금테 안경을 끼고 있었다. 결코 미인이라고는 할 수 없지만, 지성미가 있어 보였다. 그리고 내 곁에 앉아 있는 여자는 체구가 작았다. 단발머리에 하얀 얼굴, 반짝거리는 눈이 아름답고도 귀여웠다.

그들의 얼굴을 유심히 살펴보니 역시, 서른에 가까운, 나이 많은 아가씨들이었다. 얼굴 곳곳에 세월의 흔적이 묻어 있었다. 그렇지만 나는 호떡 같은 여자를 보면서,

"아가씨는 한 스물셋이나 넷 정도……?"

하고 얼토당토 않게 나이를 대여섯 살 정도 후하게 깎아줬다. 그런 후 안경 쓴 아가씨와 단발머리 아가씨의 나이도 비슷하게 깎아내렸다.

"정말로 그렇게 보여요?"

단발머리가 눈을 빛내며 물었다. 그 음성은 기쁨에 넘치고 있었다.

'후훗, 여자들은 어쩔 수 없어.'

나는 그렇게 생각하면서 그녀들을 더욱 기쁘게 해주고 싶었다. 그래서 호탕하게 웃으면서 단도 직입적으로 내 말을 단정지어버렸다.

"하하하……. 맞지요? 모두들 내 눈의 정확함에 놀라고 있을 것입니다. 틀림없지요?"

"……."

그녀들은 말없이 서로의 얼굴을 쳐다보며 의미심장한 미소를 교환했다.

이런 경우 나는 비위가 좋은 편이다. 여자를 만나면 무척이

나 젊게 보아준다. 젊게 말해준다고 해서 절대로 돈 드는 것은 아니니까 인심을 팍팍 쓰는 것이다. 그리고 중요한 사실은, 여자에게 젊어 보인다고 말해서 손해 본 경우는 단 한 번도 없었다는 것이다.

내가 말로 인심을 쓴 덕택인지는 모르지만 우리들은 순식간에 동행처럼 되었다.

"아저씨는 어디까지 가세요?"

"글쎄요?"

호떡이 물었을 때 나는 뒷머리를 긁적였다.

"아니, 여행을 떠나시는 것 같은데 행선지를 정하지 않으셨어요?"

"예, 지금 무작정 떠나고 있는 것입니다. 마음이 끌리는 데로, 발길 닿는 데로……."

나는 맥주를 단숨에 들이켰다. 그리고 나서 금테 안경에게 술잔을 돌리며 슬쩍 말꼬리를 이었다.

"지리산에나 가면 어떨까 생각 중이지만……."

"어머! 그게 정말이세요?"

호떡과 금테 안경이 거의 동시에 외쳤다. 아마 자신들과 행선지가 같기 때문에 그랬을 것이다. 확실히는 모르지만 약간 반기는 것 같았다. 그래서 나는 고개를 끄떡임과 동시에 행선지를 정해버렸다. 마땅히 지리산이었다.

내가 그녀들과 행선지를 맞춘 것은 무어 음흉한 생각이 있어서가 아니었다. 다만 몇 시간이라도 재미있는 이야기를 나눌 수 있겠다는 생각에서였다.

경험론적인 이야기지만, 사실 혼자 여행하는 여자에게는 말을 붙이기가 좀 그렇다. 상대를 잔뜩 경계하는 경우가 많기 때문이다. 그렇지만 여성이 숫자가 많을 때는 곧잘 타인의 접근을 허용한다. 아마 숫자 상의 우세가 마음을 열어놓게 하는 모양이다.

"무얼 하시는 분이세요?"

단발머리가 야금야금 오징어 다리를 씹으며 물었다. 오똑한 콧날과 매혹적인 입매가 나로 하여금 여성을 느끼게 만들었다.

"뭘 하는 사람처럼 보입니까?"

내가 대답을 유보한 채 오히려 되묻자 단발머리는 고개를 갸우뚱했다.

"혹시……, 신문기자?"

내가 긍정도 그렇다고 부정도 하지 않고 웃자 이번에는 호떡이 말했다.

"그림 그리는 사람이 아니면 사진작가 같아요."

나는 잔에 맥주를 따르면서 마냥 웃기만 했다.

"그렇다면 글 쓰는 사람?"

금테 안경이 눈을 가늘게 지릅뜨고 말했다. 그녀들이 나를 보는 이미지는 그러했다. 오랫동안 밥벌이 글쟁이를 한 탓에 직업적인 이미지가 몸에 밴 탓인지도 모를 일이었다.

"참으로 눈이 예리하시군요. 무명의 삼류 작가라고 생각하시면 됩니다."

금테 안경의 말에 나는 긍정하는 뜻으로 고개를 끄떡였다. 그러면서 처음부터 관심을 가지고 있었던 그녀들의 정체가 궁금하여 다시 입을 열었다.

"학생이 아니……."

"선생님의 존함은……."

내가 '학생이 아니라면 무엇을 하는 아가씨들이냐.'고 묻기 위해 입을 열었을 때 단발머리도 거의 동시에 나의 이름을 물었다. 어느새 호칭이 '아저씨'에서 '선생님'으로 변해 있었다.

"오늘부터 내 이름은 없습니다."

내 입에서는 생각지도 않았던 말이 툭 튀어나왔다. 말을 뱉어놓고 곰곰 생각해보니 꽤나 그럴싸했다.

"아니, 오늘부터 이름이 없다니요?"

단발머리가 눈을 동그랗게 떴다. 말을 할 때 살짝 드러나는 매혹적인 입매 속의 석류알처럼 촘촘히 박힌 이가 매우 인상적이었다.

'인형처럼 귀여운 여자다!'

나는 단발머리의 얼굴에 두고 있던 시선을 천천히 가슴께로 옮겼다가 재빨리 하체를 훑었다. 볼륨있는 몸매는 아니지만 아담하고 예뻤다.

"지금 일상의 나로부터 탈출하고 있는 중입니다. 그래서 나를 평가하는 이름에서도 도망치려고 작정하고 있습니다."

"호호……, 역시 글 쓰시는 분이라 뭔가가 다르군요."

"표현이 재미있어요."

호떡과 금테 안경이 한 마디씩 거들었다.

"여행이란 무엇입니까? 저는 묶인 생활의 괄호(( ))를 허무는 일이라고 생각하고 있습니다."

"묶인 생활의 괄호요?"

"그렇습니다. 사실 많은 사람들, 특히 도시인들은 여행을 금지당하고 있습니다. 어떤 의미에선 일상의 틀에 자유를 저당잡히고 살고 있다 해도 과언이 아닐 것입니다."

그녀들은 진지하게 내 말을 경청하면서 가끔 고개를 끄떡였다. 대화의 주도권을 잡은 나는 부지런히 머리를 굴려 생각을 가다듬었다.

외모에서 풍기는 이미지로 보아 고등교육을 받은 여자들 같았다. 모두들 명랑하고 활달하지만 마구잡이로 놀아먹는 여자들 같지는 않았다. 그렇기 때문에 나는 좀더 고상한 표현을 써서 이야기함으로써 그녀들의 환심을 사고 싶었다.

"자유 의지를 가진 인간이 틀에 얽매여 살아간다는 것……, 그 속박 속에는 수많은 인간적인 고뇌와 갈등이 생길 수밖에 없는 것입니다. 그렇지 않습니까?"

나는 대화의 맥을 슬쩍 금테 안경에게 넘겼다.

"맞아요. 선생님의 말씀처럼 훌쩍 모든 일에서 도망치고 싶을 때가 많아요. 일상이란 문제의 연속이니까요."

"일상이란 문제의 연속……. 아주 적절한 표현입니다. 아가씨들은 무슨 일을 하고 계십니까?"

나는 호떡에게 시선을 옮기며 재빠르게 그녀들의 정체를 파고들었다.

"저는 공무원이고, 이 친구들은 사회봉사단체에서 일하고 있습니다."

"사회봉사단체라면……, 좀더 구체적으로 말해주실 수는 없습니까?"

나는 단발머리에게 시선을 돌렸다.

"미혼모(未婚母)들을 돌봐주는 일입니다. 상담도 해주고요."

"아하, 그렇군요. 처음 본 순간에 어쩐지 정답고 따뜻한 느낌을 받았었는데, 역시 그 일과 무관하지는 않군요."

나는 '어쩐지 정답고 따뜻한 느낌'이란 말을 강조했다. 그녀에게서 받은 인상을 어떤 형식으로든 표현하고 싶었었는데, 그런 기회를 포착했던 것이다.

'미혼모를 돌봐주는 일을 하고 있다. 그렇다면…….'

나는 부쩍 호기심이 동했다. 실무자의 입을 통해 미혼모들의 이모저모를 피부로 느낄 수 있을 것 같았다. 구상만 잘하면 한 편의 소설 소재를 얻을지도 모른다는 생각이 뇌리를 스쳤다.

"기회가 닿는다면 그곳의 일을 진솔하게 듣고 싶군요. 가능하겠습니까?"

나는 이 기회를 틈타 단발머리와 차후에 만날 수 있는 계기를 마련해두고 싶었다. 정말이지 미혼모들의 이렇고 저런 사연들을 알고 싶었다.

"작품 소재를 얻기 위해서인가요?"

"꼭 그렇다고는 할 수 없지만……, 그런 뜻이 전혀 없는 것은 아닙니다. 그리고 그런 핑계로 아가씨들 같은 미녀들을 다시 만나고도 싶고요. 하하하하……."

나는 본심을 말하고 나서 필요 이상으로 크게 웃었다. 그리고 곧바로 여행 노트의 첫페이지를 펴주며 볼펜을 건넸다. 연락처를 적어달라는 의미였다.

엉겁결에 노트와 볼펜을 받아든 단발머리는 잠시 첫 페이지에 쓰여진 글을 읽기 시작했다.

마침내 또 다른 나를 만나기 위해 떠난다.

묶인 생활의 괄호 속에서 적잖은 위선의 탈을 쓰고 살아야했던 나를 버리고, 이제 나의 내면 속에 숨어 있는 본모습을 찾기 위해 떠나려 하고 있다.

혼자서 떠나는 여행이야말로 가식과 위선으로부터의 해방이 아닌가!

이번 여행에 애써 의미를 부여하지는 말자. 작품 소재를 찾는다는 둥의 거창한 명분일랑 깡그리 잊어버리자. 그저 표박(漂泊)하면서 쉬자. 잠이 오면 맘껏 자고, 술이 마시고 싶으면 코가 삐뚤어지도록 마시자. 그리고 마음에 맞는 아름다운 여인이라도 만나게 되면 살떨릴 만큼이나 멋진 연애라도 하는 것이 좋지 않겠는가!

진정한 여행에는 계획은 불필요한 것이리라.

여행의 기쁨은 해방되는 기쁨이며, 여행의 의미는 미지의 것으로의 표박에 있을 테니까.

표박의 여행!

표박의 여행에는 항상 명확하게 붙잡기 어려운 노스탤지어(nostalgia : 향수)가 있어서 더욱 좋은 것이리라.

맘껏 향수에 젖어 호연지기(浩然之氣)를 기르리라.

서울이여, 안녕!

나는 적어도 한 달 동안은 너를 버릴 것이다.

너를 잊을 것이다.

너를 생각하지 않을 것이다.

열차 시간을 기다리며 커피숍에서 끄적거려 놓았던 낙서였다. 그것을 읽은 단발머리는 알듯 모를 듯한 미소를 지으며 그 낙서 밑에 전화번호와 이름을 적었다.

김솔향(金率香)!

귀여운 외모만큼이나 향맑은 이름이었다. 나는 그 이름을 몇 번 되뇌이며 호떡과 금테 안경의 이름도 물었다.

금테 안경은 최금란(崔金蘭), 호떡은 박호순(朴昊順)이었다. 호떡의 이름을 듣는 순간 나도 모르게 웃음이 터져나왔다. 거꾸로 읽으면 '순호박'이 되기 때문이었다.

"왜 웃으세요?"

박호순이 물었다. 나는 그 사실을 그대로 말할 수 없어 되는대로 둘러댔다.

"나의 작품 속에 박호순이라는 이름의 돈키호테 같은 남자가 있어서입니다."

"어떤 작품인데요?"

"아직 미발표 작품이라 제목을 확정하지는 않았습니다."

"재미있을 것 같은데, 어떤 내용입니까?"

"하하……, 궁금증을 저축해두십시오. 나중에 책이 출간되면 드리겠습니다."

이번에는 그녀들이 맥주 세 병과 마른 안주를 샀다. 우리 네 사람은 술잔을 주거니 받거니 하며 정담을 나누었다. 말문이 트인 여자들의 입담은 지칠 줄을 몰랐다. 화제가 이리저리 옮겨다니며 춤을 췄다. 자기네들끼리 이야기하다가도 불쑥불쑥 내게 질문을 던졌다.

"혼자서 한 달 동안이나 여행을 다니시려면 외로울 때도 있겠네요."

"물론 그럴 수도 있겠지요. 그러기에 멋진 연애라도 하겠다는 것이 아닙니까. 하하하……."

조치원역을 지나면서부터 나는 의식적으로 대화에 유머를 섞기 시작했다. 괜히 체면을 세우려고 도덕군자인 양 했다가는, 나중에 될 일(?)도 그르칠 수가 있기 때문이었다.

적당히 나이를 먹은 여자들이라 은근한 유머도 이해했다.

"호순 씨!"

"네?……."

"호순 씨는 남자들에게 매우 인기가 있겠어요."

"네에? 아녜요, 선생님."

박호순은 말로는 부정을 했지만 가장 즐거운 표정을 지어보였다. 사실 그 말은 김솔향에게 묻고 싶었던 말이었다. 그런데 엉뚱하게도 박호순에게 표적을 돌린 것이었다.

"남자들은 호순 씨 같은 유형의 여자를 좋아하는 법이지요. 뭐랄까……, 비유해서 말하자면……."

나는 약간 뜸을 들이며 박호순의 얼굴을 유심히 살폈다. 유난히 동그란 얼굴을 제외하면 다른 특색은 별로 없었다. 굳이 특색을 찾자면 얼굴만큼이나 동그랗게 보이는 눈매가 야릇하다고나 할까. 겨우 추녀(醜女) 소리를 듣지 않을 정도였기에 웬지 편안한 느낌을 주기도 했다.

"······."

박호순은 상체를 약간 내밀고 나의 다음 말을 기다렸다. 무슨 말을 해야 할지 애매하기 그지없었다. 미인이 아닌 여자에게 아름답다 말하는 것은, 자칫 그녀를 모독하는 말이 될 수도 있다.

"호순 씨의 눈 속에는 뭔가 깊은 사연이 담겨 있는 것 같습니다. 눈매가 야릇하다는 것은 여성의 좋은 매력이지요."

나는 박호순의 눈을 지그시 지켜보면서 그녀가 가지고 있는 약간의 개성을 지적했다. 그러면서 다시 말을 이었다.

"홀가분해보이면서도 통일된 미를 연상케하는······, 그래서 아주 편안한 느낌을 줍니다. 부드럽고 따뜻한 마음씨가 외모에 드러난다는 것처럼 좋은 매력이 어디 있겠습니까."

나는 되는 대로 시부렁거리면서 박호순의 안색을 살피는 것을 잊지 않았다. 그녀는 내 말이 적잖이 흡족한 모양이었다.

"못생긴 여자에게는 개성을 지적해주는 것이 효과가 있는 것이라구."

플레이보이 기질이 농후했던 어떤 친구가 술자리에서 했던 말이 불쑥 떠올랐다.

"여자들이 떼지어 있으면 그 중에서 가장 못생긴 여자를 집중 공략하라구. 관심을 보이고, 추켜 올리라는 말이지."

그 순간 나도 모르게 그 친구의 말을 실행하고 있었다. 혹시나 했는데 역시나 였다. 경험이 풍부한 사람의 말을 잘 들으면 결코 손해는 없다는 사실을 새삼스럽게 느꼈다.

"어디 수상 좀 봅시다."

나는 내친 김에 과감한 시도를 했다.

"어머, 손금도 보세요?"

"잘은 못 보지만 관심이 많아서 대충은 봅니다. 글을 쓰자면 역학(易學)이나 관상학에도 지식이 필요한 법입니다."

"그렇다면……, 잘 좀 봐주세요."

박호순은 자신의 바지에 손바닥을 싹싹 닦은 후 손을 내밀었다. 포동포동한 손이었다. 살결은 무척이나 보드라웠다.

"부잣집 따님이시군요?"

"어머!"

"부모님으로부터 유산을 많이 물려받겠어요. 그런데 가끔 두통과 불면증에 시달리는 경우가 있지요?"

"어머머! 그런 것도 손금에 나오나요?"

"그렇지요. 운명선과 태양선이 손바닥의 한복판으로부터 중지를 향하여 뻗어 있는 것이 바로 육친의 혜택에 의한 물질운을 나타내는 것입니다. 그리고 지능선이 흐트러진 모양을 보니 두통과 불면증에 시달린다는 것을 알 수 있습니다."

나는 수상(手相)에 대해서는 잘 모르지만, 그 정도는 주워들은 풍월로 알 수 있었다. 그러나 더이상의 말을 하면 나의 엉터리가 탄로나기 때문에 입을 다물었다.

"솔향 씨도 한 번 봅시다."

나는 최금란의 손금을 대충 봐주고 나서 마지막으로 김솔향의 손을 잡았다. 손을 잡는 순간 찌르르르한 전기가 통했다.

손금은 썩 좋지가 못했다. 특히 결혼선에 사별(死別)의 상이 나타나 있었다.

"솔향 씨는 심각한 고민이 있군요?"

나는 손금을 보다 말고 그녀와 눈을 맞췄다.

"예에……?"

"보기와는 달리 성미가 급하신 편인데요. 조급한 그 성미를 고쳐야……."

나는 그녀의 손을 잡고 있는 내 손에 약간의 힘을 주면서 말했다. 그녀가 성미가 급한지 급하지 않은지는 나로서는 잘 모르는 일이었다. 그러나 아무리 태평스러운 사람이라도 성미가 없는 사람이 어디 있겠는가. 한 달에 한 번 화를 내더라도 스스로는 그 일을 놓고 말하는 것이 아닌가 하고 생각하는 것이 인지상정이다.

"차조심을 하셔야겠어요. 그리고 너무 욕심을 부리지는 마십시오."

나는 약간 침통한 어조로 말했다. 이것은 한 수법으로써 당신을 염려하고 있다는 것을 전하기 위함이었다. 물론 나의 말은 추호도 빗나간 말은 아니었다. 시쳇말로 '인명재차(人命在車)'라고 하듯이 차조심을 해야 하는 것은 당연하다. 또한 사람치고 금전욕, 명예욕, 색욕 등의 욕심이 없을 턱이 없다. 그 욕심이 과하면 늘 문제가 생기기 때문에 욕심을 자제하라고 한 것이다.

구례역에 내렸을 때는 오후 6시가 조금 넘은 시간이었다. 서울을 출발할 때는 맑고 화창한 날씨였는데, 구례 땅은 여자의 살결만큼이나 부드러운 이슬비가 내리고 있었다.

우리는 택시를 타고 화엄사로 들어가서 상가 지구의 어느 민박에 여장을 풀었다. 그녀들의 방과 나의 방은 곧바로 맞붙어 있었다.

"곧 날이 저물텐데 식사부터 합시다."

우리는 민박집 주인에게 우산을 빌렸다. 최금란과 호떡, 아니 박호순이 함께 우산을 썼고 나와 김솔향이 한 우산을 썼다.

"솔향 씨와 이렇게 한 우산을 쓰고 걸으니 마치 연인처럼 느껴지는데요."

"호호호……. 저도 같은 느낌입니다."

"그렇다면 저처럼 가슴이 두근두근거리고 머리도 아찔아찔하십니까?"

"정말 그 정도예요?"

"그렇다마다요. 으하하하……."

우리는 다정한 연인처럼 농담을 주고받으며 이슬비 속을 걸었다. 민박집은 상가와 오백여 미터쯤 떨어져 있었다. 아스팔트는 비에 젖어 먹구렁이의 몸뚱아리처럼 검게 반짝거렸다.

"어머, 불쌍해라!"

김솔향이 흠칫 놀라며 걸음을 멈추었다. 아스팔트의 곳곳에는 개구리들이 짓뭉개져 죽어 있었다. 논에서 아스팔트로 뛰어 내려왔다가 차에 치어 죽은 모양이었다.

"하핫, 이런 것을 가지고 뭘 그렇게 놀라십니까?"

나는 그녀의 등에 슬쩍 손을 대고 밀었다. 아직은 어색하기 그지없지만, 기회를 보아 그녀의 신체를 만질 수 있는 것이 나의 가슴을 설레이게 만들었다. 때를 맞추어 주듯 비가 내리는 것도 어떤 행운감을 느끼게 했다.

그러나 바로 등뒤를 최금란과 박호순이 따르고 있었기에 신체접촉을 계속할 수는 없었다.

"떨어져요, 떨어져!"

"이거 질투나서 못 따라 가겠네요. 얘, 솔향아. 나하고 자리를 바꾸자."

뒤를 따르던 여자들이 키들거리며 놀려댔다. 그때마다 나는 짐짓 더 바짝 김솔향에게 다가섰다. 용기를 내어 그녀의 어깨에 팔을 두르기도 했다. 그녀도 나의 장난 아닌 장난(?)에 적극 동조를 했다.

"선생님!"

"네……!"

등뒤에서 박호순이 불러 고개를 돌렸다. 그녀의 야릇한 눈매
가 더욱 야릇해지며,

"선생님은 여자 관계가 많겠지요?"

하고 물었다.

'저 여자가 어떤 의도로 이런 말을 묻는가.'

나는 약간 가슴이 뜨끔했지만,

"하하하, 어째서 그런 생각을 하셨습니까? 내가 천하의 난
봉꾼으로 보인다 그 말씀인가요?"

하고 교묘하게 역습했다. 이런 경우에 정색을 하고 부정을 하
거나 그게 아니라고 해명을 하게 되면 더욱 난처해지기 때문이
었다. 아니나다를까.

"아이, 선생님도……. 난봉꾼이라기보다도, 연애의 경험이
많으신 것 같다는 말이지요."

"엎어치나 메어치나 결국은 마찬가지 말이 아닙니까?"

"오해는 마세요. 선생님께서 우리와 너무 자연스럽게 어울려
서 해본 소리예요."

도리어 박호순이 변명하기에 급급했다. 나는 속으로 킥킥 웃
었다. 그리고 나서 보란 듯이 김솔향의 어깨에 팔을 두르며 익
살스럽게 말했다.

"이왕 바람둥이로 낙인이 찍혔다면, 바람이나 피우고 낙인이
찍혀야겠습니다."

남자들이란 여자 문제에 있어서만은 영원히 어리석은 방황자
(彷徨者)인가. 이것은 영웅호걸이거나 촌부야로(村夫野老)이거
나 별로 다를 바가 없을 것 같다.

아니다. 간혹 가다가 서화담(徐花潭)같은 별종(別種)이 전혀 없는 것도 아니다.

내 언제 신이 없어 임을 언제 속였관데
월침 삼경에 올 뜻이 전혀 없네
추풍에 지는 잎소리야 낸들 어이하리오.

미모와 재능을 겸비했던 그 콧대높고 당당한 황진이(黃眞伊)! 그녀가 그리움을 가득 담은 시조로써 서경덕을 유혹했지만, 그는 얼마나 꿋꿋한 자세로 미녀의 연정을 거부했었던가. 그러나 어찌 생각하면 서경덕은 일세기에 한 사람쯤 있을까 말까 한, '모랄리스트'를 가장한 위선자(僞善者)가 아니었을까. 나는 그렇게 생각하는데 다른 사람은 어떻게 생각할는지 모르겠다.

어쨌든 미녀의 유혹에 강할 수 있는 남자를 찾기보다는 명사십리 백사장에 묻힌 백원짜리 동전을 찾는 것이 더 쉬운 일일 것이다. 이런 이유를 놓고 볼 때 내가 김솔향에게 마음이 끌리고 있다고 해서 조금도 나무랄 일은 못 된다. 마음이 끌리는 여자와 한 우산을 쓰고, 몸을 맞대고 걸으면서 아무런 감흥도 느끼지 않는다면, 살아 있는 송장과 무엇이 다르겠는가.

"솔향 씨는 연애해본 일이 있어요?"

나는 계속 김솔향의 어깨에 팔을 두르고 걸으면서 체면불구하고 그런 말을 물어보았다. 그러자 그녀는 나를 올려다보며 모나리자 미소를 지었다. 그 미소를 보는 순간 나는 솔직히 말해서 황홀한 행복감을 느꼈다.

"연애요? 글쎄요……."

김솔향은 알쏭달쏭한 말을 했다. 연애를 했다는 얘기인지 안

했다는 얘기인지 나로서는 알 수가 없었다. 그러자 그것이 무슨 문제가 되랴. 그녀가 어디에서 어떻게 굴러먹은 개뼈다귀인들 나와 무슨 상관이 있겠는가.

"이상하군……."

내가 약간 고개를 갸웃거리며 혼잣말을 했을 때 그녀는,

"뭐가요?"

하고 눈빛을 반짝였다.

"아무래도 이상해!"

나는 다시 한 번 그 말을 내뱉으며 하늘을 보았다. 산으로 둘러싸여 있는 곳이어서일까. 아니면 비가 내리기 때문일까. 어느새 회색빛 어둠의 장막이 내리고 있었다.

흘끔 뒤를 돌아다보며 최금란과 박호순은 저만치쯤 떨어져 뭔가 서로의 이야기에 여념이 없었다.

"뭐가 이상하단 말씀이세요?"

재차 물었을 때 나는 그녀의 귓전에 입을 바싹 갖다대고 속삭였다.

"이런 기분 처음이야."

그녀는 이 말에 뺨을 붉혔다. 그리고 아무 말도 하지 않고 걷기만 했다.

'아차, 내가 너무 노골적이었나.'

나는 그녀의 옆얼굴을 조심스럽게 살피며 잠시 후회했다. 이때 불쑥 플레이보이 친구의 음성이 귓전을 파고들었다.

"연애를 하려거든 용기가 필요하다는 것을 명심하라구! 설혹 난폭하고 좀 파렴치한 것 같더라도 하나에서 열까지 용기가 필요한 거야. 뻔뻔해지라구. 달콤하게 속삭이라구!"

나는 플레이보이 친구의 말을 반신반의했다. 노골적으로 유혹했다가 거절당하는 것처럼 부끄러운 일은 없을 듯했다. 그러

나 나는 애써 뻔뻔해지려고 노력했다.

"이상하지?……."

내가 다시 그런 말을 꺼냈다. '뭐가요?'할 줄 알았는데 그녀는 아무런 말도 하지 않았다.

'이거 정말 토라졌나?'

나는 그녀가 무슨 생각을 하고 있을까를 한참 동안이나 생각했다. 그러나 아무리 생각해도 알 것도, 모를 것도 같았다.

식당은 텅 비어 있었다. 손님이라고는 우리 네 사람 뿐이었다. 우리는 산채밥과 동동주를 시켰다.

"우리의 만남을 위하여 건배합시다."

내가 건배를 하자 모두들 서슴없이 술 사발을 들었다. 김솔향도 나를 보고 고혹적인 미소를 지었다. 그 순간 나는 한없이 가슴이 떨렸다. 잠시 그녀의 의중을 알지 못해 가슴을 태웠던 것이 일순간에 사라져버렸다.

"우리의 만남을 위하여!"

"위하여!"

우리는 쩅 소리가 나도록 술잔을 부딪혔다. 나는 꿀꺽꿀꺽 단숨에 술을 들이키고 나서 도라지무침을 우걱우걱 씹었다.

"선생님께서는 약주를 잘하시는 것 같아요."

최금란이 술잔을 반쯤 비우고 나서 말했다.

"하하하, 글쟁이 치고 술을 못 마시는 사람이 어디 있습니까? 저는 대단한 술 예찬론자입니다."

"제 술 한 잔 받으세요."

김솔향이 나의 빈 잔에 술을 가득 채웠다. 그녀의 일거 일동에서 나는 이루 형용하기 어려운 매력을 느꼈다.

"술! 얼마나 매력적인 음식입니까?"

나는 여기서 일단 말을 멈추고 다시 술 반 잔 정도를 마셨다.

그런 후에 다시 말을 이었다.

"사람이 만나서 말입니다요, 차를 백 잔을 마셔도 여전히 거리감이 있게 마련이지요. 그런데, 그런데 말입니다요, 단 한 차례의 술자리를 갖게 되면 거리감이 없어진다 이말입니다."

나는 술에 대해서 말을 하라면 족히 일박 이일 동안을 쉬지 않고 말할 자신이 있다. 술에 얽힌 문인들의 에피소드를 많이 알고 있고, 동서양의 유명한 주당들의 재미있는 일화와 유머도 무궁무진하게 풀어 먹을 수 있었다.

나는 내로라 하는 문인들과 관련된 술 이야기를 많이 했다. 특히 여류 문인들의 실례를 많이 들었는데, 그녀들은 나의 이야기를 듣는 것이 무척이나 즐거운 모양이었다.

평상시에 남자가 유명인의 이름을 들먹거리며 자기가 그 사람과 밀접한 관계가 있는 것처럼 행세하면 저절이 된다. 그런 경우는 제 자신에게 자신감이 없고, 내세울 건덕지도 없으니까 꾸며대는 허세에 불과하기 때문이다.

그러나 술자리에서는 곧잘 그런 것이 통용된다. 사정없이 뻥튀기를 해도 별로 탓하지 않는 것이 술자리의 인정이다.

시간이 얼마나 흘렀는지 몰랐다. 술병이 몇 병이나 비워졌다. 거의 반은 내가 마셨지만 그녀들도 꽤나 많은 양의 술을 마셨다. 발갛게 달아오른 얼굴이 보기에도 좋았다.

"아저씨, 노래 한 곡조 뽑아도 되겠습니까?"

"그러시죠 뭐."

나는 식당 주인의 양해를 얻고 나서 자리에서 일어섰다.

"우와, 멋쟁이 아저씨!"

"앵콜이요, 앵콜!"

내가 노래를 부르기도 전에 그녀들은 환성을 지르며 박수를 쳤다. 식당 주인 내외도 푸닥거리 기다리는 아이처럼 흥미로운 눈길을 나에게 보냈다.

"여러분은 행운녀들입니다."

나는 노래를 부르기에 앞서 일장 괘변을 토해냈다.

"왜냐하면 천하에 둘도 없는 카수의 노래를 듣게 되었기 때문입니다. 촉촉히 비도 내리는데 제발 감기에 걸리지 마시기 바랍니다. 제발제발 부탁이지만, 내 노래에 취해 팬티와 브래지어를 벗어던지지는 마십시오."

"호호호……."

"호호호, 그렇게 노래를 잘하세요?"

호떡이 텅텅 식탁을 치며 웃었다.

"암요, 나는 노래 잘하는 것 빼면 내세울 것이 없습니다."

"어디 한번 들어 봅시다."

식당 아저씨가 재촉했다. 그때서야 나는 동동주병을 마이크 삼아 나의 십팔번을 뽑았다.

황막한 광야를 달리는 인생아
너는 무엇을 하려고 왔느냐
쓸쓸한 세상 험악한 고해에
너는 무엇을 하려고 하느냐

녹수청산은 변함이 없건만
우리 인생은 다달히 변한다
이래도 한세상 저래도 한평생
돈도 명예도 사랑도 다 싫다.

솔직히 말해서 나는 노래를 못한다. 겨우 음치를 면할 정도인데, 술이 거나하게 취하면 노래가 하고 싶어 입이 근질거린다. 그래서 가사도 정확히 알지 못하는 유행가를 흥얼거리는 버릇이 있다.

"짝짝짝짝……."

"앵콜이요, 앵콜!"

"오빠!"

내 노래가 끝났을 때 모두들 요란스레 박수를 보내주었다. 술에 취하고 분위기에 취해서일 것이다.

내가 먼저 노래를 뽑았기에 자연스레 식당은 유흥의 장소로 탈바꿈했다. 여자들은 물론이요, 식당 주인 아저씨와 아줌마까지 합세하여 어깨를 들썩이며 노래를 부르고 술을 마셨다.

참으로 흐뭇한 시간이었다. 여행에 나서면 누구라도 들뜨기 마련이어서 누군가 분위기를 잘 잡기만 하면 흥겹게 어울릴 수 있는 것이다.

식당을 나왔을 때는 11시가 거의 다 된 시간이었다. 세찬 빗줄기가 수직으로 떨어지고 있었다.

"선생님 덕분에 참으로 즐거운 시간을 보냈습니다."

김솔향이 바싹 내 곁으로 다가서며 입을 열었다. 작은 우산이었기 때문에 바싹 밀착하지 않으면 쏟아지는 비에 옷이 젖기 때문이었으리라.

나는 자연스럽게 그녀의 허리에 손을 둘렀다. 칠흑 같은 어둠 속이라 호떡과 금테 안경의 눈을 의식할 필요도 없었다.

"취하는 것 같아요."

그녀는 내 어깨에 머리를 기댔다. 불규칙한 숨결이 내 피부로 전해져왔다. 그 숨결을 느끼는 순간 나는 눈앞이 아찔해오는 것을 느껴야 했다. 다리가 후들후들거려 제대로 걸을 수도 없었다.

"용기가 필요하다. 때를 놓치지 말고 공략하라!"

플레이보이 친구가 그렇게 말하는 것 같았다. 나는 그 환청의 말에 용기 백배하여 눈을 찔끔 감았다. 두근거리는 가슴을 지그시 내리누르며 떨리는 손을 조심스럽게 옮기기 시작했다.

이윽고 그녀의 옆구리에 있던 내 손이 그녀의 히프 쪽으로 스르르 미끄러지기 시작했다. 대단한 서행(徐行)이었다. 옆구리에서 히프의 봉우리 사이는 불과 이십 센티미터도 못 될 것이었다. 마음을 굳게 먹는다면 0.01초도 걸리지 않겠지만, 이런 점에 있어서만큼은 소극적인 나의 성격을 탈피하질 못하고 있었다.

아무리 험한 고갯길을 올라간들 이렇게 힘이 들까. 이렇게 숨이 찰까. 이렇게 가슴이 요동칠 수 있을까.

뜨거운 커피 한 잔을 입으로 불어가며 천천히 마실 정도의 시간이 지났을 때서야 나의 손은 히프의 정상에 올라설 수 있었다.

아아! 탱탱한 히프여!

나는 그녀의 히프를 조심스럽게 어루만지면서, 흡사 도둑질을 하는 사람처럼 가슴을 두근거렸다. 자칫 잘못하면 그녀가 불처럼 화를 내거나 아니면 따귀를 올려붙이는 상황도 배제할 수는 없기 때문이었다.

따귀를 맞는다 한들 할 말이 있을 수가 없었다. 입이 하마만큼이나 크다 한들 변명의 여지도 없을 것이었다.

그러나 그런 불상사는 끝내 일어나지 않았다. 술에 취해 그녀의 히프가 둔감해진 탓일까. 그녀는 엉덩이를 이리저리 씰룩거리면서도 나의 손을 거부하지는 않았다.

'이 여자가 나의 유혹을 받아들이겠다는 이야기인가! 그렇다면…….'

나는 좀더 대담해지고 싶었다. 밑져야 본전, 아니 따귀 한

대 정도는 맞겠지만 그것을 불사할 생각이었다.

김솔향은 눈에 드러날 정도로 비척거리고 있었다. 취한 몸을 가누기 위함인지 빈번히 내 어깨를 잡은 손에 힘을 주곤 했다. 나는 히프를 쓰다듬던 손을 다시 허리로 옮겨 힘을 주어 바싹 내 곁으로 끌어들였다. 아담한 몸뚱이가 꽉 밀착되는 순간 나는 그녀 쪽을 향해 슬그머니 고개를 돌렸다. 어둠 속이라 그녀의 윤곽은 뚜렷하지가 않았다. 그녀의 얼굴에 닿도록 고개를 숙였다. 강한 여자 냄새가 콧속을 파고들었다.

나는 그녀의 귓덜미에 입술을 갖다대고 가쁜 숨결을 불어넣었다. 느낌일까. 갑자기 그녀의 귓덜미가 뜨겁게 달아오르는 것 같았다.

이제는 아무런 생각이 나질 않았다. 허울 좋은 이성(理性)으로 달아오른 본능적인 감정을 억제하기에는 한계가 있었다.

그녀의 귓덜미를 공략한 나의 입술이 옮겨갈 다음 장소는 매혹적인 입술이었다. 그 입술 속에는 석류알처럼 촘촘히 박힌 이가 보석처럼 반짝거리고 있을 것이었다.

석류알을 연상하자 입에 군침이 가득 고였다. 나는 침을 꿀꺽 삼키고 나서 그녀의 뺨을 더듬었다.

그때였다. 우리의 곁을 두 눈에 도깨비 불을 켠 택시 한 대가 쏜살처럼 지나갔다.

"아차차!"

앞서 걷던 박호순이 화들짝 놀라며 소리쳤다. 빗물이 튀어 옷을 적신 것이었다. 그 바람에 나의 어깨에 머리를 기대고 있던 김솔향도 자세를 바로했다.

저쪽에 민박집 앞에 세워져 있는 가로등이 눈에 들어왔다. 이제 우리들의 윤곽도 가로등 불빛 아래 드러나 있었다.

'망할 놈의 택시같으니라구!'

나는 화가 머리끝까지 치밀어올랐다. 저만치 멀어진 택시의 지시등을 향해 몇 번이고 주먹총을 먹였다. 남의 흥을 깨도 유만부동, 다 된 밥에 재를 뿌린 격이었다.

"선생님, 편히 쉬세요!"

"오늘은 정말 즐거웠어요."

최금란과 박호순이 그런 말을 하며 자신들의 방문을 열었다.

"좋은 꿈들 꾸세요."

나는 얼굴에 웃음을 띄웠다. 웬지 나의 음성이 내 귀에도 어눌하게 들렸다.

"그만 쉬세요!"

김솔향이 목례를 하고 나를 올려다보았다. 무척이나 검은 눈동자가 강렬하게 반짝거리고 있었다. 나는 말없이 그녀의 눈을 마주했다.

'당신과 함께 밤을 보내고 싶소!'

나는 나의 내부에 요동치는 염원을 말없이 눈동자에 담으려고 노력했다.

'기다리고 있겠소!'

거듭 텔레파시를 보냈다. 그녀의 검은 눈은 더욱 검어지며 눈빛이 흐려졌다.

그녀들이 방으로 들어가자 나는 다시 밖으로 나왔다. 느티나무집 구멍가게 앞에 공중전화기가 있었다.

담배를 한 갑 사고 지폐를 백원짜리 동전으로 바꿨다. 서울 집의 전화번호 버튼을 눌렀다. 발신음이 세 번 울린 후에 수화기 저편에서 목소리가 들려왔다. 아내였다.

"여보세요!"

"접니다."

"어머, 당신! 지금 어디세요?"

"구례 화엄사예요. 애들은 잡니까?"

"예, 왜 아빠가 안 오냐고 칭얼대다가 잠들었어요."

여행 중에는 생각지 않으려 했건만 아내와 아이들의 모습이 눈앞에 선했다. 재잘대는 목소리가 귓전에 쟁쟁했다. 하루도 지나지 않았는데, 가정을 생각하는 것이 가장의 마음이런가.

"집 걱정은 마시고 부디 몸조심하세요. 즐거운 여행을 하시고요."

동전이 떨어져서야 전화를 끊었다. 아내의 모습과 김솔향의 모습이 오버랩되었다. 나는 도리질을 하며 오늘 밤의 행위에 대한 양심의 가책을 느꼈다.

'여보, 미안하구려……!'

진실로 아내에게 미안했다. 아내는 내가 이렇게 지내고 있으리라고는 꿈에도 생각지 않을 것이다. 자신의 남편만큼은 절대 허튼 짓거리를 하지 않으리라고 믿고 있을 것이다.

실로 나는, 표면적으로는 모범적인 남편이면서도 속을 파고들면 악질적인 불량 남편인가. 그럴지도 모른다. 그것은 양심의 가책을 느끼면서도 김솔향에 대한 생각을 떨치지 못하고 있기 때문이다.

소주 한 병과 마른안주를 사들고 민박집으로 돌아왔다. 그녀들의 방에서 나직한 말소리가 흘러나오고 있었지만, 빗소리에 묻혀 무슨 소리인지 알아 듣기 힘들었다.

내 방으로 들어온 나는 옷을 갈아입고 앉아 술병을 깠다. 동동주를 꽤나 많이 마셨는데도 술기운이 어디론가 사라져버린 것이 이상했다. 아마 망할 놈의 택시 때문에 흥이 깨졌기에 덩달아 술도 깨게 되었는지도 모른다.

소주 한 잔을 목구멍에 털어 넣자 김솔향이 눈앞에서 조용히 웃고 있었다.

또 한 잔을 마셨을 때 그녀는 내 앞에 다소곳이 앉았다.

다시 또 한 잔을 마셨을 때 그녀는 지그시 눈을 감고 입술을 앞세운 얼굴을 내 쪽으로 내밀었다. 눈을 감고 얼굴을 내미는 그녀, 무슨 뜻일까.

네 잔째의 술은 찔끔찔끔 마셨다. 술 맛이 달콤하기도 했고 새콤하기도 했고 야릇하기도 했다. 나는 떨리는 가슴을 애써 진정하며 그녀의 입술을 더듬었다.

다섯 잔째의 술은 급히 비웠다. 그러자 그녀는 비스듬히 자리에 누웠다. 짧은 치마 밑으로 쭉 뻗은 각선미가 무척이나 아름다웠다.

나는 여섯 잔째의 술을 따라놓고 그녀의 다리를 어루만지기 시작했다. 그녀의 매끈한 다리는 깎아놓은 사과의 속살처럼 사각거렸다.

하마터면 술잔까지 목구멍에 털어넣을 뻔했다. 나의 숨결은 대책없이 가빠지면서 몸의 한 부분이 묵직해졌다. 이제는 더이상 참을 수 없었다.

술병의 술은 바닥에 잠겨 있었다. 잘하면 한 잔 정도는 될 성싶었다. 마저 마시고 나서 그녀를 사랑할까 아니면, 사랑하고 나서 마실까를 잠시 생각했다. 나는 마침내 후자를 택했다.

주룩주룩 빗소리가 요란했다. 꿈결처럼 황홀한 우리의 비밀이야기를 초여름의 폭우가 지켜주고 있었다.

"선생님! 일어나셨어요?"

나는 성심성의껏 그녀의 알몸 전체를 애무하고 나서 막 그녀의 배 위로 올라가려고 할 때였다. 어디선가 나를 부르는 소리가 어렴풋이 들리는 것 같았다.

"선생님! 날이 밝았어요."

그 소리는 좀더 똑똑히 들렸다. 나는 번쩍 눈을 떴다. 그녀는 어디로 갔는지 보이질 않았다. 낡은 형광등 불빛만이 나를 내려다보고 있었다. 머리맡에는 바닥을 거의 드러낸 술병이 나딩굴고 있었다.

'아아, 아깝다. 모든 것이 꿈이었단 말인가!'

나는 입맛을 다시며 부스스 일어나서 술병을 들었다. 아마도 술을 마시다 말고 고꾸라진 것 같았다.

밖의 날씨는 화창했다. 간밤에 무섭도록 쏟아내리던 비는 거짓말처럼 그쳐 있었다. 그녀들은 세면장에서 세면을 열심히 하고 있었다.

"노고단까지 올라가는 첫 버스가 일곱 시 반에 있대요. 서두르셔야겠어요."

김솔향이 수건으로 얼굴을 닦으며 말했다. 그녀의 말끔한 얼굴을 보니 간밤의 일들이 주마등처럼 떠올랐다.

오호통재(嗚呼痛哉)! 생시에서나 꿈에서나 아차하는 순간에 미수에 그치고 말았던 그녀와의 사랑이 아깝기 그지없었다.

초여름의 지리산은 그야말로 장관이었다. 울울창창한 수목의 신록은 대자연의 위풍당당한 위용을 유감없이 드러내놓고 있었다.

노고단까지 산잔등을 깎아 포장한 구불구불한 도로를 따라 버스가 숨 가쁘게 등산했다. 산중턱에 안개처럼 낀 구름이 형용할 수 없는 그런 감동을 주었다.

"와아! 저 밑의 구름을 좀 보세요."

김솔향이 연신 감탄을 토해내며 버스가 지나쳐 오른 산자락을 가리켰다.

버스는 노고단 정류소에서 멈췄다. 여기서부터 노고단 산장까지는 몸으로 등반을 해야 했다.

나는 산을 잘 타지 못한다. 그녀들도 마찬가지였다. 그래서 우리는 오르다 피곤하면 쉬고 또 쉬었다. 쉬면서 많은 이야기를 했고, 산을 오르면서도 이야기는 계속 이어졌다.

그 중에서 나의 관심을 끄는 화제는 미혼모들의 실태였다. 미혼모들은 저마다 갖가지 사연들을 가지고 있었다. 아직은 나이 어린 처녀들이 대부분인데, 그녀들의 어리석음을 탓하기에 앞서 한없는 연민의 정을 느껴야 했다.

노고단 산장에 오른 그녀들은 야영장에 텐트를 치고 취사를 했다. 취사도구를 준비하지 않았던 나는 그네들의 신세를 질 수밖에 없었다.

맛있는 점심을 얻어먹은 나는 뱀사골 산장까지 가리라 생각했다. 그녀들은 이박 삼일의 여행이라 더이상의 등반을 생각하지 않고 있었다.

"저희는 여기에 있다가 막차로 하산해야겠어요. 내일은 서울로 올라가야 하니까 오전에 화엄사나 갈까 생각중이에요."

김솔향의 그 말에는 웬지 아쉬움이 묻어 있는 것 같았다. 나도 정말정말 아쉬었다.

'잘만 하면 오늘 밤에 기회를 잡을 수도 있는데…….'

그런 생각으로 나의 머리 속은 한없이 혼란스러웠다. 뱀사골 산장에는 내일 가도 문제될 것이 없었다.

그러나 나는 떨어지지 않는 발길을 애써 옮겨 산길로 접어들었다.

"서울에 오시면 연락주세요!"

호떡이 활짝 웃으며 손을 흔들었다.

"선생님, 즐거운 여행을 보내세요!"

금테 안경이 손을 흔들었다.

"건강에 신경쓰세요. 그리고 우리 또 만나요!"

　단발머리의 말이었다.
　나는 산길을 오르면서 그녀들이 보이지 않을 때까지 거듭거
듭 뒤를 돌아보았다. 어쩌다 잠시 정든 사람들이지만, 이별의
아쉬움이 오래 남을 것만 같았다.

제2장

어느 미혼모의 가슴 아픈 이야기

1

뱀사골 산장의 밤은 매우 고요 쓸쓸했다. 어디선가 이름 모를 풀벌레 소리와 산새 소리가 협화음(協和音)을 이루고 있었다.

산장의 창문을 열었다. 검은 비로드 같은 하늘에 별꽃이 초롱초롱 피어나고 있었다.

"아아, 별빛이 저렇게도 찬란했구나！"

나의 입에서는 절로 감탄이 터져나왔다. 매연으로 뒤덮인 서울의 밤하늘과는 너무나도 다른 하늘이었다. 서울 하늘의 별은 빛을 잃어 흐리멍텅한데 반해 이곳의 별은 너무도 밝고, 찬란하고, 선연하여 손을 내밀면 금방이라도 딸 수 있을 것 같았다.

김솔향의 해맑은 얼굴이 떠올랐다.

'그녀도 별을 헤아리며 내 생각을 할까？'

나는 그런 생각을 하다가 스스로 겸연쩍어 배시시 웃었다.

"선생님, 세상에는 참으로 불행한 사람들이 많아요."

김솔향은 그런 말을 앞세워 한 미혼모의 이야기를 시작했었다. 문지숙(文芝淑)이라는 이름의 처녀였다.

그녀의 이야기를 시작하려면 세월을 지금으로부터 3년 정도 앞으로 돌이켜야 한다. 그러니까 1990년 3월의 화창한 어느 날이 되겠다.

그때 문지숙은 충청도 어느 군단위의 여학교에 다니는 꿈 많던 여고 2년생이었다. 비교적 넉넉한 집안의 딸인데다 얼굴이 곱고 살결은 희고 맑았다. 항상 학년에서 열 손가락 안에 들 정도로 성적도 우수한 학생이었다. 그래서 많은 교사들이 그녀를 귀여워했다.

지숙이가 고등학교 2학년에 진급한 학기초에 영어 선생이 새로 부임해왔다. 박문수(朴文秀)라는 귀에 익은 이름의 영어선생이었는데, 꽤나 핸섬한 총각 선생이었다. 여자처럼 고운 눈에 특별한 매력이 넘쳐흘렀고, 영어회화가 놀랄 만큼 능숙한데다가 유머가 풍부했다.

그가 처음으로 지숙이의 반 강의에 들어왔을 때, 지숙은 까닭모를 설레임을 느꼈다. 그는 자신의 이름을 칠판에 크게 쓰고 나서,

"현대판 암행어사 박문수 2반 공주님들께 인사드립니다."

하고 유머스럽게 자기를 소개했다.

"과거에는 장원급제 하셨습니까?"

장난을 좋아하는 학생이 물었을 때 그는 잘생긴 얼굴에 환한 미소를 띠며 응수했다.

"그야, 물론입니다. 마패를 보여드려야 믿겠습니까?"

"예! 보여주세요!"

학생들은 이구동성으로 소리쳤다. 그러자 그는 눈으로만 살

랑살랑 웃으며 양복의 속호주머니에 손을 넣었다. 학생들의 시
선은 온통 그의 속호주머니께로 집중했다. 이윽고 그는 뭔가를
쥔 손을 꺼내고 나서 출석부를 들췄다.

"마패는 딱 한 사람에게만 보여줘야 하는데, 누가 좋을까?"

박문수 선생은 혼잣말처럼 중얼거리면서 출석부의 이름을 쭉
훑어보다가,

"오라, 여기 멋진 공주님이 숨어 계셨군그래. 36번 박설희
라! 나와 종씨이고, 이름도 예쁘고……, 아마 틀림없이 얼굴
도 예쁘겠지?"

하고 명랑하게 말하면서 출석부에 있던 시선을 들어 학생들을
보았다. 그러자 이상하게도 킥킥거리는 학생들이 많았다.

"36번 박설희!"

그가 36번을 호명했을 때 가장 왼쪽 줄의 중간쯤에 앉아 있
던 학생이 얼굴을 붉히며 미적미적 일어섰다.

그 학생을 확인한 박문수 선생의 표정이 묘하게 일그러졌다.
몹시 입장이 난처한 모양이었다. 그도 그럴만 했다. '멋진 공
주님', '예쁜 이름', '틀림없이 얼굴도 예쁘겠지' 등의 찬사를
늘어놓았는데, 정작 호명받은 학생의 용모는 너무나도 확연하
게 동떨어졌다.

실례된 표현을 빌리자면, 그 여학생의 몸은 돼지처럼 뚱뚱한
데다가 얼굴은 꼭 옥상에서 떨어진 메주덩이만큼이나 곱지 않
은 용모의 소유자였다.

학생들은 박문수 선생의 얼굴을 보았다가, 박설희의 얼굴을
보았다 하며 깔깔거렸다. 이때 박문수 선생이 두꺼비처럼 눈을
끔뻑거리면서,

"뭐, 얼굴이 예쁘구먼, 얼굴이 예뻐!"

하고 어눌하게 말했다.

"호호호호……."

"까르르르……."

그 표정과 말이 어찌나 어색했던지 학생들이 도저히 웃음을 참지 못했다.

이때부터 박문수 선생의 별명은 '암행어사 넌센스'가 되었다.

"넌센스 선생 실력은 있어 보이지?"

"응, 수업을 재미있게 진행하면서도 핵심을 짚어주기 때문에 머리에 쏙쏙 들어오는 것 같더라."

"그렇지만……, 남자가 너무 잘생겨서 싫더라. 우람하게 생긴 남자가 매력이 있는거지."

"그래, 생긴 것이 꼭 기생오래비처럼 생겨가지고서 영어회화 좀 한다고 뽐내는 꼴은 정말 못 봐주겠어."

"그런 남자는 백 명이 있어도 연인으로는 실격이야."

학생들이 모이는 장소에서 화제의 중심은 단연 박문수 선생이었다. 그런데 웬일인지 그를 좋게 평하는 학생보다는 비방하는 쪽이 월등히 많았다.

문지숙도 그를 열렬히 비방하는 학생 중의 하나였다. 속으로는 박문수 선생을 무척 좋아하고 있었지만, 행여 다른 학생들이 그것을 눈치 챌까 두려워 마음에도 없는 비방을 퍼붓고 있는 것이었다.

문지숙은 영어시간이 즐겁기 그지없었다. 마음으로 좋아하고 있는 선생의 담당과목이라 어느 과목보다도 영어과목을 열심히 공부했다. 박문수 선생도 공부를 잘하는 그녀를 언제나 귀여워했다.

6월 마지막 주의 토요일이었다. 어제 월말고사가 끝났기에 마음이 한없이 홀가분한 그런 주말이었다. 3교시가 끝났을 때 박문수 선생이 난데없이 교무실로 그녀를 호출했다.

'웬일일까?'

지숙은 교무실로 가면서 이런 생각, 저런 상상을 하며 가슴을 두근거렸다. 특별히 자신만을 호출한 이유가 궁금하면서도 주체하지 못할 정도로 마음이 설렜다.

교무실로 들어 선 지숙은 설레는 마음을 지그시 누르며 박문수 선생의 곁으로 다가섰다. 그때 박문수 선생은 하얀 이를 드러내어 활짝 웃으며,

"축하해! 이번 시험에 만점이야!"

하고 말한 후에 다시 말을 이었다.

"토요일인데, 하교 후에 특별한 약속이 있나?"

"어, 없습니다."

문지숙은 얼굴을 살짝 붉히며 대답했다.

흡사 데이트 신청을 받는 듯한 느낌 때문에 자기도 모르게 얼굴을 붉힌 것이었다.

"그렇다면 나를 좀 도와줄 수 있겠어?"

"무슨 일인데요?"

"응, 시험지 채점을 도와줬으면 하는데……."

박문수 선생은 말끝을 흐리며 지숙의 표정을 살폈다. 지숙은 대답 대신 고개를 끄떡였다.

이렇게 하여 지숙은 하교 후에 시험지 채점을 하였다. 즐거운 주말 오후를 빼앗겼지만, 그와 함께 있었기에 더할 나위 없이 즐거웠다.

시험지 채점이 끝났을 때는 오후 6시가 조금 지난 시간이었다. 초여름이라 아직도 해는 중천에 있었다.

"오늘은 고마웠어. 나를 도와줬으니 맛있는 것을 사줄까?"

"됐어요, 선생님!"

지숙은 말로는 사양을 하면서도 박문수 선생이 이끄는 제과
점으로 따라 들어갔다.

"일요일은 어떻게 보내세요?"

빵을 먹으면서 지숙이 물었을 때 그는 싱긋 웃었다.

"밀린 세탁도 하고, 책도 읽고, 낮잠도 자고 그러지 뭐."

"데이트는 안 하세요?"

"데이트?"

"그래요!"

"하하하……. 데이트 상대가 있어야지. 데이트를 혼자서 할
수는 없잖아!"

문지숙은 그의 이 말을 액면 그대로 믿을 수 없었지만 웬지
기뻤다. 그에게 연인이 있다손 치더라도 사실을 부정하고 싶은
마음이었기 때문이었다.

"어머, 선생님같이 훌륭한 분에게 데이트 상대가 왜 없겠어
요? 선생님은 여자를 보는 눈이 굉장히 높겠지요?"

"여자를 보는 눈이 높은 것은 아니지만, 좋은 상대를 만난다
는 것은 쉬운 일이 아니야."

"어떤 상대가 좋은 상대인데요?"

문지숙은 애써 용기를 내어 박문수의 여성관을 파고들었다.
그러자 박문수 선생은 문지숙의 얼굴을 유심히 바라보다가 입
을 열었다.

"인간성이 좋고 이해심이 많은 여성이 좋은 여자라 할 수 있
지."

"아이, 선생님! 그 대답은 너무 도식적이고 막연해서 저로
서는 이해하기 힘들어요. 그러니 구체적으로 말씀해주세요."

"허어, 구체적으로 말하라 이 말이지?"

"그래요."

"가령 지숙이와 같은 여자라면 얼마든지 환영하겠어. 하하하
……."

박문수는 그렇게 말하고 나서 호탕하게 웃었다. 순간 문지숙
의 얼굴이 꽃물을 들인 듯이 새빨갛게 달아올랐다.

"아이, 선생님도!"

문지숙은 소스라치게 놀란 표정을 지었는데 속으로는 가슴이
터질 듯이 울렁거렸다. 그래서 고개를 푹 숙이고 콜라잔을 만
지작거렸다.

'아아, 이 말이 사실이라면 얼마나 좋을까. 만약 내가 선생
님과 결혼만 할 수 있다면 더이상의 행복은 없을텐데.'

문지숙은 그런 생각을 하며 슬쩍 고개를 들었다. 이때 박문
수 선생은 뭔가에 놀란 사람처럼 황급히 시선을 피하며 허둥지
둥 담배를 꺼내 물었다.

'선생님의 그 눈빛은?'

문지숙이 고개를 들었을 때 박문수 선생은 뭔가 형용할 수
없을 만큼이나 강렬한 눈빛을 자신에게 보내고 있었다. 섬뜩하
면서도 야릇한 그 눈빛이 이상하게도 마음에 걸렸다.

총각 선생과 여제자 사이에는 잠시 어색한 침묵이 흘렀다.
그러자 박문수 선생은 어색한 침묵을 깨려는 듯이 곽성냥을 그
어 담뱃불을 붙였다.

"괜히 내가 지나친 농담을 했나봐. 지금 말은 어디까지나 농
담이었어, 농담!"

"아이 참, 선생님도……."

문지숙은 농담이라는 말이 몹시도 서운했다. 그러는 한편 사
춘기 소녀, 아니 여자 특유의 모욕감을 느끼고 있었다.

제과점을 나왔을 때는 땅거미가 어둑어둑 내리고 있었다.

"토요일인데도 이렇게 늦었으니 부모님이 기다리시겠다."

박문수 선생은 문지숙의 어깨를 톡톡 치고 나서 부드럽게 어루만졌다. 그 순간 짜르르르한 전류가 머리끝에서 발끝까지 흐르는 것 같았다.

'남자의 손에는 이렇게 강한 전류가 흐르는 법인가!'

문지숙은 강한 전류에 감전된 사람처럼 온몸이 떨려 제대로 걸을 수도 없었다.

"내일은 뭘 해?"

꿈결처럼 그 소리가 들렸다.

"별 일이 없으면 나와 등산이라도 가지 않겠어?"

박문수의 이 말에 문지숙은 자신도 모르게 고개를 끄떡였다. 마치 거역할 수 없는 어떤 힘에 이끌리는 것 같았다.

이날 밤 문지숙은 도무지 잠을 이룰 수가 없었다. 소풍날을 받아놓은 아이처럼 가슴이 설레었기 때문이었다.

'선생님께서 나를 좋아하고 있는 걸까!'

이런 물음을 수십 번이나 되풀이하며 자다 깨다 했다.

아침 일찍 일어난 그녀는 정성스레 몸단장을 했다. 언니의 화장품을 몰래 사용하여 화장을 했다가 지웠다가를 몇 번인가 했고, 이 옷 저 옷을 갈아 입으며 옷 선택에 고민했다.

산을 오르려면 청바지에 티셔츠 차림이 제격이라고 생각하면서도 웬지 오늘만큼은 그런 차림을 하기가 싫었다.

문지숙은 까만 색의 짧은 치마에 하얀 블라우스를 입고 거울 앞에 섰다. 어디로 보나 쪽 빠진 아가씨가 거울 속에서 웃고 있었다. 볼록한 가슴은 참으로 탐스러웠다. 잘록한 허리하며 적당히 살이 오른 엉덩이도 이젠 완연한 처녀의 몸이었다. 어디 그 뿐인가. 까만 치마 밑으로 미끄러지듯 빠진 두 다리의 각선미는 아름답기 그지없었다.

문지숙은 자신의 성숙이 대견했다. 이젠 사랑을 해도 괜찮을 성싶었다.

집을 나오면서 문지숙은 자기도 모르게 부모님께 거짓말을 했다. 둘러대다 보니 친구의 생일잔치였다.

둘이 만나기로 약속한 장소는 시외버스 정류장이었다. 문지숙이 도착했을 때 이미 박문수 선생이 나와 있었다. 등산복 차림에 배낭을 매고 있던 그는 문지숙의 차림을 보고 눈이 휘둥그래졌다.

"이야, 이게 누구야! 그렇게 차려 입으니까 완전히 성숙한 여인이야. 정말 아름답고 매력이 넘쳐 벌써부터 노총각 가슴이 울렁울렁거리는데그래?"

"아이, 선생님! 놀리시면 싫어요."

선생이 제자에게 하는 말치고는 참으로 해괴한 말이었다. 그러나 문지숙은 그 말을 자기를 칭찬하는 뜻으로만 받아들였다.

박문수는 문지숙에게 묻지도 않고 버스표를 끊었다.

"선생님, 행선지가 어디예요?"

"동학사야."

동학사라면 문지숙도 몇 번인가 가본 적이 있는 낯익은 절이었다.

그런데 버스에서 하차한 곳은 동학사(東鶴寺) 부근의 계룡산 기슭이었다.

"동학사에는 사람이 많을거야. 혹시 우리 학교 학생들이 와 있을지도 모르잖아……."

박문수는 문지숙의 안색을 살피며 그렇게 말했다. 문지숙은 박문수 선생의 그런 마음을 이해할 것 같았다.

선생과 제자라고는 하지만 단 둘이 등산을 떠났다는 사실이 누군가의 눈에 띄게 되면 갖가지 소문이 참새들의 입에서 춤을 추게 될 것은 불을 보듯 뻔했다.

여학교에는 유독 소문이 많다. 근거가 있는지 없는지도 모를 소문들이 꼬리를 물고 또 물었다.

"넌센스 선생의 하숙집에 졸업반 언니들이 드나든다고 하더라. 혹시……."

"졸업반 김아무개하고 박문수 선생이 연애한데."

문지숙도 이런 소문들을 숱하게 들었다. 그리고 자기 자신도 가끔 그 소문에 살을 붙여 다른 아이의 귀에 옮기기도 했다.

'소문처럼 얄궂고도 무책임한 말이 또 있을까!'

문지숙은 그런 생각을 하며 산길로 접어들었다. 이마에 흐르는 땀을 훔치며 얼마쯤 올라가다 보니 계곡이 나왔다. 크고 작은 바위 틈으로 계곡의 맑은 물이 굽이쳐 흐르고 있었다.

박문수 선생은 배낭을 풀고 내용물을 꺼냈다. 맥주 두 병과 양주 한 병, 그리고 안주를 비롯한 먹거리들이었다.

"죄송해요, 선생님. 저는 아무것도 준비하지 못했어요."

문지숙은 정말로 미안했다. 그래도 여자인데, 김밥 정도도 준비하지 못한 자신의 무성의가 부끄러웠다.

"지숙이도 맥주 한 잔 하지 않겠어?"

박문수 선생은 양주를 자작하다가 문지숙에게 종이컵을 권했다. 그의 얼굴은 적당히 보기 좋게 달아올라 있었다.

"아이, 선생님두! 학생이 어떻게 술을 마셔요. 지금까지 저는 한 번도 맥주를 마셔본 적이 없는 걸요."

"하하하……. 맥주는 술이 아니라 음료수와 같은 거야. 그리고 매력있는 현대 여성이라면 맥주 한 잔 정도는 너끈히 할 줄 알아야지."

선생이 나이 어린 제자에게 이런 교육을 시켜도 되는 건가! 박문수 선생은 잔을 문지숙에게 떠넘기듯 건네주고 맥주병을 깠다.

"내가 지숙이를 위해 특별히 준비한 거야."

종이컵에 거품이 넘치도록 맥주를 따랐다. 문지숙은 엉겁결에 술을 받았다. 호기심이 동했다. 두렵기도 하고 야릇하기도 했다. 태어나서 처음으로 받은 술잔이었다. 술이라는 음식은 어른들의 전유물과 같은 것인데, 자신을 어른 대접을 해준 것도 같았다.

"자, 건배!"

박문수 선생이 눈웃음을 치며 술잔을 추켜들었다. 문지숙도 술잔을 들어 선생의 잔에 부딪혔다.

"단숨에 들이키라구!"

박문수 선생의 말을 듣고 문지숙은 눈을 딱 감고 맥주를 마셨다. 묘한 맛이었다. 이상한 맛이었다. 쌉쌀하면서도 매스꺼웠다.

"어때, 맛이 괜찮지?"

"어휴, 이런 것이 술 맛이에요?"

문지숙은 얼굴을 찌푸리며 도리질을 쳤다. 맥주가 이렇게도 맛이 없고 기분 나쁜 술인 줄은 꿈에도 몰랐다. 이렇게 맛이 없는 것을 어른들은 왜들 그렇게 마셔대는지 정말 이해하기 힘들었다.

'어른들은 돈이 아깝지도 않은걸까? 나 같으면 결코 이 따위 맛없는 술을 사 먹지는 않을 텐데…….'

문지숙은 참으로 순진한 생각을 하고 있었다. 육체적으로는 성숙했지만 정신적으로는 아직 어리다는 증거였다.

박문수 선생은 뉴 키즈 온 더 블럭의 〈투나잇〉을 멋들어지게 불렀다. 영어회화가 유창한 것처럼 노래도 유창했다. 문지숙도 그 노래를 무척이나 좋아했다. 십대 청소년들 사이에서 한창 유행하는 곡이었다. 그런 노래를 삼십에 가까운 어른이 불렀다는 사실이 어쩐지 신선하게 느껴졌다. 박문수 선생의 새로운 매력이었다.

'왜 이렇게 어지럽지?'

박문수의 노래가 끝났을 때 문지숙은 어지러움을 느꼈다. 온몸에 힘이 빠지는 것 같았고 자꾸만 눈꺼풀이 감겨드는 것을 애써 참았다.

맥주 한 잔을 마셨던 것이 서서히 달아오른 모양이었다. 정신이 약간 몽롱해졌다. 기분이 좋은 것도, 나쁜 것도 같았다.

"이렇게 산에 오니까 좋지?"

박문수의 그 말에 문지숙은 고개로 대답을 했다.

"나도 오랫동안 산을 잊어버리고 있었는데, 오늘은 지숙이 덕택에 이렇게 산에 오게 되어서 정말 고마운걸!"

박문수는 이런 말을 하면서 자리를 옮겨 문지숙의 어깨를 등 뒤로 슬며시 감싸안았다.

문지숙은 박문수 선생에게 어깨를 감싸안기는 바람에 가슴이 터질 듯이 뛰놀았다. 짜릿한 전율이 온몸으로 퍼져 흡사 감전사라도 당하는 것이 아닌가 하는 느낌이 들 정도였다. 그것은 황홀한 행복감을 동반하고 있었다. 박문수 선생을 좋아하는 수많은 여학생들의 경쟁을 물리치고 자기가 최후의 승리를 거둔 듯한 그런 느낌이었다. 이 사실을 경쟁자들에게 맘껏 외쳐 자랑하고도 싶었다.

문지숙이 그런 생각에 빠져 있을 때였다. 박문수는 별안간 그녀의 상체를 끌어당기더니 다짜고짜로 강제 키스를 퍼붓기 시작했다.

"아아……."

미처 정신을 가다듬을 수가 없는 급작스런 기습이었다. 문지숙은 저도 모르게 입술을 허락하고 있었다. 자기의 입 속으로

뭔가 물컹한, 고깃덩어리 같은 것이 쏙 들어오더니 이리저리
정신없이 헤엄쳤다. 이 세상에 태어나서 이성과의 최초의 입맞
춤이었다.

그러기에 감미롭고 황홀하기보다는 숨이 가쁘고 가슴이 뛰어
서 뭐가 뭔지도 모를 지경이었다. 다만 박문수 선생과 나는 이
미 사랑하는 사이라는 생각만이 아득히 느껴졌을 뿐이었다.

"지숙이! 나는 지숙이가 좋아!"

한차례의 뜨거운 입맞춤이 끝나자, 귓가에서 숨가쁜 소리가
아득히 들려왔다.

"……."

문지숙은 모든 일이 꿈만 같았다. 형용하기 힘든 행복감과
함께 자꾸만 졸음이 밀려왔다.

"자, 한 잔 더 마셔!"

박문수는 고개를 저어 거부의 의사를 표시하는 문지숙에게
억지로 맥주를 마시게 했다. 목구멍을 넘어가는 맥주 맛이 처
음보다는 한결 부드러웠다.

맥주라는 이름의 술을 마시면 잠이 오는 걸까? 주체할 수
없이 졸음이 마구 쏟아졌다. 박문수가 뭐라고 계속 말했지만,
그 말을 도무지 알아들을 수가 없을 정도였다.

문지숙은 박문수의 품에 안겨 감겨드는 눈을 가늘게 뜨고 가
쁜 숨을 내쉴 뿐이었다. 희미해져가는 눈으로 보니 박문수의
손이 자기의 가슴을 더듬고 있었다.

"지숙이! 나는 지숙이가 좋아 죽겠어!"

박문수 선생의 목소리는 격한 흥분으로 떨리고 있었다. 꿈결
처럼 그 소리를 들었을 때 문지숙은 파르르 몸을 떨었다. 자신
도 선생님을 좋아하고 있다고 말하고 싶었다. 그런데 박문수의
입술이 자기의 입을 막는 바람에 내뱉지를 못했다.

박문수의 손은 시간이 흐를수록 더욱 대담해졌다. 가슴에서 놀던 그 손이 배를 지나 하복부로 미끄러졌다. 스커트 속으로 파고든 손이 팬티 속으로 파고드는 순간 문지숙은 본능적으로 몸을 사렸다. 이 순간 처녀성을 빼앗기게 될지도 모른다는 강한 위기의식을 느꼈다.

눈앞에 아버지의 불같이 노한 얼굴이 떠올랐다. 어머니의 눈물 섞인 넋두리가 들려오는 듯했다. 그래서 문지숙은 박문수 선생의 손을 뿌리치려 했다.

"아, 안 돼요, 선생님!"

"괜찮아! 나, 나는 지숙이를 사랑하고 있어!"

박문수는 숨을 가쁘게 쉬며 거칠게 문지숙을 바닥에 눕혔다. 건장한 남자의 힘을 거역하기에는 문지숙의 힘은 너무 약했다. 힘을 다해 항거했지만 치마와 팬티가 벗겨져 나갔다.

두 눈에서는 자신도 모르게 뜨거운 눈물이 흘러내리기 시작했다. 선생을 믿고 철없이 산계곡으로 따라왔던 것을 비로소 후회했다.

여성으로서 최초의 경험이었다. 살이 찢어지는 고통이 엄습하여 연신 비명을 토해냈다. 그 비명은 공허한 메아리가 되어 산골짜기를 울렸다.

여자를 꽃에 비유한다면, 문지숙은 바야흐로 꽃망울이 터지기 시작하는 때였다. 남자를 받아들이기에는 너무 일렀다. 그런데 꽃이 활짝 피기도 전에 몰상식한 벌에게 힘없이 쏘여버린 것이었다.

한없이 아프고, 두렵고, 부끄러웠다. 문지숙은 걷잡을 수 없이 흘러내리는 눈물을 어찌하지 못했다. 이런 판국에 웬놈의 졸음은 그렇게 쏟아지는지 몰랐다.

남녀는 한번 살을 섞고 나면 그때부터는 남이 아니다. 적어

도 정조관념을 가지고 있는 여성에게 있어서는 몸을 허락한 남
성이 남이 될 수는 없었다.

　문지숙이 잠에서 깨어났을 때는 해가 서산에 걸려 있었다.
웬일인지 머리가 빠개지는 것처럼 지끈거렸다. 하복부도 아프
고 쓰라렸다.

　이미 빼앗긴 정조였다. 땅을 치고 후회한들 잃어버린 순결을
되찾을 수는 없는 일이었다.

2

　이런 사건이 있고부터 문지숙은 박문수를 자기의 사람이라고
굳게 믿었다. 아직 학생의 신분이기에 비록 까마득한 훗날이
되겠지만, 박문수 선생과 결혼하게 될 것을 추호도 의심하지
않았다. 그러기에 이날 이후부터는 남의 눈을 피해 그의 하숙
에 출입하면서 수시로 그의 요구를 들어줬다.

　무릇 남녀관계란 이런 것이리라. 시초는 어려워도 한번 시작
된 일은 자꾸 반복하게 마련이라는 사실……

　세월이 흘러 문지숙도 졸업반이 되었다. 대학에 진학하려면
머리를 싸매고 공부를 해야 하는데 공부에 열중할 수가 없
었다. 상위권에 맴돌던 성적도 자꾸만 떨어졌다.

　'꼭 대학에 가야만 하나! 여자는 고등학교만 나오고도 얼마
든지 행복하게 살 수 있지 않은가?'

　문지숙은 곧잘 이런 생각을 했다. 대학에 진학하면 앞으로도
4년을 더 기다려야 결혼을 할 수가 있기 때문이었다. 자기는
괜찮지만 노총각인 박문수 선생이 그때까지 기다리기에는 힘이
들 것이라는 생각도 들었다.

　"선생님!"

　"응!"

"저어…….."

"말해 봐!"

"저는 대학 진학을 포기할까 봐요."

어느 날 밤 문지숙은 박문수의 요구를 들어주고 나서 슬그머니 말을 꺼냈다.

"왜 갑자기 그런 생각을 했지? 지숙이의 실력으로는 충분히 진학할 수 있잖아. 집안도 넉넉하고…….."

박문수는 담배를 피워 물고 말했다.

"저어, 졸업하고 결혼을 했으면 해서요."

가까스로 이 말을 입 밖에 낸 문지숙은 얼굴이 화끈 달아올랐다. 그녀로서는 대담한 프로포즈였다.

그 말에 박문수의 안색이 약간 굳어졌다. 뭔가에 화난 사람처럼 담배를 뻑뻑 빨았다가 한숨과 함께 연기를 허공에 날렸다.

"결혼을 하겠다구?"

한참 동안이나 눈을 떴다 감았다를 계속하던 박문수는 알몸을 모로 세우며 그렇게 물었다.

"예…….."

문지숙이 대답과 함께 고개를 끄떡였다.

"결혼을 하기에는 너무 이른 나이잖아!"

"…….."

박문수의 음성이 어쩐지 날카롭게만 들렸다. 문지숙으로서는 그것이 그렇게 서운했다. 그 말을 꺼낼 때 그녀는 박문수가 긍정적인 반응을 보이리라 생각했었다. 그런데 정반대의 썩 달갑지 않다는 반응을 보내고 있는 것이었다.

박문수는 꽁초가 다 된 담배에 다른 담배를 새로 붙이고 나서 자리에 반듯이 누우며 문지숙의 시선을 피했다.

"집에서 일찍 시집을 보내려고 하는 모양이군그래? 그렇다면 상대가 있을 텐데……, 지숙이도 마음에 드는 상대야?"

이게 무슨 뚱딴지 같은 소리인가. 박문수는 마치 남의 말을 하듯 그런 말을 토해냈다.

"네에? 내 맘에 드는 상대냐구요? 선생님은 무슨 말씀을 그렇게 하세요?"

문지숙은 벌떡 상체를 일으켜 박문수를 쏘아보며 어처구니가 없다는 듯이 따지고 들었다.

이미 1년이 넘도록 육체관계를 가져온 박문수의 입에서 그런 말이 나오리라고는 상상조차 못한 일이었다.

문지숙의 파랗게 질린 얼굴을 본 박문수는 약간 당황한 표정으로,

"결혼을 하겠다고 하기에 농담으로 한번 물어본거야."

하고 긴장된 분위기를 얼른 눙쳐버렸다.

"농담이라구요?"

"그래, 농담이지 설마 진담일리가 있겠어?"

"아무리 농담이기로서니 그런 말씀은 너무 심해요. 제가 선생님 외에 누구를 생각하리라고 그런 말씀을 하세요?"

문지숙은 어리광 부리듯 그런 말을 하며 곱게 눈을 흘겼다.

"그런데 지숙이!"

박문수가 입을 열었다.

문지숙이 눈빛을 빛내며 빤히 쳐다보자 박문수는 황급히 시선을 외면하며 말을 이었다.

"지숙이가 진학을 포기하겠다는 것은 더 생각했으면 좋겠는걸. 공부할 때를 놓치게 되면 나중에 틀림없이 후회하게 되지 않을까?"

"결코 후회하지 않겠어요. 고등학교만 나오고도 행복하게 사

는 사람들은 얼마든지 있어요. 선생님께서는 제가 고등학교만
마친다고 해서 무시하지는 않겠지요?"

문지숙은 이 기회에 모든 것을 확실하게 못박아두고 싶었다.
진학이냐, 결혼이냐 둘 중에서 확실한 진로를 결정하고 싶
었다. 이미 마음 속으로는 결혼을 염두에 두고 있었기 때문에
박문수의 승락을 받고 싶었다.

그러나 박문수는 애써 시선을 외면한 채 연거푸 줄담배를 피
우며 명쾌한 대답을 피하고 있었다. 그런 모습을 지켜봐야 하
는 문지숙은 무척이나 답답하고도 불안했다. 오만가지 상상이
떠올라 혼란스럽기 그지없었다.

'내가 대학 진학을 않겠다고 해서일까. 선생님은 대학을 나
온 상대를 원하고 있는 걸까? 만약 그렇다면 나는 어떡해야
할까!'

무척이나 어색하고 지루한 침묵이 한동안 흘렀다. 시간은 벌
써 10시 30분이 지나고 있었다. 문지숙이 집으로 돌아갈 시간
이었다.

"시간이 늦었어. 이젠 돌아가야지."

박문수가 퉁명스럽게 말했다. 그 말에 문지숙은 괜시리 눈물
이 찔끔거려졌다. 어찌 생각하면 도둑고양이와 같은 행위였다.
남의 눈을 피해 박문수 선생의 하숙방에 들어가서 육체관계를
갖는다. 시간이 되면 다시 남이 볼새라 살금살금 집을 나와야
한다. 그저 자신의 몸을 제공하기 위하여 비밀리에 살금거리는
자신의 처지가 한없이 가엾게 여겨지는 순간이었다.

이날 밤 이후 박문수는 웬일인지 문지숙을 피하는 것 같
았다. 학교에서 마주쳐도 한없이 냉담한 태도를 보였다. 그게
아니다. 박문수가 문지숙에게 냉담한 태도를 취한 것은 훨씬
오래전의 일이었다. 엄밀히 따지자면 첫 관계가 있고서부터

였다. 문지숙은 그런 태도를 남의 이목을 꺼려서 일부러 냉담한 태도를 취하는 것이라고 생각했다.

그러기에 더욱 짜릿했었다. 비밀의 속삭임이기에 형용하기 힘든 느낌이 마음 속에 꿈틀거렸었다.

그랬는데 근래에 와서는 그 느낌이 사뭇 다르게 전달되었다. 의도적으로 자신을 피하는 것처럼 느껴졌다.

"으흠, 으흠!"

박문수가 문지숙을 자신의 하숙방으로 부를 때는 우연한 만남을 가장하여 헛기침을 두 번 했었다. 그것이 약속된 신호였다. 그 신호를 적어도 일주일에 한 번 꼴로 보냈다. 많을 때는 두 번이었다.

그런데 벌써 3주일이 지나도록 그 신호를 받지 못했다. 신호는커녕 얼굴보기도 힘들어졌다. 박문수는 계속 2학년을 담당하고 있었기에 3학년 학생들과의 접촉할 기회는 극히 적었다. 등하교 길이나 쉬는 시간의 변소를 오갈 때 마주치는 것이 고작이었다.

가슴앓이만 하다가 4주일째 되는 어느 날 문지숙은 점심시간 때 교무실 복도에서 서성거렸다. 이때 박문수 선생과 마주칠 수 있었다. 그런데 박문수는 시선을 피하며 도망치는 사람처럼 어디론가 사라져버렸다.

박문수의 그런 모습을 본 후 문지숙은 한없이 갈등했다. 갖은 불길한 상상으로 머리는 혼란스럽기 그지없었고 가슴은 갈기갈기 찢어져나가는 듯했다.

문지숙의 얼굴은 눈에 띄게 수척해졌다. 얼굴에 기미가 끼고 이상하게도 속이 메슥메슥했다. 모든 것이 너무 상심한 탓에서 비롯된 일 같았다. 그러던 어느 날, 학교에 등교해보니 해괴한 소문이 퍼져 있었다.

"너희들 알고 있니! 2학년 송영아가 임신을 했다더라!"

"상대가 넌센스 선생이래!"

학생들이 삼삼오오 짝을 지어 모두들 그 소문을 입에 담고 있었다. 그런 말을 들은 문지숙은 까무라칠 듯 놀랐다.

"어젯밤 송영아의 아버지가 교장선생님의 뺨을 때리고 난리를 쳤대!"

"아니, 왜?"

"넌센스 선생을 찾아내라고 그랬겠지 뭐."

"넌센스 선생을?"

"그 사실이 드러나자 어디론가 사라져버렸나 봐!"

문지숙은 자신의 귀를 의심했다. 지금까지 박문수 선생에 대한 끊임없는 소문이 꼬리를 물고 또 물었지만 오늘처럼 충격적인 소문은 아니었다. 그리고 그 소문들은 막연하기 그지없는 것들이었다. '누가 봤다더라', '그랬다더라' 등으로 근거를 찾아보기 힘든 소문들이었다.

그런데 지금의 경우는 사뭇 달랐다. 구체성을 띠고 있었다. 소문을 퍼뜨린 사람도 드러나 있었다.

"송영아와 같은 반 김미숙이가 두 눈으로 똑똑히 봤대!"

"어머, 어디서?"

"넌센스 선생의 하숙집 앞에서래. 김미숙이의 집이 넌센스 선생의 바로 앞집이어서 그 광경을 목격하게 되었는데 정말 가관이었대."

문지숙은 더이상 들을 수가 없어 밖으로 나왔다. 그런데 복도에서도 학생들은 그 말에 관해 침을 튀기며 무리지어 조잘거리고 있었다.

"넌센스가 건드린 학생이 송영아 뿐만이 아니래. 2학년의 김 ××, 이×× 등을 건드렸고, 우리 3학년에도 몇몇 있다는 말이 있는데…….”

복도를 지나치다가 그 말을 들은 문지숙은 바싹 긴장했다. 얼굴이 화끈 달아올랐다. 그 학생의 입에서 곧 자신의 이름이 튀어나올 것만 같았다.

“정××와, 박××도 하숙집에 드나드는 것을 봤다고 하던데, 모르는 일이 아니겠어?”

다행히 자신의 이름은 거론되지 않았다. 문지숙은 이마에 송글송글 맺힌 땀을 닦으며 밖으로 나왔다. 밖에도 역시 그 소문이 무성했다.

그로부터 얼마 지나지 않아 무성하던 그 소문은 사실로 판명되었다. 박문수 선생은 서울로 전근갔다는 소문이 파다했고, 송영아를 비롯한 몇몇 학생들은 다른 학교로 전학을 감으로써 그 사건은 일단락되었다.

문지숙은 마치 악몽을 꾸고 있는 것만 같았다. 모든 것을 사실로 받아들이기에는 너무도 가혹한 현실이었고 치가 떨리도록 완벽한 배반이었다.

3

문지숙은 제정신이 아닌 상태에서 달포를 보냈다. 그러던 어느 날부터인가 문지숙의 몸에 이상한 조짐이 생기기 시작했다. 그것은 다름아닌 생리적인 변화였다. 더 정확하게 말하면 임신의 징후가 나타난 것이었다.

처음에는 경도(經度)가 없어도 별로 대수롭게 여기지 않았다. 그 방면에 경험이 없는 문지숙은 설마 그것이 임신의 징후라고는 생각조차 못했다.

그러나 그로부터 얼마 후에 갑자기 입맛이 변하며 헛구역질이 나기 시작하자, 문지숙은 그때서야,

"앗! 혹시 임신이 아닐까……?"

하고 소스라치게 놀랐다. 임신이 사실이라면……, 그런 생각만
으로도 눈앞이 캄캄해지고 간담이 써늘해졌다.

문지숙은 그때부터 누구에게도 말 못할 고민이 생겼다. 누구
에게 터놓고 하소연할 수도 없는 일이었다.

"애가 얼굴이 왜 이래! 어디 아픈 곳이라도 있는 거니?"

"혹시, 입시 준비를 하느라 너무 무리를 하는 것이 아냐?"

부모님은 딸의 파리해진 얼굴을 보고 걱정이 대단했다. 그런
걱정을 들을 때마다 죄책감이 밀려들어 끝없이 죽고만 싶은 심
정이었다.

'정말로 임신이라면 나는 어떻게 해야 하나…….'

문지숙은 그런 생각을 할 때마다 아득한 나락으로 떨어지는
느낌을 받았다. 그것이 사실로 드러나 들키게 되면 부모형제,
학교, 친구들로부터 압도적인 비난이 퍼부어질 것이었다.

그것이 무섭고도 두려웠다. 끔찍했다. 전율스러웠다. 감당할
자신이 조금도 없었다.

'제발 임신이 아니었으면……'

문지숙은 임신이 아니기를 염원했다. 죽을 병에 걸렸어도 좋
으니 임신만은 아니었으면 좋겠다는 생각이 그녀의 심리상태를
지배하고 있었다. 정말 그랬다. 차라리 죽을 병에 걸렸으면 좋
을 성싶었다.

박문수와 첫 성교를 할 때부터 임신의 가능성은 충분히 있
었다. 그것은 당연하다고 할 수 있을 만큼이나 명백한 사실이
었다. 그런데 안타깝게도 그녀는 성(性)에 무지했다. 1년이 넘
도록 탈이 없었기에 주의를 게을리했던 것도 사실이었다. 또한
박문수 선생에 대한 믿음과 신뢰가 있었기에 임신 후의 걱정일
랑 하지도 않았다는 것이 솔직한 생각이었다.

그런데 도둑처럼 불행이 닥친 것이었다. 문단속을 허술하게 했다가 당한 불행이라 할 수 있었다. 원인을 따지자면 도둑이 나쁘다는 사실은 명백했다. 그렇다고 문단속을 허술히 한 사람의 책임도 전혀 없는 것은 아니었다.

씨를 뿌린 사람이 거두기도 해야 하는데, 씨를 뿌린 박문수는 행방이 묘연했다. 찾으려고 들면 찾을 수 있는 일이었다. 학교나 도교육위원회에 알아보면 박문수가 전근한 학교를 알수가 있을 텐데, 그것을 알아보는 것도 용기가 필요했다.

까마득한 절망 속에서 또 일주일을 보냈다. 하루에도 한두 차례씩 헛구역질을 했다. 틀림없는 입덧이었다. 이제는 부정하고 싶어도 부정할 수가 없었다.

"아무래도 안 되겠다. 오늘은 학교가 파하면 일찍 오너라. 병원에 가서 진찰을 받아봐야겠다."

"아니, 뭐라구요?"

어느 토요일 아침, 문지숙의 얼굴을 애처로운 눈길로 지켜보던 어머니가 슬픈 목소리를 냈다. 그 소리가 청천벽력처럼 그녀의 귓전을 파고들었다. 눈앞이 캄캄해지고 아찔한 현기증이 일었다. 큰일이었다. 마침내 일은 터지고 말았다. 병원에 가면 적나라하게 자신의 임신 사실이 드러날 것이었다.

문지숙은 도망치듯이 집을 나왔다. 이제는 학교에 갈 용기도 없었다. 쥐구멍이라도 있으면 꼭꼭 숨고 싶었다.

'죽어버릴까!'

문지숙은 문득 슬프고도 무서운 생각을 했다. 죽는 것이 상책일 것만 같았다.

죽음을 생각하니 죽는 방법이 문제였다. 그녀는 발길이 닿는 대로 걸음을 옮기면서 자살의 방법을 생각했다.

독약을 먹고 죽으면 너무 처절하고 초라할 것 같았다. 동맥

을 끊고 죽는 것도 흉할 것 같았다. 물에 빠지는 것도, 고층 빌
딩의 옥상에서 추락하는 것도 내키지 않았다.

비록 자살을 할망정 초라한 자기의 시신을 남기고 싶지는 않
았다. 깨끗하고 우아한 모습으로 세상을 하직하고 싶었다.

'잠든 사람처럼 평화로운 모습으로 세상을 떠나자.'

문지숙은 수면제를 택했다. 방법을 택하고 보니 눈물이 앞을
가렸다. 소리없이 눈물을 흘리고 나니 이상하리만치 마음이 차
분해졌다. 그렇게 자신을 괴롭히던 문제도 아무것도 아닌 것처
럼 느껴졌다.

문지숙은 은행으로 들어가 그 동안 틈틈이 저축했던 예금을
전부 찾았다. 오십만원이 조금 넘었다.

'아무도 나를 알아보지 못하는 어디론가 가자.'

문지숙은 역전으로 나갔다. 자신의 얼굴을 아는 사람들이 많
은 고향에서 약을 구하러 다닐 수는 없다는 생각에서였다. 읍
내에서 떠돌고 있다가 부모 형제를 만날 수도 있었다. 학교의
선생이나 학생에게 적발될 수도 있었다.

그래서 떠나기로 했다. 열차 시간표를 보니 서울행 무궁화호
열차가 가장 빨리 있었다. 서울까지 표를 끊었다.

문지숙의 옆자리에는 스물여섯에서 일곱 살 정도로 보이는
여자가 앉아 있었다. 팬티를 아슬아슬하게 가릴 정도의 초미니
에 속살이 훤히 들여다보이는 블라우스를 입고 있었다. 옷차림
이 야하기 그지없었다. 게다가 딱딱 소리를 내며 껌을 씹고 있
었다. 교양미라고는 눈을 씻고 찾아도 찾을 수 없는 그런 여자
였다.

"니 학생 맞지?"

열차가 움직이고 얼마되지 않았을 때였다.

여자는 다짜고짜 반말투의 말을 던졌다. 문지숙은 대답 대신

고개를 끄떡였다.

"니 얼굴이 와 그라노? 꼭 얼라 밴 여자 같다."

그 말에 문지숙은 소스라치게 놀라 여자를 보았다. 쫙 찢어진 눈매가 날카롭게 자신을 쏘아보고 있었다.

"내 눈은 못 속인다. 니는 얼라를 밴 것이 틀림없는기라."

여자는 그 말을 단정지어버렸다. 문지숙은 내심으로, 어떻게 이렇게도 정확하게 꼬집을 수가 있을까 하고 놀랐다. 그 놀람은 표정에 그대로 드러나 있었다.

"쯧쯧……. 천하에 어떤 못된 놈이 나이 어린 니를 그렇게 만들었노?"

여자는 혀를 끌끌 찼다. 문지숙은 자신의 비밀을 한눈에 캐내고 동정의 말까지 해준 그 여자에게 묘한 친밀감을 느꼈다.

"부모님은 알고 있노?"

문지숙은 고개를 푹 떨구고 도리질을 쳤다. 눈시울이 뜨거워지고 콧잔등이 시큰해졌다. 그 순간 근래 들어 부쩍 눈물이 흔해진 자신을 느꼈다. 걸핏하면 눈물부터 맺혔다.

"부모님이 모른다면 걱정이 많겠데이. 이걸 어쩌면 좋노? 상대는 어떤 사람이노?"

"……."

"말을 하그라. 니캉 내캉 속을 홀라당 까놓고 이약하는 것이 좋겠데이."

문지숙은 고개를 들어 젖은 눈으로 여자를 보았다. 처음 본 여자였지만, 걱정으로 가득 찬 그녀의 눈빛은 지숙의 마음을 눅이게 하였다. 비록 겉모습은 막 굴러먹은 여자 같았지만, 마음을 털어놓고 싶었다.

문지숙은 그 동안 정말 외로웠다. 누구 한 사람 붙잡고 하소연할 상대가 없었다. 정말로 알고 싶은 것이 있었는데도 물어볼 사람이 없었다.

"미혼 남녀가 성관계를 가진 뒤, 임신이 되면 절대로 정말 절대로 숨겨서는 안 된다. 부모님이나 선생님께 말을 해야 한다. 혼자 끙끙 속을 앓다가는 더욱더 일이 커진다는 것을 명심하라."

언제이던가. 가정 시간에 잠시 성교육을 받았었다. 선생님은 만약 임신을 하면 부모님이나 선생님과 상담해야 한다고 신신당부했었다. 말이야 백 번 맞는 말이다. 그러나 당사자의 입장에서 보면 그것은 어디까지나 이론일 뿐이었다. 막상 자신에게 그런 사건이 닥치고 보니 부모님과 선생님에게 들키는 것이 가장 두려웠다. 그런데 어찌 고백할 수가 있단 말인가.

문지숙도 어머니에게 고백할 생각을 안 했던 것은 아니다. 상담 선생님을 찾아가고 싶은 마음도 굴뚝 같았다.

그런데도 그것은 마음뿐이고 차마 그러질 못했다. 용기가 없었다. 그들이 자신을 도저히 이해하여 줄 것 같지가 않았다.

문지숙이 그런 생각을 가지는 것도 무리는 아니었다. 프리섹스 시대니 어쩌니 하지만 아직도 우리 사회는 성을 지나치게 금기시하고, 또 그것을 강요하고 있다.

사회와 가정과 학교에서 알게 모르게 얻어 들은 성이란 입에 올려서는 안 되는 것, 무엇인가 특별한 것이며 비밀스러운 것, 무서운 것이고 해서는 안 되는 것이라고 누누이 교육받아 왔다. 그 교육에 약간이라도 빗나가면 세상의 눈은 잔인스러울 만큼이나 차갑고 엄해지는 것이다. 세상의 인식과 도덕관이 이러한데, 어찌 겁 많고 감성덩어리로 뭉친 사춘기 소녀가 용기를 내어 고백할 수 있겠는가.

그런 문지숙이 뜻밖의 여자를 만나 마음을 털어놓게 되었다.

"그런 썩을 놈의 인간이 어디 또 있겠노! 사람의 탈을 쓴 짐승보다 못한 놈이 선생질을 하고 있다니…….”

문지숙의 고백을 들은 여자는 몹시 흥분했다. 연신 입에 담지도 못할 욕지거리를 해댔다. 이상하게도 그 욕지거리가 귀에 거슬렸다. 죽이고 싶도록 미운 사람이지만 다른 여자의 입에 매도되는 것은 그녀의 가슴을 저리게 했다.

“얼라를 떼는 것 외에는 뾰족한 수가 없겠데이. 서울에 가면 내가 잘 아는 병원이 있으니까 거기서 얼라를 떼거래이.”

“…….”

“죄될 것 없데이, 세상에 니 같은 아들이 어디 한둘인 줄 아노? 얼라를 떼고 입을 딱 붙이고 살면 그만인기라. 그 일은 고민할 건덕지도 없데이. 허튼 생각일랑 하덜 말그라.”

여자는 시원시원하게 말했다. 비록 말투는 썩 곱지 않았지만 꾸밈이 없고 막힘도 없었다. 오히려 그런 점이 문지숙의 가슴에 위안이 되었다.

여자에게 속시원하게 고백을 한 후에 많은 이야기를 듣는 동안 문지숙의 기분은 약간 담담해졌다. 시야도 넓어진 것 같았다. 여자의 말처럼 아이를 떼버리면 문제가 간단히 해결될 수 있을 것 같았다.

“얼라를 떼고 일주일쯤 푹 쉬었다가 집으로 내려가그래이. 뭐니뭐니 해도 부모가 최고 아니겠노. 무조건 잘못했다고 빌고 다시 학교에 다니거라. 그리고 꼭 대학에 가거라. 지금 생각을 잘못하면 내 꼴이 되기 십상인기라.”

이 말 끝에 여자는 자기의 이야기를 넋두리처럼 털어놓기 시작했다. 첫인상에서 느낀 대로 그녀는 술집 작부로 이리저리 철새처럼 굴러다니는 여자였다.

그러나 처음부터 막가는 여자는 아니었다. 일찍이 중학교 1학년 때 깡패에게 강간을 당했다. 그후 툭하면 그 깡패에게 성폭행을 당하다가 마침내 사창가에 팔리는 신세가 되었다. 그때부터 인간대접을 받지 못하고 오늘에 이르렀던 것이다.

"나는 그 새끼를 용서할 수 없는기라. 내 인생을 거지처럼 만들어버린 그 쌍놈 새끼를 그냥 두지는 않겠는기라. 그래서 그놈을 찾으러 방방곡곡의 술집을 떠돌고 있데이……."

여자는 이빨을 빠드득 갈며 진저리를 쳤다. 째진 눈빛에 살기가 감돌았다.

"니도 이제부터는 남자들을 너무 믿지 말그래이. 남자들은 한결같이 도둑놈 심보를 가지고 있는기라. 사랑이 어쩌구 저쩌구 개지랄을 떨지만……. 내 말 명심하그래이."

주저리주저리 늘어놓는 여자의 말에 문지숙은 한없이 고개를 주억거리기만 했다. 이해되는 말도 많았지만 이해할 수 없는 말도 많았다.

서울역에 내렸을 때는 오후 2시가 조금 넘은 시간이었다. 자살을 결심하고 열차를 탔었는데, 이 여자를 만남으로써 자살할 생각을 버리게 되었다는 것이 변화라면 변화였다.

"집에다 가방을 갖다놓고 병원에 가는 것이 좋겠데이. 여기서 그리 멀지는 않데이."

여자가 택시를 잡았다. 서대문 근처에서 택시를 내렸다. 거리에서 요리조리 꺾어져 15분쯤 걸어 들어가자 여자의 집이 나왔다. 허름한 한옥이었다. 아랫목에 이불이 펼쳐져 있는 여자의 방은 집의 외관에 비해 깨끗했다. 비키니 옷장과 화장대, 텔레비전 등만이 정돈되어 있어 단촐한 느낌이었다.

"다방에 나가는 친구와 함께 사는 집이데이. 불편하드래도 내려가는 날까지는 여그서 지내그래이."

이윽고 그 집을 나온 문지숙은 여자의 안내로 병원의 문턱에 들어섰다. 접수 창구에는 많은 여자들로 북적거렸다. 여자가 병원 사무원과 무슨 이야기를 하기 시작했다.

'아이를 떼야 한다. 아이를 떼야…….'

문지숙은 계속 그런 말을 하다가 갑자기 무서움증이 밀려들었다. 아이를 뗀다는 사실이 그렇게 두려울 수가 없었다. 자신도 모르게 몸을 부들부들 떨고 있었다.

몸이 떨려 의자에 그대로 앉아 있을 수가 없어서 일어섰다.

무심결에 출입문 쪽으로 발걸음을 옮겼다. 잠시 서성이다가 무엇에 이끌린 사람처럼 병원을 나와버렸다. 그리고 정신없이 뛰었다.

4

문지숙은 자정이 가까워질 때까지 영등포 역사에 앉아 있었다. 아무리 생각하고 또 생각해도, 아이를 떼기 전에 서울 어느 학교로인지 전근갔다는 박문수 선생을 한번 만나고 싶었다.

그리하여 다음날부터 문지숙은 박문수를 찾아헤맸다. 시교육위원회를 비롯하여 여러 곳에 전화를 했지만 알아낼 수가 없었다. 그래서 닥치는 대로 고등학교마다 찾아다니며 묻고 또 물었다.

"혹시, 박문수 영어 선생님이 이 학교에 근무하고 있습니까?"

"없어요!"

실로 '서울에서 웃고 사는 박서방 찾기'였다. 그렇게 시간과 돈을 허비했다. 십여 일이 조금 지났을 때 수중에 돈이 떨어져버렸다. 몸과 마음도 한없이 지쳤다.

부모님이 보고 싶었다. 고향집이 그리웠다. 친구들도 만나고 싶어 미칠 지경이었다. 그러나 이제 와서 집으로 돌아갈 수도 없었다.

돈도 한 푼 없는데, 넓은 서울 하늘 아래서 갈 곳이라고는 한 군데도 없었다. 정말 망막하기 그지없었다. 여러 끼니를 굶어 배는 고프다 못해 아프기까지 했다.

수돗물을 마시고 또 마셨지만 주린 배가 채워지지 않았다. 걸음을 옮기면 다리가 후들후들 떨렸다. 뱃속에서 물이 출렁출렁거리는 느낌이었다. 머리 속에서 갖가지 음식들이 춤추며 어른거렸다.

밤이 되자 잠잘 곳이 더 걱정이었다. 문지숙은 생각다 못해 서울역으로 갔다. 역사에서 밤을 지새울 생각이었다.

"모두들 밖으로 나가 주세요."

자정에 가까와졌을 때였다.

역무원이 역사 안의 몇몇 사람들을 몰아내기 시작했다. 역무원에 쫓겨 밖으로 밀려나는 사람들은 모두 행색이 초라했다. 부랑자들임이 분명했다.

문지숙은 서부역 쪽의 출입구를 통해 밖으로 나왔다. 까마득한 절망이 지친 몸과 마음에 밀려들었다.

'어떻게 해야 하나…….'

무작정 걸었다. 어디에 잠을 잘 곳만 있다면 소원이 없을 것 같았다.

얼마쯤 걸었을 때였다. 부부로 보이는 젊은 남녀가 아이를 안고 서둘러 병원으로 들어갔다. '소화 아동병원'이었다. 그 안에는 십여 명의 사람들이 서성대고 있었다.

문지숙은 병원 안으로 들어갔다. 사람들 틈에 섞이니 다소 마음이 놓였다.

문지숙은 의자에 앉은 상태로 자다 깨다 했다. 벽시계를 보니 새벽 5시가 넘어 있었다. 몇 시간이나 한 자리에 있으려니까 경비원의 눈초리가 의식되었다. 그래서 밖으로 나왔다. 서울역사로 가보니 많은 사람들이 웅성거리고 있었다. 어디론가 떠나고 돌아오는 사람들의 모습들이 한결같이 행복해보이기만 했다. 이 세상에서 불행한 사람은 자기 혼자인 것만 같았다.

역사 안의 화장실로 들어갔다. 수도꼭지에 입을 대고 수돗물을 꿀꺽꿀꺽 마셨다. 목구멍을 타고 넘어 식도로 흘러들어 가는 물이 싸아한 감촉을 전하면서 몸을 떨리게 했다.

문지숙은 거울을 보았다. 파리한 얼굴에 눈이 퀭한 소녀가 거울 속에 들어 있었다. 눈 밑에 거무스름한 기미가 끼어 흡사 중병을 앓는 소녀 같았다.

그 소녀는 누구인가! 어찌하여 그렇게 가련한 모습을 하고 자기를 빤히 쳐다보고만 있는가!

문지숙은 '흑'하고 울음을 토해냈다. 자신이 그렇게도 불쌍하고 가련하여 견딜 수가 없었다.

배가 고프다는 것, 돈이 없어서 몇 끼니를 굶는다는 것이 사람을 한없이 비참하게 만들었다. 때가 되면 먹어야 사는 동물적인 비애였다.

쇼윈도 안의 휴게실에는 많은 사람들이 이야기를 하면서 무엇을 먹거나 마시거나 하고 있었다. 밖에서 바라보고 있으려니 연신 마른침이 고였다. 뱃속은 꼬르륵 소리를 내며 처절하게 울었다.

저쪽 구석에 대학생으로 보이는 남녀가 햄버거를 먹고 있었다. 무엇이 그리도 즐거운지 둘의 얼굴은 계속 싱글벙글하고 있었다.

남자가 시계를 보더니 반쯤 먹은 햄버거를 접시에 놓고 일어섰다. 여자도 덩달아 따라서 일어났다. 그리고 그들은 자리를 떴다.

그것을 지켜보던 문지숙의 눈빛은 순간적으로 노획물을 발견한 도둑고양이처럼 빛났다. 바싹 마른 입 속에 침이 가득 고이는 것 같았다. 허둥지둥 출입문으로 들어갔다. 후들거리는 걸음을 서둘렀다. 조금이라도 늦어서는 큰일날 것 같았다. 만약 종업원이 그 자리를 치워버리면 끝장이었다.

마음은 한없이 급했지만 힘없는 다리가 마음을 받쳐주질 않았다. 한 걸음을 옮기기가 힘이 들었다.

문지숙은 젖먹던 힘까지 내어 그곳으로 향했다. 눈앞에 햄버거가 보였다. 이제 조그만 더 가면 햄버거를 손에 쥘 수 있을 것이었다.

햄버거를 서너 걸음 앞두고 문지숙은 멈칫 서서 마른침을 꿀꺽 삼켰다. 입이 저절로 벌어졌다. 문지숙은 무의식적으로 주위를 둘러봤다. 아마도 18세 소녀의 자존심 때문이었을 것이다. 남이 볼까 두려워하는 소녀적인 수치심이 주위를 의식하게 만들었을 것이다.

만사휴의(萬事休矣)라 ! 그 잠깐의 망설임이 문제였다. 얼어죽을 놈의 수치심이 일을 망치게 했다. 종업원이 그 접시를 치워버린 것이었다.

문지숙은 한없이 허탈해졌다. 그 자리에 주저앉을 것만 같았다. 그러나 애써 다리에 힘을 모아 휴게실 밖으로 나왔다.

엄마의 손을 잡고 있던 꼬마가 한 손에는 핫도그를 들고 있었다. 생각 같아서는 그것을 덥썩 빼앗아 입에 넣고 싶었다. 그러나 그것은 어디까지나 생각일 뿐이었다.

문지숙은 화장실에 들어가 다시 수돗물을 배가 터져라 마시고 역사 밖으로 나왔다. 그때 누군가가 곁으로 다가왔다.

"시골에서 올라왔나 보죠 ?"

몸집이 뚱뚱한 중년 여자였다. 수수한 옷차림에 얼굴도 선량해보였다.

"어디, 친척집에라도 다니러 왔나요?"

문지숙은 고개를 저었다. 대답할 힘도 없었다.

"그렇다면 취직을 하러 왔나 보군요?"

"……."

문지숙은 대답없이 고개를 숙였다. 때가 꼬질꼬질하게 낀 자신의 운동화 코가 보였다.

"보아하니 배가 고픈 모양인데……, 우선 밥이라도 먹는 것이 좋겠군."

그 말에 문지숙의 귀가 확 트였다. 고개를 들어 여자를 보았다. 여자는 그윽한 눈을 하고 자기를 바라보고 있었다.

여자를 따라 역전 근처의 식당으로 들어간 문지숙은 설렁탕한 그릇을 게눈 감추듯이 먹어치웠다.

"한 그릇 더 먹겠어?"

문지숙은 여자의 눈치를 보며 고개를 끄떡였다. 생각 같아서는 한 그릇이 아니라 열 그릇이라도 먹을 수 있을 것 같았다. 그런데 겨우 반 정도를 먹었을 때 배가 불러 더이상 먹을 수가 없었다.

"가출을 했나 보구나?"

여자의 말에 문지숙은 긍정도 부정도 없이 고개를 숙였다. 계속 여자의 목소리가 들려왔다.

"취직을 하겠다면……, 내가 한번 좋은 자리를 알아봐 줄까?"

'취직'이라는 말을 듣는 순간 문지숙은 자기도 모르게 고개를 끄떡였다. 취직을 하게 되면 숙식은 해결될 수 있다는 생각을 했다. 돈을 벌어야만 다음을 생각할 여유를 찾을 수도 있었다.

여자는 구불구불한 골목을 한참이나 들어간 어느 집으로 들어갔다. 싸구려 여인숙을 연상케하는 그런 구조의 집이었다.

다소 어두컴컴한 계단을 따라 지하실로 내려간 여자가 노크를 했다. 잠시 후 문이 열렸다. 험상궂은 사십대 남자가 문지숙을 훑어봤다. 몹시도 분석적인 눈길이었다.

문지숙은 그 눈길에 오금이 저렸다. 차갑기 그지없는 그 눈길이 흡사 레이저 광선마냥 자신의 몸을 훑어볼 때 불길한 예감이 전신을 에워쌌다.

"저쪽 방에 들어가 있어!"

여자가 왼쪽 맨 끝에 있는 방을 가리키며 다소 퉁명스럽게 말했다. 그 방문 앞에는 여자들의 신발이 대여섯 켤레 놓여 있었다. 하이힐도 있고, 단화도 있고, 운동화도 있었다.

문지숙이 방문을 열었다. 방안에는 대여섯 명의 여자들이 아무렇게나 널려 있다가 일제히 시선을 문 쪽으로 보냈다. 모두들 차림새가 후줄근했다. 자기보다 나이가 들어보이는 여자도 있었고 더 어려보이는 소녀도 있었다.

'무엇을 하는 곳일까? 대관절 무슨 일을 하는 곳인데 저런 여자들이 모여 있는 걸까?'

문지숙은 방구석에 앉아 곰곰이 생각을 했다. 그 방에는 여자들만 모여 있는 데도 이상하게도 말이 없었다. 표정들이 묘하게 굳어 있었다.

"대체, 여기는 뭘 하는 곳이에요?"

문지숙은 옆에 무릎을 세우고 앉아 있는 여자에게 슬며시 말을 붙였다. 이십 전후의 깡마른 여자였다. 그녀는 문지숙에게 고개를 돌려 한참을 바라보고만 있다가 힘없이 고개를 저었다.

'혹, 인신매매?'

문지숙은 불현듯 그런 생각이 들었다. 신문이나 방송, 잡지

에서 보고 들었던 사건들이 한꺼번에 떠올라 머리 속이 혼란스
럽기 그지없었다.

문지숙은 방문을 열고 밖으로 나왔다. 재빨리 신발을 신고
자기가 들어왔던 출입구 쪽으로 뛰어갔다.

아뿔싸! 출입구는 안에서 주먹덩이만한 자물통이 채워져 있
었다. 이유는 뻔했다. 안에 있는 여자들이 밖으로 나가지 못하
도록 단속을 한 것이 틀림없었다.

이때 출입구 쪽에서 가장 가까운 오른쪽 방문이 열리면서 한
사나이가 나왔다. 머리를 짧게 깎은 이십 대 중반의 건장한 청
년이었다.

"너 거기서 뭣하는거야!"

청년은 담배 필터를 질겅질겅 씹으며 무섭게 소리쳤다. 문지
숙은 파랗게 질린 얼굴로 청년을 보았다.

"너 이년! 허튼 수작을 했다가는 뼈도 못 추릴 줄 알아! 썩
방으로 들어가 있어!"

청년은 눈알을 부라리며 문지숙의 몸을 위로 봤다 아래로
봤다 했다. 그러다가 눈빛을 묘하게 빛내며,

"너 이리 들어와!"
하고 말하면서 거칠게 문지숙의 손을 채어 방으로 끌어들였다.

청년은 다짜고짜 문지숙의 입술부터 더듬었다. 문지숙은 심
하게 고개를 저으며 청년의 입술을 피하려고 했다.

"이런, 쌍년이 어디서 반항해!"

청년은 무자비하게 문지숙의 뺨을 서너 차례 후려쳤다. 눈앞
이 캄캄해지고 반짝반짝한 별이 보일 정도로 모진 매질이었다.
꼭 따귀가 떨어져나가버린 것과도 같았다.

문지숙은 더할 수 없는 공포에 질려 엉덩이 걸음으로 뒤로
물러났다. 그러나 청년의 거친 손이 그녀의 옷을 벗기기 시작

했다. 조금만 반항하면 쌍소리와 함께 주먹이 날아왔다.

청년의 완력 앞에 문지숙은 한없이 무력할 수밖에 없었다. 숱하게 얻어터지다보니 마침내는 반항할 엄두도 내지 못했다. 그렇게 울며 불며 살려달라고 소리를 쳤지만 어디에도 구원의 손길은 없었다.

청년은 미친 들개였다. 문지숙은 굶주린 들개에게 사로잡힌 가련한 토끼였다. 들개의 날카로운 이빨이 목덜미를 파고들 때 문지숙은 눈을 질끈 감으며 입술을 앙당그렸다.

그곳은 창살 없는 감옥이었다. 아니, 지옥과도 같았다. 이놈 저놈, 온갖 잡놈들이 문지숙을 끌어내 욕심을 채웠다.

악몽 같은 날들이 십여 일 정도 흘렀다. 함께 있던 여자들이 어디론가 나갔다가 돌아오지 않는 대신 가끔 다른 여자들이 새로 들어왔다.

그러던 어느 날 문지숙은 장소를 옮겼다. 밖으로 나갈 수가 없어 어디인 줄도 모른 곳이었는데 말로만 듣던 사창가였다.

하루에도 몇 차례씩이나 남자를 받아야 했다. 처음에 몇 번인가 반항을 했다가 죽도록 맞았다. 탈출을 시도했었지만 불가능했다. 탈출을 시도했다가 발각되었을 때는 말로 형용할 수 없을 정도의 고문을 당했다.

그래서 체념했다. 어쩔 수 없기에 손님을 받았고, 죽지 못하기에 목숨을 겨우겨우 부지했다. 그러는 사이에도 배는 자꾸만 불러왔다.

"제발, 아이를 지우게 해주세요."

문지숙은 몇 번이나 포주(抱主)에게 눈물로 사정했었다. 그러나 포주는 번번이 들은 척도 하지 않았다. '조금 더 조금만 더' 미루다가 배는 눈에 띄게 불렀다.

손님들도 배부른 여자를 좋아할 리가 없었다. 문지숙과 접촉을 시도하다가도 배를 보면 기겁을 했다.

"이봐요, 주인장！ 이 여자 임신했잖아. 누가 배불뚝이 계집과 오입(誤入)한댔어！ 돈을 내주든지 다른 여자를 붙여줘요."

손님을 받지 못하는 창녀(娼女)는 홍등가(紅燈街)에 머물 가치가 없다. 더욱이 해산이 임박한 창녀는 귀찮기 짝이 없다.

문지숙이 손님에게 번번이 딱지를 당하자 포주는 어쩔 수 없이 문지숙을 병원으로 데려갔다.

"임신 8개월째로 접어들었습니다. 몸조리를 잘해야만 하겠습니다."

진찰 결과, 이미 아이를 뗄 수 있는 기회를 놓쳐버렸다. 창녀의 몸으로 어떻게 아이를 낳을 수 있단 말인가. 문지숙은 천길 낭떠러지로 떨어져내리는 것만 같았다.

"의사 선생님！ 어떻게든 아이를 떼어주십시오. 절대로 낳아서는 안 될 아이입니다."

문지숙은 의사의 손을 잡고 통사정했다. 그러자 의사는 문지숙의 손을 모질게 뿌리치면서,

"이 여자야, 내가 사람을 살리는 의사지, 사람 죽이는 의산 줄 아나！"

하고 노발대발 소리쳤다.

그날 밤 포주가 문지숙을 불렀다.

"몸이 그렇게 생겼으니 나도 어쩔 수가 없구나. 어디로 가서 해산을 해라！"

포주는 장농 서랍에서 만원권 지폐 한 뭉치를 꺼내 문지숙 앞으로 밀었다.

"얼마되지 않지만 해산하는 데 써라. 내가 너를 비싸게 샀기 때문에 빚을 공제하면 네 몫은 거의 없어. 그렇지만 이 돈은 그동안의 정리(情理)를 보아 특별히 너에게 주는 것이니까 그리

알아라.”

포주는 대단한 생색을 냈다. 다섯 달 가까이 몸을 판 금액치고는 너무도 적은 돈이었다. 문지숙은 포주의 그 뻔뻔스러운 얼굴에 침이라도 뱉어주고 싶었지만 실행에 옮기지는 못했다.

문지숙은 다음날 아침 나절에 사창가를 나왔다. 옷가지와 화장품 등을 담은 가방 하나를 들고 있을 뿐이었다.

어디로 갈까. 어디로 가야 하나…….

문지숙은 갈 곳이 없었다. 세상 천지에 자신을 반겨줄 사람은 아무도 없었다.

무작정 거리를 배회하던 중에 떠오르는 얼굴이 하나 있었다. 바로 서울로 올라오는 기차에서 만났던 여자였다.

‘그때 그 언니의 말만 들었던들…….’

문지숙은 그날을 회상하며 후회했다. 스스로 병원에서 도망쳤기에 이제 와서 이런 몸을 하고 찾아갈 염치는 없었다.

“나는 그 새끼를 용서할 수 없는기라. 내 인생을 이렇게 거지같이 만들어 버린 그 쌍놈 새끼를 그냥 두지는 않겠는기라……”

이빨을 빠드득 가는 여자의 모습이 선연했다. 그 모습 위에 박문수 선생의 모습이 겹쳐졌다.

“결단코 용서하지 않겠다!”

문지숙은 이를 앙당 물고 주먹을 불끈 쥐었다. 이제서야 여자의 그 실정을 가슴으로 이해할 수 있었다.

‘그 언니라면…….’

문지숙은 염치불구하고 여자를 찾아가리라 생각했다. 그 여자는 자기를 이해해줄 것 같았다.

기억을 더듬어 그 집을 찾아갔다. 방문은 잠겨 있었다. 집주인한테서 밤 늦어서야 돌아온다는 말을 들을 수 있었다.

뱃속의 아이가 발길질을 하며 놀기 시작했다. 죄의 씨앗이 었다. 세상에 태어나서는 안 될 그런 씨앗이었다.

'앞으로 어떻게 될까? 나는 어떻게 해야 하나…….'

문지숙은 방문 앞에 쪼그리고 앉아 이런 생각 저런 상상을 했다. 안타깝게도 생각은 슬픔과 어둠과 고통과 망막함만이 뒤 엉킬 뿐이었다.

"누, 누구야! 어떤 놈이 내 방문 앞에 앉아 있어, 꺼억!"

그 소리에 놀라 문지숙이 고개를 들었다. 여자를 기다리다가 깜빡 잠이 든 모양이었다.

"……."

문지숙은 대답을 못하고 여자를 보았다. 어둠 속에 희미하게 드러난 여자의 모습은 비틀거리고 있었다.

"어, 취한다! 어떤 놈이냐고 묻지 않았어? 썩 정체를 밝히 라구!"

"저어……, 지숙이에요."

"지숙이라구? 지숙이가 어떤 년이노?"

여자는 그렇게 내뱉으며 주머니를 뒤져 담배를 꺼내 물고 라 이터를 켰다. 라이터의 불빛이 어둠을 몰아냈다. 여자의 모습 이 불빛 속에 드러났다.

눈을 지릅뜨고 한참 동안이나 문지숙을 노려보던 여자는,

"아, 아니 넌? 병원에서 뺑소니 친 아이가 맞지?"

하고 소리쳤다. 문지숙이 얼굴을 붉히며 고개를 끄떡였다.

"미친 년! 그 꼴이 뭐노?"

방으로 들어가 전등을 켠 여자는 무섭게 소리쳤다. 문지숙의 모습에서 모든 것을 짐작하는 모양이었다.

이날 밤 문지숙과 여자는 한없이 울었다. 여자는 문지숙이 가엾고 불쌍해서 울었고, 문지숙은 여자의 슬픔이 자신의 구곡

간장을 끊었기에 울었다.

이날부터 여자의 집에서 한 달 정도 머물던 문지숙은 여자의 주선으로 미혼모를 위한 집에 들어가게 되었다.

"그후 어떻게 되었습니까?"
"지숙이는 사내아이를 낳았어요."
"그녀가 기르고 있나요?"
"아뇨, 미국으로 입양시켰어요."
"문지숙이란 미혼모는요?"
"우리도 몰라요…….."

김솔향은 슬픈 목소리를 토해냈었다. 그때 그녀의 눈이 햇빛에 반짝였었다. 문지숙이란 이름의 가련한 미혼모가 불쌍하여 눈물을 흘렸을 것이리라.

검은 비로드 같은 하늘에 김솔향의 슬픈 얼굴이 걸려 있었다. 나는 문지숙이란 미혼모의 얼굴을 김솔향의 환영 곁에 그려보려고 해도 그릴 수가 없었다. 아마도 그녀의 얼굴을 보지 못했기 때문이리라.

그 이야기를 떠올리고 보니 나는 마음이 몹시 착잡해졌다. 누구인지는 모르지만, 박문수라는 사람이 한없이 가증스러웠다. 만약 눈앞에 그가 있다면 흠씬 패주고만 싶었다.

남자가 여자에게 이끌리는 것은 어쩔 수 없는 일이지만, 외도(外道)에도 최소한 지켜야 할 룰은 있는 것이다.

특히 철부지 아이들을 상대로 외도하는 어른은 인간의 사표를 써야 한다. 속된 말로 지구를 떠나야 한다. 왜냐하면 그들은 이미 인간이기를 포기한 짐승보다 못한 놈들이기 때문이다.

어린이를 성폭행하는 놈들, 지위를 이용하여 아랫사람을 마음껏 유린하는 싸가지 없는 새끼들…….

　세상에 어느 짐승이 그토록 추악할 수 있단 말인가!

　나는 이를 갈며 독한 소주를 연거푸 마셔야만 했다. 뱀사골 산장의 하늘에 두둥실 떠 있는 둥근 달은 나의 이런 마음을 아는지 모르는지 교교하기만 했다.

제3장

바다의 유혹은
황홀하고도 잔인했어라

― 늑대의 이빨에 물린 여자이야기 ―

1

지리산에서 3박 4일을 보냈다. 일상에서 탈출하여 대자연의
품속에서 유유 자적(悠悠自適)하다 보니, 신선이 따로 있을 수
가 없었다.

더러워진 몸은 목욕을 함으로써 씻을 수가 있듯, 더러워진
눈과 마음은 대자연을 접함으로써 씻어지는 것이런가.

나의 눈은 한없이 깨끗해지고 마음은 더없이 청정해진 느낌
이었다. 그래서 산과 물을 좋아하는 사람들은 악한 사람이
없다고 했는가 보다.

　　青山은 나를 보고 말없이 살라 하고
　　蒼空은 나를 보고 티없이 살라 하네
　　욕심도 벗어 놓고 미움도 벗어 놓고
　　물같이 바람같이 살다 가라 하네.

제석봉에 올라선 순간 나도 모르게 이 시(時)를 목청껏 읊었었다. 잔잔한 풀밭에 우뚝우뚝 서 있는 수백 그루의 고사목은 말로 형용키 어려운 감동을 주었다.

내가 보고 느낀 지리산은 그야말로 장엄했고, 발길을 옮기는 곳마다 빚어 놓은 듯한 절경이 환(環)을 이루고 있었다. 신선들이 내려와 이곳에서 놀았다 하여 일명 방장산(方丈山)이라고 했다던가. 백두산의 정기가 여기서 우뚝 솟았다 하여 두류산(頭流山)이라 한다던가.

4일째 되던 날 오후, 나는 주봉인 천왕봉에서 산청(山淸) 방면으로 하산했다. 돌계단이 무척이나 인상적인 코스였다. 크고 작은 바위들이 겹겹이 쌓여 이뤄진 돌계단이었다. 바위들은 오랜 세월 세찬 비바람에 시달렸던 탓인지 그 빛깔이 너무나도 맑고 깨끗했다.

한 시간 남짓 내려왔을 때 온몸이 땀으로 흠씬 젖었다. 법계사(法界寺)로 접어드는 샛길 약수터에 앉아서 땀을 식혔다. 나는 잠시 절구경이나 할까 하고 그 길로 접어들었다. 호젓한 산길이었다. 사람이라고는 구경도 할 수 없었다.

손이 끊긴 산길을 홀로 걷다보니 노랫가락이 절로 흘러나왔다. 음정, 박자, 가사 모두 엉망인 노래였지만 흥에 겨워 목청껏 부르면서 산길을 걸었다.

바락바락 노래를 불러제끼면서 10분 정도 걷다가 나는 갑자기 입을 다물었다. 산길에 사람이 보였기 때문이었다. 두 여자가 길 옆에 앉아 있었다. 한 여자는 30대 중반쯤 돼보이는 부인이었고, 다른 한 여자는 여대생으로 보였다.

두 여자는 차림새가 무척이나 대조적이었다. 여대생은 등산복 차림을 하고 있었지만, 부인은 산길을 가는 데 불편한 성장(盛裝)에 하이힐을 신고 있었다.

두 여자는 나를 올려다보았다. 여대생 차림의 긴머리 아가씨가 킬킬거렸다. 그 웃음의 의미는, 내가 악에 받친 듯 불러제낀 노래 때문이리라. 나는 부끄러운 생각이 들어 얼굴이 뜨거워졌다.

"법계사가 아직도 멀었나요?"

"우리도 초행길이에요."

긴머리가 여전히 싱글거리며 말했다. 명랑하고도 고운 음성이었다.

"그렇다면 함께 갑시다."

나는 다소 용기를 내어 여자들 곁에 주저앉았다. 담배를 한 개비 꺼내 물었다. 라이터를 찾으려고 주머니를 뒤졌는데 웬일인지 라이터가 없었다. 약수터에서 앉아 쉴 때 그냥 두고 온 모양이었다.

"여기 있어요."

긴머리가 웃으며 라이터를 켰다. 자주색 가죽으로 겉을 싼 고급품이었다. 나는 의외라는 표정으로 그녀를 보며 담배에 불을 붙였다.

"여행 중이신가 보죠?"

긴머리가 물었을 때 나는 싱긋 웃으며 고개를 끄떡였다.

"어디선가 뵈었던 분 같아요!"

긴머리가 의외의 말을 했다. 나는 그 말을 듣고 긴머리를 유심히 살폈다. 눈이 작았지만 꽤나 귀염성이 있었다. 왼편 턱에 팥알만한 매력점이 있었다. 나의 기억 속에는 전혀 없는 얼굴이었다.

"나도 그런 느낌이 드는군요. 어디서 봤더라……."

나는 거짓말을 했다. 무슨 이유에서 거짓말을 했는지 나 자신도 모를 일이었다.

　　잠시 쉬었다가 우리는 다시 산길을 걷기 시작했다. 얼마쯤
더 걸었을 때 법계사에 당도했다.

　　규모가 작은 절이었다. 부인이 대웅전으로 들어가자 긴머리
와 나는 사찰을 둘러보았다. 보물 제473호로 지정된 삼층석탑
(三層石塔)이 눈길을 끌었다. 화강석 자연암괴의 중심부를 기
단(基壇)으로 한 그 탑은 폭과 높이가 체감(遞減)된 3단의 굄을
각출(刻出)하여 탑신부(塔身部)를 받치고 있었다. 탑신부는 각
각 하나의 돌로 옥신(屋身)과 옥개석(屋蓋石)을 쌓았다.

　　중후한 양식과 약식화(略式化)된 점으로 미뤄볼 때 고려 초기
의 탑으로 보였다.

　　"사진 한 장 찍어 주세요."

　　나는 긴머리에게 사진기를 건넸다. 사진기를 건네 받은 긴머
리는 "치즈!"하며 셔터를 눌렀다. 그녀도 한 장 찍어줬다.

　　"부인과는 어떤 관계예요?"

　　"아무 관계가 아녜요. 오다가 만났어요."

　　"그렇다면……, 아가씨 혼자서 여기에 온 거예요?"

　　"그래요. 천왕봉에 오르려고 했었는데, 무리일 것 같아서 그
만 포기했어요."

　　"아가씨 혼자서 여행이라! 멋지군요?"

　　"호호호……. 그게 멋진 거예요?"

　　"그럼, 멋지지!"

　　긴머리는 흰 이를 드러내며 소리내어 웃었다. 웃으니까 눈이
보이지 않았다.

　　'무척 명랑한 아가씨군!'

　　나는 그런 생각을 하며 무심코 담배를 꺼내 물었다. 긴머리
는 잽싸게 라이터를 켜주며 어색하게 웃었다.

　　"저어, 아저씨!"

"……."

내가 말없이 쳐다보자 긴머리는 자기의 배낭에서 담배를 꺼
냈다. 담배를 피우고 싶은가 보다. 그 눈치를 알아 챈 나는 빙
그레 웃으며 입을 열었다.

"괜찮아요, 피우세요. 요즘 아가씨들 많이들 피우잖아요."

긴머리는 담배에 불을 붙였다. 담배 연기를 쭉 빨아들였다가
코로, 입으로 담배 연기를 내뿜는 것으로 보아 꽤나 능숙한 솜
씨였다.

"아저씨는 어디에서 왔어요?"

"서울에서 왔어요. 그런데 아가씨는?"

"저도 서울에서 왔어요."

"아, 그렇군. 보아하니 학생인 것 같은데……."

"네, 맞아요."

나는 고개를 갸우뚱하며 그녀를 보았다. 방학 때도 아닌 평
일에 이 먼 곳까지 왔다는 것이 이해가 되지 않았다.

"며칠 머리를 식힐 겸 나왔어요."

긴머리는 나의 마음을 꿰뚫어 보듯 말하고 나서 이내 곧 입
을 열었다.

"천왕봉까지 올라가실 모양이지요?"

"천왕봉에서 내려오는 길입니다. 벌써 이곳에서 나흘이나 있
었어요."

"어머, 나흘씩이나요?"

나는 고개를 끄떡이며 웃었다.

"그렇다면 이제는 서울로 올라가셔야 하겠네요?"

나는 고개를 가로저었다.

"아뇨, 이제 여행의 시작인걸요."

"여행 중이세요?"

"그래요."

"다음 행선지는 어디예요?"

"그건, 나도 모르는 일이오. 발길이 닿는 데로 마음이 끌리는 곳으로 다니니까요."

"호호호……. 아저씨야말로 멋진 아저씨군요?"

이때 대웅전에 예불을 드리러 들어갔던 부인이 우리 곁으로 다가왔다.

"아마, 불공을 드리러 오셨나 보군요?"

내가 말을 건넸을 때 부인은 쓸쓸히 웃었다. 유별나게 말이 없는 여자였다. 쌍꺼풀이 곱게 진 눈은 우수에 차 있는 것처럼 보이기도 했고, 무슨 걱정거리가 있는 것으로 보이기도 했다.

"아저씨는 뭘 하시는 분이신데, 이렇게 혼자서 여행을 하시는 거예요?"

긴머리가 그렇게 물었을 때, 나는 문득 여행 첫날 열차에서 만났던 김솔향을 떠올렸다. 그녀에게 말했던 것처럼 나의 이름을 고무 지우개로 싹싹 지워버릴까를 잠시 생각했다. 그러나 나의 입에서는,

"글을 쓰는 사람입니다. 모처럼 시간이 나서 이렇게 떠돌고 있는 중입니다."

하는 말이 튀어나왔다.

"어머, 작가세요? 어쩐지……, 실레지만, 존함을 일러주실 수 없습니까?"

"하핫, 그저 이름도 없는 삼류입니다."

나는 말은 그렇게 했지만, 마음은 아니었다. 왜냐하면 나의 졸저 《철학하는 바보》, 《깨달음을 얻은 바보》가 지금 한창 베스트셀러 중에 있는 연유였다.

"어떤 작품을 쓰셨어요?"

긴머리의 그 물음에 나는 다소 우쭐해졌다.

"최근에 발표한 작품이 《깨달음을 얻은 바보》라는 제목의 책입니다."

"어머, 저도 본 적이 있어요. 요즘 많이 팔리는 책이지요?"

긴머리는 나와의 우연한 만남이 짜장 신기한 모양이었다. 나는 빙그레 웃음으로 대답을 대신했다.

나의 신분을 알아차린 긴머리는 이것저것 많은 질문을 했고, 나는 성의 있게 대답을 했다.

"글 쓰는 사람은 여행을 많이 다니시죠?"

그때까지 줄곧 우리의 대화를 듣고만 있던 여자가 마침내 입을 열었다.

"그렇다고 할 수도 있겠지요. 작품의 소재를 찾고 견문을 넓히기 위해서는 여행이 절대 필요하지요."

여자는 고개를 끄떡이다가 나직한 소리로 말했다.

"사실 저는 근래에 선생님의 작품을 읽었어요."

"아, 그러세요?"

나의 목소리가 크게 터져나왔고, 그리고 조금 떨렸다. 가슴이 뭉클했다. 깊은 산중의 절간에서 뜻밖의 독자를 만난 것이 나의 가슴을 들뜨게 만들었다.

"네, 아주 깊은 감동을 받았어요."

"부끄럽습니다."

나는 짐짓 겸손하게 말하고 나서 다시 입을 열었다.

"그런데 부인께선 어쩐 일로 혼자서……?"

"……."

여자는 먼 산에 시선을 두었다. 바람이 불어와 여자의 머리카락을 두어 개 이마로 흘러내리게 했다.

'곡절이 있는 여자?'

나는 여자의 쓸쓸한 옆모습을 보며 그런 생각을 했다. 괜히 그 곡절이 궁금해졌다.

"모르는 사람끼리 이렇게 만난 것도 인연이지 않습니까? 가능하다면 부인의 이야기를 듣고 싶군요."

나의 이 말에 여자는,

"선생님께 이런 말씀을 드려도 되는 줄 모르겠습니다만……."

하고 말하면서 살며시 고개를 돌려 나를 보았다.

"무슨 말씀이신지는 모르겠지만 어서 해보십시오."

"아, 아닙니다……."

여자는 무슨 생각을 했는지 도리질을 하며 입을 다물어버렸다. 그런 후 다시 먼산에 시선을 던졌다.

'대체, 어떤 사연이 있길래…….'

나는 궁금증이 더했다. 아담한 체구에 보기 좋을 만큼 살이 찐 삼십대 중반의 여자, 꽤나 탄탄한 미모에 지성미가 엿보이는 여자, 가정 주부임에는 틀림없는 것 같은데……, 그 마음속에 무슨 사연이 있는 걸까.

'남편이 바람을 피운 것일까?'

나는 한없이 궁금했지만 물을 수는 없었다.

"이제 그만 내려가요, 우리."

긴머리가 배낭을 걸머메고 일어났다. 나와 여자도 자리에서 일어났다. 긴머리의 '우리'라는 표현에 친밀감이 느껴졌다.

"저어, 선생님!"

얼마쯤 산길을 걸었을 때 여자가 입을 열었다. 뭔가를 말하고 싶어하는 눈치였다. 나는 걸음을 잠시 멈추고 담배를 꺼내 물었다.

"하실 말씀이 있으면 속 시원히 하십시오."

　나는 그렇게 말하면서 긴머리의 뒷모습을 보았다. 긴머리는 열댓 걸음 앞서 걷고 있었는데, 그 모습이 썩 보기가 좋았다. 1m 65cm는 넘어보이는 호리호리한 키에 가늘은 허리, 적당히 발달하여 실룩거리는 히프가 매우 도발적으로 보였다.

　'모델처럼 쭉 빠진 몸매를 가졌구나.'

　나는 내심으로 감탄하며 그녀를 불렀다.

　"아가씨! 불 좀 줘요!"

　긴머리가 잠시 기다렸다가 나의 담뱃불을 붙여준 후에 자기도 한 대 피워 물었다. 그때 여자가,

　"나도 한 개비 주시겠어요?"

하고 말하며 긴머리에게 손을 내밀었다. 생각지 않았던 여자의 말에 나와 긴머리는 잠시 의아한 눈빛을 교환했다.

　"아, 네! 여기 있어요."

　"고마워요."

　긴머리가 여자에게 담뱃불을 붙여줬다. 이맛살을 찌푸리며 담배를 뻐끔뻐끔 빨던 여자는,

　"이런 경우 어떻게 처신을 해야 하는지……."

하고 말문을 열었다.

2

　바다, 푸른 물결이 넘실거리는 여름 바다였다.

　여름 바다는 사람의 마음을 풍선처럼 부풀게 했다. 수줍음 많은 여성에게도 꼭 가려야 할 곳만 가리게 하고도 부끄러움을 잊어버리게 하는 장소가 바다였다.

　파도가 철썩이는 여름 바다는 찾아온 사람들의 몸과 마음을 한껏 풀어놓는다. 가정에서, 직장에서, 학교에서, 사회에서 지켜야만 했던 그 모든 제약에서 벗어나라고 유혹한다. 적어도

여름 바다는 그렇다.

김 여인도 그 해 여름 바다에 있었다. 비행기에서 내려 간신히 얻어 탄 택시의 창 밖으로 바다의 한 끝이 시야에 들어왔을 때 그녀는 외롭다는 생각을 했다. 두 딸만을 데리고 왔을 뿐 곁에 남편이 없었기 때문이었다.

"먼저 내려가 쉬고 있어요. 급한 일을 처리해놓고 이삼 일 후에나 따라 내려갈 테니까."

남편은 회사 일로 바빠서 함께 내려오지 못했다. 이미 비행기 표와 호텔 등을 예약해놓은 상태였기에 부득불 아이들과 올수밖에 없었다. 공항에서 자신과 아이들을 전송하며 했던 말이 귓전에 윙윙거렸다.

'아, 함께 있어야 할 자리에 그이가 없어서 이렇게 허전한 것일까!'

김 여인은 예약된 호텔에 짐을 정리한 후에 창 밖을 내다보며 남편을 생각했다. 소규모 건설회사를 운영하고 있는 남편은 늘상 바빴다. 그 바쁜 와중에서도 아내와 아이들을 위해 직접 휴가 준비를 했던 자상한 가장이었다.

"엄마! 우리 빨리 바다에 나가요!"

"그래요. 엄마!"

아이들의 성화가 대단했다. 기대했던 바다에 오니 물 속에 빨리 들어가고 싶은 모양이었다. 큰딸은 국민학교 3학년이고, 둘째는 1학년이었다.

아이들의 손에 이끌려 바닷가 모래밭으로 나왔다. 바다는 수영복만 입은 벌거숭이들로 인산인해를 이루었다.

"야호!"

큰딸이 물로 뛰어들어가자 작은딸도 '야호'를 외치며 따라들어갔다.

김 여인은 비치 파라솔 밑에 앉아 그런 아이들을 주시했다. 아이들은 물장구를 치며 정신없이 뛰어놀았다.

'녀석들, 좋기도 하겠다.'

김 여인은 싱긋 웃으며 벌렁 비치 파라솔 그늘에 누웠다. 하늘에는 하얀 뭉개구름이 떠 있었다. 한가한 기분으로 구름을 유심히 살피다가 문득 남편과의 연애 시절을 떠올렸다.

"저 구름 속에 코끼리가 들어 있어요."

"아냐, 저건 양이잖아!"

"어째서 저것이 양이에요, 코끼리지."

"허어, 양에서 이제는 개로 변했잖아."

연애 시절 때도 이 바다에서 여름을 만끽했었다. 오늘처럼 파라솔 밑에 누워 구름을 보면서 남편과 싫지 않은 입씨름을 했었다.

'그때가 좋았는데…….'

김 여인은 십여 년 전의 옛날을 추억하며 눈을 감았다. 한참 후에 눈을 뜬 순간 한 남자의 따가운 시선을 느꼈다.

그는 삼십 전후의 건장한 남자였다. 가슴과 다리통에 털이 많은 남자였다. 녹색 줄무늬가 있는 오렌지색 수영복을 입고 있는 남자였다. 눈이 부리부리하고 얼굴의 선이 굵은, 그래서 야성미가 철철 넘치는 남자였다.

김 여인은 까닭도 없이 가슴이 두근거려 그 남자의 시선을 피했다. 원피스 수영복을 입고 있는 자신의 몸을 위에서 내려다보고 있는 그 남자의 시선이 부담스럽기도 했다.

"아이들이 무척 잘 노는데요."

남자의 그 말에 김 여인은 무의식적으로 피했던 시선을 남자의 얼굴로 옮겼다.

"네? 우리 애들을 아세요?"

"하하하……. 조금 전에 사귀었습니다. 함께 놀다가 나오는 겁니다."

"아, 네……."

김 여인은 다시 그 남자의 시선을 피했다. 위에서 아래로가 아니라, 아래로부터 위로 훑어 올라가는 시선이 무척이나 따가웠기 때문이었다.

"왜 물에 들어가지 않고 이러고만 계십니까? 수영을 할 줄 모르십니까?"

"네, 아직 수영을 배우지 못했어요."

김 여인은 시선을 모래찜질을 하고 있는 사람에게 두고 건성으로 대답했다.

"그렇다면 제가 수영을 가르쳐드릴까요?"

"고맙습니다만, 됐어요."

"그러지 마시고 어서 일어나세요. 수영을 배워야 아이들과 놀아줄 수도 있잖습니까? 벌써 아이들에게는 수영을 가르쳐주겠다고 약속을 했습니다."

남자의 그 말에 김 여인은 마지못해 자리에서 일어나 물 속으로 들어갔다.

"엄마, 이 아저씨가 수영을 가르쳐준댔어!"

큰딸이 엄마에게 뛰어오며 소리쳤다. 그러자 그 남자는 그 아이를 번쩍 들어 올리며 껄껄 웃었다.

"하하하……. 그래, 이 아저씨가 약속을 했으니 수영을 가르쳐줘야지. 암, 가르쳐주고말고!"

김 여인은 두 딸과 함께 그 남자한테서 수영을 배우기에 여념이 없었다. 아이들에게 열심히 물에 뜨는 법을 가르치던 남자가 활짝 웃으며 김 여인을 보았다.

"제가 잡아줄 테니 손놀림과 발놀림을 해보세요."

　남자는 거침없이 억센 두 팔로 그녀의 허리를 잡아주었다.
김 여인은 약간 흥분한 가슴으로 남자의 말대로 했다. 손으로
물결을 헤치고 발로 물장구를 얼마 동안이나 쳤을 때 놀랍게도
자기의 몸이 물에 떴다.
　"와, 엄마가 수영을 한다 !"
　"정말이야! 엄마가 혼자 물에 떴어요, 물에 떴어!"
　두 딸이 박수를 치며 좋아했다. 김 여인도 쉽게 수영을 배운
것이 신기하기도 하고 즐겁기도 했다.
　여름 바다는 초면의 사람이라도 가깝게 그 마음을 풀어놓게
한다. 자신과 아이들에게 수영을 가르쳐준 그 남자가 이제는
무척 가깝게 느껴졌다. 대화에 부담이 느껴지지 않았고 서먹서
먹 하지도 않았다.
　물 밖으로 나온 김 여인은 그 남자에게 음료수를 대접했다.
물론 수영을 가르쳐준 데 대한 보답이었다.
　김 여인과 그 남자가 급속도로 가까워진 것은 그 다음날의
일이었다. 큰딸이 깊은 물에 휩쓸려가 허우적거리는 것을 그
남자가 건져내 인공호흡을 시켜준 것이었다.
　"조금만 늦었으면 큰일 날 뻔했습니다. 어서 숙소로 돌아가
의사를 부릅시다."
　김 여인의 등에는 식은땀이 주르륵 흘러내렸다. 그 남자의
말처럼 자칫했으면 아이를 바다에 잃을 뻔했기 때문이었다.
　그 남자는 사지를 축 늘어뜨리고 있는 아이를 안아 김 여인
의 방으로 옮겼다. 잠시 후에 의사가 와서 응급치료를 하고 돌
아갔다.
　"고맙습니다. 이 은혜를 어떻게 갚아야 할지……."
　김 여인은 그 남자에게 진심으로 고맙다는 인사를 했다. 딸
의 생명의 은인인 남자였다.

"하하……. 뭐 은혜랄 것이 있습니까? 정 그러시다면 맥주 나 한 잔 사주십시오."

"그렇게 하지요."

그 말에 김 여인은 고개를 끄떡이며 가볍게 허락했다. 맥주 가 문제가 아니었다. 양주를 한 트럭 정도 사주더라도 아깝지 않을 일이었다.

어느덧 해변에 어둠이 내리고 있었다. 아이가 누워 있기에 저녁을 방으로 시켰다. 남자의 부탁으로 맥주도 세 병 같이 주 문했다.

둘째 아이는 밥숟갈을 놓자마자 잠에 골아떨어졌다. 물장난 을 치고 모래사장을 뛰어다니며 노느라 무척이나 피곤한 모양 이었다.

아이들이 잠든 방에서 김 여인과 그 남자는 술잔을 기울이고 있었다. 그때까지 수영복 차림이었다.

"오늘 많이 놀라셨지요?"

남자가 마지막 잔을 비우고 말했을 때 김 여인은 눈가에 쓴 웃음을 지으며 고개를 끄떡였다. 딸 아이가 바다에서 허우적거 릴 때를 생각하면 진저리가 쳐졌다.

"놀란 가슴을 진정시킬 겸 잠시 산책이나 합시다. 마침 아이 들도 잠들어 있으니까요."

김 여인은 잠든 아이들이 걱정되어 잠시 망설이다가 그 남자 를 따라 해변가 모래밭으로 나왔다. 곧 들어오면 된다는 생각 에서였다.

"쏴아아 쏴아! 쏴아 쏴아아……."

파도가 밀려왔다. 모래를 쓸어가는 해조음이 밤바다의 정취 를 김 여인의 가슴으로 촉촉히 전하고 있었다. 흡사 깨꽃처럼 피어난 밤하늘의 별들이 너무나도 영롱했다.

그런 모든 것들이 김 여인의 마음을 사춘기 소녀의 마음처럼 변하게 했다. 젊고 매력 있는 연하의 남자와 밤의 바닷가를 걷는 것이 짜릿한 느낌을 가지게 했다. 마치 자신이 영화 속의 주인공처럼 느껴지기도 했다.

김 여인과 그 남자는 별로 말을 하지 않고 백사장을 걸었다. 김 여인은 김 여인대로 그 남자는 그 남자대로 생각에 잠겨서 하염없이 걸었다.

인적도 없는 밤바다였다. 바다는 칠흑 같은 어둠에 잠겨 있었다. 바위에 부딪치는 파도가 가끔 희끄무레한 이빨을 드러냈다 감추었다를 반복했다.

얼마쯤 걸어 다리가 아파올 무렵이었다. 그 남자는 갑자기 김 여인을 힘껏 안으며 입술을 더듬었다. 그리고 둘은 백사장에 쓰러졌다.

김 여인은 나에게 그날 밤의 사건을 바다 때문이라고 했다. 바다가 경계심을 풀어주었다고 했다. 바다가 남편과 아이들을 잊게 만들었다고 했다. 단지 바다가 윤리와 모랄을 무시하게 만들었다고 울먹이며 나에게 말했다.

영화에서나 볼 수 있는 상황이었다. 실로 소설에서나 있을 법한 그런 사건이었다.

'아아, 내가 큰 죄를 지었구나!'

김 여인은 휘청거리는 걸음으로 아이들이 잠든 호텔방에 들어왔을 때서야 양심의 가책을 느꼈다. 밤바다가, 밤바다의 젊고도 강한 남자의 힘이 김 여인으로 하여금 양심의 눈을 잠시 멀게 한 것이었다.

그날 밤 김 여인은 죄책감에 잠을 이루지 못했다. 남편을 바로 보지 못할 것 같았다. 이제는 떳떳할 수 없는 자신의 마음과 깨끗하지 못한 몸뚱아리가 그렇게 저주스러울 수 없었다.

　그러나 남자를 알아버린 여자의 마음은 미묘했다. 그토록 양심의 가책을 느끼면서도, 자신의 부정을 저주하면서도 한편으로 그 남자와의 정사에서 맛보았던 쾌락을 차마 떨치지는 못하고 있었다.

　"내가 미친년이다. 내가 미친년이야……."

　김 여인은 문득문득 그 남자와의 황홀했던 정사를 떠올리고 있는 자신을 느끼고 진저리를 쳤다. 머리카락을 쥐어뜯으며 욕설을 퍼부었다.

　"더러운 여자! 천벌을 받을 여자!"

　길고도 긴 고통과 사유(思惟)의 밤이었다. 이성과 감정이 밤을 지새며 머리 속에서 싸웠다. 본능과 세속적인 모랄이 밤새도록 으르렁거렸다.

　끝없이 계속될 것만 같았다. 그 밤이 불덩이를 토해내는 바다의 새벽 기운에 밀려 허망하게 물러갔다.

　날이 환히 밝을 무렵에야 깜빡 잠에 빠져들었다. 혼란스러운 꿈을 꾸었다. 숱한 사람들이 발가벗은 자신에게 돌멩이를 던지기 시작했다. 자신의 몸은 크고 작은 돌멩이에 맞아 깨지고 터져 시뻘건 피가 철철 흘러내리고 있었다.

　"용서해주세요! 제발 용서해주세요!"

　차갑게 돌아서 있는 남편의 다리를 붙잡고 소리쳤다. 남편은 꼼짝도 하지 않았다. 요지부동이었다. 도무지 용서해줄 것 같지 않았다. 그래서 남편의 허리를 으스러지도록 껴안으며 애처롭게 울부짖었다.

　"차라리 죽여주세요!"

　"뭐, 죽여달라구? 히히……, 죽여주지!"

　음산한 사나이의 음성이었다. 끈적끈적한 육(肉)의 냄새를 풍기는 그런 음성이었다.

김 여인은 꿈결처럼 들리는 그 목소리와 거의 동시에 자신의
몸을 짓누르고 있는 육중한 무게를 느끼고 눈을 떴다.

"앗!"

김 여인은 소스라치게 놀라 외마디 비명을 질렀다. 그 남자
였다. 밖은 환하게 밝아 있는데 그 남자가 자신의 몸을 유린하
고 있는 중이었다.

"다, 당신이 어, 어떻게……."

"아이들은 밖에서 놀고 있으니까 염려하지 않아도 돼!"

그 남자는 거친 숨결을 토해내는 입으로 거칠게 김 여인의
입을 막았다.

김 여인은 그 남자를 거부해야 한다고 생각했다. 그러나 그
런 마음과는 달리 손은 그 남자의 목덜미와 등을 어루만졌다.
끌어안았다. 괴성을 질러대며 몸을 비비틀기 시작했다.

참으로 이율배반(二律背反)이었다. 몸과 마음이 극과 극에서
놀았다. 마음은 무서운 눈알을 부라리면서 이성을 찾으라고 소
리를 치는데, 몸은 들은 척도 하지 않았다. 반항하는 아이처럼
마음의 질책이 심할수록 더욱더 광란(狂亂)하기 시작했다.

"따르릉 따르릉, 따르릉 따르릉……."

이때 전화벨 소리가 요란하게 울려대기 시작했다. 결승점을
바로 눈앞에 둔 시점이었다.

"아아, 조금만 더! 조금만 더!"

김 여인은 그 남자를 재촉했다. 조금만 더 힘을 내라고 격려
했다. 안타깝기 그지없었다. 클라이맥스가 이제부터였다. 남편
에게서 경험하지 못했던 기막힌 쾌감이 전신을 녹아내렸다. 이
제 전화벨 따위는 문제가 아니었다. 서른네 살의 완숙한 육체
에서 솟구쳐오르는 욕정의 불꽃을 최후의 순간까지 불태워버리
기 전에는 정신을 차릴 수가 없을 지경이었다.

"전화를 받아봐야 하지 않겠어?"

김 여인의 안타까운 마음과는 달리 그 남자는 전화벨 소리에 흥이 깨진 모양이었다.

"혹시, 아이들에게 문제가 생겼는지도 모르잖아!"

"뭐, 뭐라구요?"

남자의 그 말이 김 여인의 뒤통수를 세차게 때렸다. 갑자기 남자의 몸을 밀쳐내며 전화기 있는 쪽으로 황급히 뛰어가 수화기를 들었다.

"왜 이렇게 전화를 늦게 받았어? 나는 일찍부터 바다에 나갔나 했어요."

전화의 저편은 남편이었다. 김 여인은 부정의 현장을 들킨 사람처럼 가슴의 진동이 빨라짐을 느꼈다. 흡사 뜨겁게 달군 후라이팬에 콩을 볶는 듯했다.

"어머, 당신……."

"미안하게 됐어. 일이 자꾸만 꼬여서 아마도 못 내려갈 것 같아요. 당신이나 아이들과 편히 쉬다 올라와요."

"못 내려오신다구요?"

"그래, 미안해!"

김 여인은 힘없이 전화를 끊었다. 죄책감이 밀물처럼 밀려들었다. 이 무더운 여름에 남편은 휴가를 즐길 여유도 없이 가족을 위해 일하고 있다. 그런데 자신은 다른 남자와 놀아나고 있는 것이다. 그것이 김 여인의 양심을 몹시도 괴롭혔다.

통화 내용을 엿들은 그 남자는 만족스럽게 웃고 있었다. 무엇이 그리도 즐거운 것일까. 김 여인은 그 남자의 얼굴을 유심히 보면서 자신에게 욕설을 한바탕 퍼부었다.

'못된 년! 바로 내가 화냥년이다.'

그 남자는 당장에 김 여인의 방 옆으로 거처를 옮겼다.

김 여인은 아이들의 눈을 피해 그 남자의 방으로 드나들었다. 죄책감을 느끼면서도 자신도 모르게 발걸음이 자꾸만 그쪽으로 이끌렸다. 그 남자를 만나고부터 남편이 그렇게도 무능해 보일 수가 없었다. 그 남자야말로 진정한 사내다운 사내라고 생각했다.

3

그 여름의 휴가는 그렇게 끝났다.

바다가 유혹했고 바다가 죄를 짓게 했었다. 정말 그랬다. 그런데 바다를 떠나면 바다를 찾기 전의 생활로 돌아가야 했는데……, 김 여인은 그러지를 못했다. 서울에서도 그 남자와 불륜의 관계를 계속한 것이 문제였다.

뜨거운 쾌락을 한번 알아버린 여자의 몸은 이미 값싼 도덕과 이성으로 절제하기에는 힘겨웠다. 항상 죄책감에 시달리면서도 비밀의 관계를 한사코 유지했다.

사랑에 빠진 여자는 아무것도 아까운 것이 없는 걸까? 김 여인이 그랬다. 그 남자를 위해서라면 아까울 것이 없었다.

그 남자는 총각이었다. 직업이 없었다. 그래서 김 여인은 거금을 들여 아파트를 얻어주고 풍족한 용돈을 주었다. 그 정도의 돈은 언제라도 여유가 있는 김 여인이었다. 친정도 부자였고, 남편도 돈벌이의 능력은 있었다.

김 여인은 그 남자와 단 둘이 있을 땐 남편과 자식을 다 잊을 수 있었다. 원초적 본능에 충실했다. 세상의 규범과 도덕에도 눈 하나 까딱하지 않았다. 그 남자가 원한다면 남편도 자식도 다 버릴 수가 있을 것 같았다.

가정 주부의 탈선은 이래서 무섭다. 이래서 용서받을 수 없다. 한강에 배 지나간 자국은 없다. 그러나 여자 위에 남자가 지나가면, 거기서 오는 정신적·육체적 영향력은 절대적이다.

남자는 바람을 피우면서도 가정을 제대로 유지할 수 있지만, 여자가 바람을 피우면 가정까지 파괴하게 된다는 말은 이래서 생겨난 것이다.

사랑에 속았다고 한 여자가 말하면 사람들은 유행가 같다고 웃는다. 당사자로서는 무척이나 절박한 상황에 직면해 있는데도 남들은 웃고만 있는 것이다. 자신과는 무관하기 때문일 것이다. 그래서 멀리서 눈을 지릅뜨고 오히려 즐기려고 한다. 남의 불행을 보면서 자신의 행복을 헤아리게 되는 것이 인간의 잔혹한 속성이라던가.

쾌락의 뒤에는 반드시 환멸과 피로가 뒤따른다. 쾌락의 후유증은 필히 있다.

김 여인이 그 남자에게 이용당하고 있다고 느끼기 시작한 것은 그로부터 1년 정도가 지났을 때의 일이다.

그 남자는 세월이 흐르면서 금전적인 요구를 하기 시작했다. 처음에는 주는 대로 먹이를 받아 먹는 새장 속에 갇힌 사랑스런 새였었다. 그런데 언제부터인가 사람이 변했다. 노골적으로 협박했다. 공갈을 일삼았다.

최고급 승용차를 사달라고 했다. 사업자금을 대달라고도 했다. 이런저런 구실로 큰 돈을 요구했다. 1년 동안에 1억원 이상의 돈을 뜯겼다. 하나를 주면 둘을 달라고 했다. 그래서 그 요구가 벅찰 수밖에 없었다.

"이제는 돈을 구할 길이 없어. 그러니 제발 더이상 요구는 하지 말아줬으면 좋겠어!"

"뭐라구? 그까짓 돈 몇 푼을 못 주겠다는 거야? 내일까지 주지 않으면 남편에게 폭로하겠어!"

그 남자의 입에서 거침없이 나오는 그 말에 눈앞이 캄캄할 수밖에 없었다. 남편이 알면 자기의 인생은 끝이었다.

그 남자는 난폭했다. 수시로 그녀를 불러내 욕심을 채운 후에 손을 내밀었다. 자기의 마음에 들지 않으면 무자비한 폭행도 불사했다.

'뭣 주고 뺨을 맞는다.'는 속된 말이 있다. 김 여인의 경우가 바로 그랬다. 몸을 주고 적잖은 돈도 주었는데, 그 남자는 걸핏하면 김 여인을 개 패듯이 때렸다.

빠져나올 수가 없는 덫이 있다는 말을 들은 적은 있지만 믿지는 않았었다. 악질적인 제비족에게 걸려 돈을 빼앗기고 끝내는 남편에게 발각된 여자들을 경멸했었다.

그런데 자기가 만나고 있는 그 남자가 수렁과도 같은 남자였다. 찰거머리와도 같은 남자였다. 벗어나려고 발버둥을 치면 칠수록 더욱 빠져드는 수렁 그 자체인 남자였다.

'죽여버리고 싶어!'

김 여인은 무섭고도 끔찍한 생각을 했다. 항상 머리 속에는 그런 음모가 떠나질 않았다. 그러나 천성적으로 마음이 약한 김 여인은 그 생각을 실행에 옮기지 못했다.

설상가상(雪上加霜)이라는 표현은 이런 경우에 써먹으라고 만들어진 숙어인가. 그 흡혈귀 같은 남자의 공갈과 협박에 미칠 지경이 되었을 때, 김 여인은 임신을 했다. 남편의 아이임에 분명했다. 이런 경우 여자의 직감은 거의 정확하다.

병원에서 임신 사실을 확인했다. 2개월이 넘어 서고 있었다. 그런데 며칠 후 까무러치고도 남을 만한 일이 벌어졌다.

남편이 출근하자마자 그 남자의 전화를 받았다. 곧장 자신의 아파트로 오라는 호출이었다.

"이제는 제발 이러지 마! 그만큼 했으면 됐잖아······."

김 여인은 애처롭게 애원했다. 정말이지 그 남자 생각만 해도 치가 떨렸다. 꼴도 보기 싫었다.

"이런 쌍! 못 오겠단 말이야?"

그 남자의 거칠고도 쌍스러운 말이 수화기를 통해 들려왔다.

"그래, 못 가겠어!"

김 여인은 이를 악물고 버티었다.

"좋아, 정확하게 30분의 여유를 주겠어! 그 시간이 지난 후의 일에 대해서는 나도 모르고 너도 몰라……. 그러니까 알아서 하라구!"

그 남자는 그렇게 내뱉고 나서 찰칵 전화를 끊었다. 남편에게 알리겠다는 협박이었다. 그 말에 약할 수밖에 없는 것이 김 여인의 처지였다.

그 남자의 아파트로 걸음을 옮기는 김 여인의 마음은 꼭 혀를 깨물고 죽고 싶도록 처참했다. 세상에 자신처럼 불행한 여자가 다시는 없을 것 같았다.

'내가 어쩌다가 이 꼴이 되었단 말인가!'

그 남자의 아파트에 들어선 김 여인은 스스로 옷을 벗었다. 이젠 쾌락은 이미 없었다. 동물적인 굴욕이 있을 뿐이었다. 여름 밤바다가 짓게 했던 죄에 대한 형벌만이 있을 뿐이었다.

그 남자는 한껏 욕심을 채우고 나서 담배를 피워 물었다. 무엇이 그렇게 즐거운지 징글맞은 소리를 내며 웃었다.

"으흐흐흐……, 너의 뱃속에 기쁘게도 나의 씨가 자라고 있다는 것을 나는 알고 있어."

남자의 그 말에 김 여인은 기절할 것을 간신히 참았다. 그 남자의 말은 계속 이어졌다.

"흐흐흐……, 아이가 태어나기 전에 당연히 애비가 기반을 잡아야 하지 않겠어? 그러니 마지막으로 2억만 만들어줘야겠어. 돈 부탁도 이번으로 마지막이야. 기한은 한 달을 주겠어.
알겠지?"

기가 막혔다. 마지막 마지막하면서 돈을 뜯어간 것도 수십
차례는 되었다. 김 여인은 그 남자의 뻔뻔스런 얼굴을 무섭게
쏘아보며 미친 듯이 소리쳤다.

"악마! 네 놈은 악마야, 악마! 인간의 탈을 쓰고 어떻게
그럴 수가 있어!"

그런 말을 듣고도 그 남자는 여전히 히죽거리며 음산한 목소
리를 냈다.

"으흐흐흐……, 말 한번 잘했다. 그래, 네 년의 말처럼 나는
악마 중의 악마다. 만약 기한을 어기면 악마의 진면목을 유감
없이 보여주겠어. 기대해보라구!"

그로부터 한 달의 세월이 흘렀다. 김 여인은 빤히 속는 줄 알
면서도 그 돈을 마련하려고 갖은 애를 썼다. 그러나 거금 2억
원을 구할 수는 없었다.

"따르릉 따르릉 따르릉."

밤늦은 시간에 전화벨이 울렸다. 남편과 침실에 누워 있다가
전화벨 소리를 들은 김 여인은 가슴이 오그라드는 것 같았다.
그 전화를 건 사람이 꼭 그 남자일 것만 같았다.

김 여인은 부리나케 일어나 수화기를 들었다. 만약 남편이
받으면 큰일이기 때문이었다.

"여보세요."

김 여인의 목소리는 떨리고 있었다. 목소리만 떨리는 것은
아니었다. 열병을 앓고 있는 사람처럼 이빨이 부딪칠 정도로
몸이 떨렸다.

"박 사장님 댁이죠. 밤늦게 죄송합니다만, 사장님 좀 바꿔주
세요."

다행히 그 남자는 아니었다. 처음 듣는 쉰 듯한 목소리였다.

"누, 누구신데 이 시간에······."

"건축업자입니다. 개포동의 한 사장이라면 아실 겁니다."

"자, 잠깐만 기다리세요."

김 여인은 수화기를 손으로 막고 남편을 보았다.

"누구예요?"

"개포동의 한 사장이라고 하는데요."

"개포동의 한 사장?"

남편은 고개를 갸웃뚱하며 수화기를 들었다. 형식적인 인삿말이 오고 갔다.

"저는 모르는 사람 같은데, 혹시 사장님의 존함은 어떻게 되십니까?"

김 여인의 신경은 온통 남편의 통화에 집중되어 있었다.

"문찬빈 씨라구요?"

그 말을 듣는 순간 김 여인의 눈앞에서 하늘이 와르르르 무너져내리고 있었다. 마침내 올 것이 오고야 말았다. 김 여인은 다리에 힘이 풀려 침대에 털썩 주저앉았다.

"내일 만나자구요? 뭐, 내 인생을 걸어도 좋을 만큼 중대한 일이라구요?"

그 악마가 남편을 만나자고 말하고 있는 것이 분명했다. 이마에 식은땀이 맺혔다. 등골에 진땀이 흘러내렸다. 팬티가 축축한 것으로 보아 오줌을 싼 모양이었다.

남편은 그 남자와 내일 밤에 만나기로 하고 전화를 끊었다.

까마득한 절망이 김 여인의 온몸을 감쌌다. 살을 갈라 뼈를 도려내는 듯한 고통에 숨도 못 쉴 정도였다.

세상에 태어난 이래 그토록 무섭고 고통스러운 밤을 맞이해 본 적이 없었다. 형장에 끌려가는 죄수의 마음인들 이렇게 떨리고 두려울 것 같지가 않았다.

김 여인은 다음날 새벽에 아무도 모르게 집을 나왔다. 피눈물을 흘리며 정든 집을 가출했다. 부정한 여자를 아내로 둔 남편이 불쌍했다. 아이들이 불쌍했다.

죽을 용기도 없어 며칠을 정처없이 떠돌았다. 마땅히 갈 곳이 없었다. 자신도 모르게 발걸음을 옮긴 곳이 산청(山淸)의 친정집이었다.

그러나 친정집의 문턱을 밟을 면목이 없었다. 가문과 부모를 욕되게 했던 몸으로 차마 들어갈 수가 없었다. 하염없이 떠돌다가 무심코 지리산에 들어왔다가 긴머리를 만난 것이었다.

4

참으로 기구한 사연이었다. 자신의 사연을 모두 털어놓은 부인의 얼굴은 눈물로 뒤범벅이 되어 있었다. 나는 아무 말도 할 수가 없었다. 긴머리도 할 말을 잃고 침통한 표정으로 나의 얼굴만을 쳐다보고 있었다.

해질 무렵에 버스 정류장이 있는 중산리(中山里)로 내려왔다. 나는 부인의 사연을 들은 후부터 줄곧 부인의 존재가 부담스러웠다. 칠흑 같은 절망과 맞서 있는 부인을 위해 내가 해줄 수 있는 일은 아무것도 없었기 때문이었다. 애써 생각을 모으려고 했지만 안타깝게도 위로의 말조차 찾지 못하고 있었다.

진주(晉州)로 가는 막차 시간이 임박했다. 마음이 조급해졌다. 그 숨막히는 분위기 속에서 당장이라도 탈출하고 싶었다. 그러나 알지 않았어도 좋을 부인의 고백을 들은 죄(?)로 무정하게 가련한 부인의 곁을 훌쩍 떠날 수가 없었다.

"아저씨는 진주로 가실 건가요?"

긴머리가 물었을 때 나는 고개로 대답하고 부인을 보았다.

부인은 사슴처럼 슬픈 눈으로 나를 보고 있었다.

'무슨 말인가를 해주어야 하는데…….'

나는 부인의 시선을 피하며 긴머리를 보았다. 긴머리도 부인이 부담이 되는 모양이었다. 걱정스런 눈빛을 보내다가 입을 열었다.

"저도 진주로 가야겠어요."

나는 건성으로 그 말을 들으며 다시 부인을 보았다. 그 부인은 어디로 갈 것인가. 그것이 몹시도 궁금했지만 말을 꺼낼 수가 없었다.

버스가 출발할 시간이 5분도 남지 않았다. 우리 세 사람은 족히 1시간 정도를 그렇게 정류장 한 귀퉁이에 서 있었다.

"아줌마는 친정으로 가실 건가요?"

시계를 힐끔 본 긴머리가 나직히 말했다. 부인은 말이 없었다. 순간 슬픈 눈에는 물기가 고이는 것 같았다.

"제가 먼저 자리를 잡을게요."

긴머리는 나를 보고 그렇게 말했다. 그런 후에 부인에게 고개를 끄떡하고 버스가 있는 쪽으로 뛰어갔다. 긴머리가 버스에 오르자 나는 더욱 안절부절 못했다. 나도 긴머리처럼 훌쩍 그 자리를 피하고 싶었다. 그러나 발걸음이 떨어지지 않았다.

그만큼 나는 정에 약했다. 평소에도 남의 불우한 처지를 보면 그냥 발걸음을 돌리지 못할 만큼 모질지 못했다.

버스가 시동을 걸었다. 운전기사가 출발할 자세를 잡았다.

"아저씨, 차가 출발해요!"

긴머리가 소리쳤다. 그때서야 나는 부인에게 고개를 끄떡인 후에 떨어지지 않는 발걸음을 옮겼다. 뒤통수가 따갑기 그지없었다. 분명 부인의 슬픈 눈이 나를 바라보고 있을 것이었다. 부인은 나에게 무정한 사람이라고 원망의 눈길을 보내고 있을 것이었다.

나는 애써 마음을 모질게 먹고 돌아보지 않았다. 몇 번이나 고개를 돌리고 싶었지만 꾹 참았다.

마침내 버스에 몸을 실었다. 차창 밖을 내다보니 부인이 망연히 서 있었다. 나는 부인이 울고 있을 것이라고 생각했다. 왜 그런 생각이 들었는지는 모르지만 울고 있는 것만 같았다.

이윽고 버스가 출발했다. 긴머리가 무슨 말을 계속 지껄였지만 내 귀에는 아무 소리도 담기질 않았다. 내 머리 속에는 온통 그 부인에 대한 생각뿐이었다.

'나의 아내가 부인과 같은 경우에 처했다면……'

나는 터무니없는 생각을 했다가 제풀에 놀라 고개를 세차게 흔들었다. 망측하기 그지없는 생각이었다. 그러나 그 생각은 좀처럼 떨칠 수가 없었다.

'내가 왜 이러나. 헤어지면 잊을 남의 일인데……'

나는 내 자신을 꾸짖었다. 그러면서도 그 부인의 일을 생각하고 있었다. 생각은 생각의 꼬리를 물고 또 물었다.

'그 부인, 혹시 생목숨을 끊는 것이나 아닐까!'

마침내 이런 생각을 했을 때 나는 눈앞이 캄캄해짐을 느꼈다. 이렇게 불길한 예감이 꼭 들어맞을 것만 같았다.

진주에 도착했을 때는 날은 이미 어두워진 후였다. 긴머리가 싱긋 웃으며 입을 열었다.

"촉석루 구경을 하러 갈까요?"

그 말에 나는 고개를 저었다. 도무지 무엇을 구경할 기분이 아니었다. 웬일인지 술이 고파 견딜 수가 없었다.

"아가씨 혼자서 가세요. 나는 술이라도 마시고 나서 그냥 쉬고 싶군요."

나는 그런 말을 남기고 터벅터벅 버스 정류장을 빠져나왔다.

그때까지도 부인의 슬픈 눈이 나를 지배하고 있었다.

얼마쯤 걷다가 어느 일식집으로 들어갔다. 그런데 촉석루 구경을 간 줄로만 알았던 긴머리가 앞 자리에 털썩 앉았다.

"아니, 아가씨는 촉석루 구경을 간다고 했잖아요?"

"혼자서 무슨 재미로 거기에 가겠어요. 저도 술 한잔 마시고 싶어요."

모듬회를 시키고 술을 주문했다. 나는 술에 걸신 들린 사람처럼 자작으로 술잔을 급히 비웠다. 긴머리도 홀짝홀짝 소주를 마셨다.

나의 주량은 내가 잘 알고 있다. 소주 한 병을 마시면 적당히 알딸딸하다. 두 병을 마시면 기분 좋게 취한다. 세 병을 마시면 많이 취하고, 네 병을 넘어서면 필름이 끊어진다.

그런데 세 병을 비웠는 데도 정신이 말짱했다. 그 부인의 슬픈 모습이 더욱 또렷하게 눈앞에 어른거렸다. 괜시리 화가 났다. 가슴이 답답했다.

"자살을 할지도 몰라!"

나는 탁자를 치며 소리쳤다. 그 소리에 놀란 식당 주인이 달려왔다.

"손님, 몹시 취하셨습니다. 이젠 그만 드십시오."

"내가 취했다구요? 천만의 말씀입니다. 아직 말짱하다구요. 소주 한 병 더 주세요."

"허허허, 손님! 여자 손님도 생각을 해주셔야지요. 벌써부터 취해서 정신이 없습니다. 이미 밤 11시가 넘었습니다."

식당 주인의 그 말에 나는 앞 자리의 긴머리를 보았다. 그녀는 숫제 눈을 감고 꾸벅꾸벅 졸고 있었다.

나는 긴머리를 부축하여 식당을 나왔다. 발걸음이 비틀거리는 것으로 보아 나도 많이 취한 모양이었다. 긴머리는 나의 목을 껴안고 무슨 말인지도 모를 소리를 계속 내뱉었다.

식당 저편에 있는 여관으로 들어갔다. 비교적 깨끗한 삼층 양옥이었다.

"방을 드릴까요?"

보이가 눈으로만 살랑살랑 웃으며 말했다.

"그래, 두 개를 줘."

나의 이 말에 보이는 눈을 휘둥그래 뜨고 긴머리를 보았다가 나를 보았다를 몇 번인가 했다. '남녀가 함께 들어와서 무슨 소리냐?'는 그런 눈빛이었다.

"사촌 여동생하고 한방에서 잘 수는 없잖아."

나는 아무렇게나 말했다. 그때서야 보이는 알았다는 표정을 지었다.

나도 목석이 아닌 이상 마음의 동요가 없을 수는 없었다. 더구나 정신은 말짱한 것 같지만 취한 상태였다.

그러나 나는 엉큼한 마음을 애써 버렸다. 도덕군자는 결코 못 되는 위인이지만, 정신없이 취한 무방비 상태의 여자를 범할 정도로 부도덕하지는 않았다. 내 알량한 양심은 그것을 거부했다.

긴머리를 침대에 눕히고 나서 바로 옆에 내 방을 정했다.

"손님은 혼자 주무실 겁니까?"

보이가 은근히 말했다. 나는 보이가 질문하는 의도를 모르지 않았으나 시치미를 떼고 이렇게 대꾸했다.

"그럼. 나 혼자니까 혼자 자야지, 누구하고 잔단 말인가?"

"혼자 주무시기에는 너무 외롭지 않겠어요?"

"허어, 외롭더라도 별 수 없는 일이 아닌가?"

보이는 벽창호 같은 나의 대답이 답답한 모양이었다. 입가에 쓰디쓴 미소를 지으며 입을 열었다.

"원, 손님도! 여행 중이신 것 같은데, 여행을 하시면서 객고도 푸시질 않겠다는 말씀입니까?"

"어떻게 객고를 풀라는 말인가?"

"정말 몰라서 묻는 말씀입니까? 손님은 객고를 푸는 일이 무엇인지도 모른다는 말씀입니까?"

보이가 약간 언성을 높이자 나는 빙그레 웃었다.

"아하, 이제서야 짐작이 가네. 내가 원한다면 여자를 데려다 줄 수도 있다는 말이군그래?"

"히히히……. 그렇습니다. 좋은 여자를 데려다 드릴까요?"

"좋은 여자? 대체 어떤 여자인가?"

스물다섯이나 여섯으로 보이는 그 보이는 내가 유혹에 말려들어가는 것이 은근히 기쁜 모양이었다. 의미심장한 미소를 지으면서,

"손님이 어떤 종류의 여자를 좋아하시는지 말씀만 하십시오. 그러면 제가 꼭 데려다 드리겠습니다."

하고 자신만만하게 대답했다.

'어떤 종류의 여자라도 구해올 수 있다니…….'

나는 적이 호기심이 솟구쳐서 빙그레 웃으며 다시 물었다.

"도대체 자네가 무슨 재주로 여자를 맘대로 구해올 수 있단 말인가?"

"글쎄, 그런 걱정은 마시고 말씀만 하십시오. 어린 여자를 좋아하신다면 어린 여자를 데려다 드리고, 나이가 지긋한 과부를 원하신다면 미녀 과부를 데려다 드리겠습니다."

"허어 참! 자네는 여자를 데려오는 수완이 보통이 아닌 모양일세그려."

"히히히……, 그만한 수완이 없다면 이런 여관에서 보이 노릇을 어떻게 해먹겠습니까!"

"여관에서 일하려면 손님들께 여자 공급하는 재주가 꼭 있어 야만 하는가?"

"물론입니다. 그런 재주가 없다면 제가 어떻게 여관 밥을 먹겠습니까."

"음, 그렇다 하더라도 자네가 맘대로 데려올 수 있는 여자란 뻔하지 않겠는가?"

나는 거절할 생각으로 심드렁하게 말했다. 그러자 보이는 당치도 않다는 표정을 지으며 재빠르게 말했다.

"천만의 말씀입니다. 내가 데려올 수 있는 여자는 좀 특별합니다. 물론 술집이나 다방에서도 데려오기도 하지만 백화점 점원이나 타이피스트 같은 애송이들도 있습니다. 그리고……."

"그리고는 뭔가?"

보이가 무슨 말을 하려다가 입을 다문 것이 자못 궁금하여 다그쳐 물었다.

"말씀드리기는 뭣합니다만……, 여고생이나 여대생들도 더러 있기는 있습니다."

"뭐라구? 정말 여고생과 여대생도 있단 말인가?"

나는 저으기 놀라며 반문했다. 그러나 보이의 대답은 태연자약했다.

"아르바이트를 하는 학생들이죠. 요즘은 그런 여학생들이 많은 걸요."

"아니, 몸을 파는 것이 아르바이트란 말인가?"

"에이, 손님은 다 아시면서 괜히 놀라시는 척하지 마십시오. 마침 자취하는 여고생이 하나 있는데 손님께서는 그 학생이 어떻겠습니까?"

여학생들이 매음행위를 한다는 데는 놀라지 않을 수 없었다. 물론 보이의 그 말은 허풍일 것이 틀림없다. 대도시도 아닌 중소도시에서 학생이 여관에 불려올 리는 만무했다.

"자네의 그 말을 나는 도무지 믿을 수 없네. 자네도 생각해 보게나. 예를 들어 그 학생의 아버지나 오빠가 모르고 그녀를 불렀다면 어떻게 되겠는가. 안 그런가?"

"히히히……, 선생님은 걱정도 팔자이십니다. 그러니까 타지에서 온 여행자들에게만 비밀리에 소개를 시켜드리는 것이 아닙니까."

"허어 참, 그렇다면 그런 학생을 부르는 데에 얼마를 주면 되는가?"

보이는 일이 제대로 되어가는가 싶었는지 사뭇 흥겨워하면서 손바닥을 활짝 펼쳤다.

"긴밤 주무시는 데 넉 장이면 됩니다. 한 달에 한 번 정도만 아르바이트를 하는 학생이기에 원래는 다섯 장을 받아야 하는데, 손님께는 특별히 염가로 봉사해드리겠습니다."

보이는 무척 인심을 썼다. 나를 언제 봤다고 깎은 값에 여고생을 데려다 주겠다는 것인지…….

"넉 장이라니? 사천원이란 말인가?"

나는 거절할 생각으로 일부러 그렇게 말했다.

"나원 참, 농담이라도 지나치십니다. 어느 세상에 사천원짜리 여고생이 있습니까?"

"뭐? 그럼 사만원이란 말인가?"

"그렇죠. 보약보다 더 좋은 영계와 하룻밤 재미를 보시는데 그 돈이면 싸도 너무 쌉니다."

"허어, 마음은 굴뚝 같은데……."

나는 장난기가 동하여 말끝을 흐리며 보이의 눈치를 살폈다.

"망설이지 마시고 한번 불러보세요. 불렀다가 만약에 마음에 들지 않으면 그냥 돌려보내도 무방합니다. 그 애는 얼굴도, 몸매도 기가 막힙니다.”

보이는 갖은 말로 나의 구미를 돋구려고 애썼다.

“내가 가진 돈이 그 정도가 되지 않아서그래.”

나는 고개를 가로저으며 힘없이 말했다.

“대체, 얼마나 있습니까?”

“허어, 돈이 그 금액에 미치지 않는다니까.”

“그렇다면 석 장에 해드리겠습니다. 더이상 밑으로는 안 됩니다.”

“정말 더 밑으로는 내려갈 수 없겠는가?”

나는 사정조로 말했다. 그러자 보이는 이맛살을 찌푸리더니,

“좋습니다. 반 장을 더 깎아드리겠습니다. 이젠 됐습니까?”
하고 흥정에 못을 박았다. 이만오천원으로 흥정은 끝났다. 나는 장난삼아 그 여고생(?)을 불러볼까 하다가 이내 고개를 흔들었다.

“왜 또 그러십니까?”

“자네에게 정말 미안한 일이지만…….”

“그렇게 뜸들이지 마시고, 속 시원히 말씀하십시오.”

“외상으로 하면 안 될까?”

“뭐, 뭐라구요?”

“돈은 집에 가는 즉시 부쳐줄 테니까 좀 사정을 봐줘, 응?”

“손님도 너무하십니다. 세상에 그것을 외상으로 하는 사람이 어디 있습니까?”

보이는 어처구니가 없다는 표정을 떨치지 못하고 있었다. 나는 킥킥 터져나오려는 웃음을 애써 참으며 다시 입을 열었다.

“그렇다면 할 수 없군그래? 유감이지만 마른 안주와 맥주나 몇 병 가져다 주게. 술로나마 객고를 풀어야겠네. 쩝쩝…….”

나는 몹시 아깝다는 표정을 지으며 입맛을 쩝쩝 다셨다. 보

이는 무척이나 한심스럽다는 표정으로 나를 바라보다가 퉁명스
럽게 말했다.

"술값은 선불입니다."

"그래? 그렇다면 술값을 주지."

나는 악어지갑에서 빳빳한 만원권 지폐를 한 장 꺼내주었다.
보이는 곁눈질로 나의 악어지갑을 보다가 눈을 동그랗게 떴다.

"아니, 손님! 지갑에 돈이 가득하지 않습니까?"

"허어, 어디 이것이 내 돈이겠는가. 내일 아침에 비료를 살
돈이네."

나는 그렇게 둘러댔다. 그러자 보이는 미심쩍다는 표정을 하
고 고개를 갸우뚱거리다가 계단을 내려갔다.

보이와 그런 농담을 하고 보니 정신은 더욱 말짱해졌다. 잠
시 잊고 있었던 그 부인이 다시 생각났다.

그 부인을 생각하니 까닭 모를 불안감을 떨칠 수가 없었다.
불길한 예감이었다.

"따르릉 따르릉 따르릉……."

갑자기 전화벨이 울렸다. 누군가 하고 수화기를 들었다.

"손님, 지금 TV를 켜시고 채널을 4번에 맞춰보십시오."

전화 속의 목소리는 보이였다. 몹시도 손님을 위해 주는 싹
싹한 청년이라고 생각했다.

"알았네."

나는 수화기를 놓고 텔레비전을 켰다.

"허참, 지독한 친구군!"

나는 화면을 보면서 그렇게 중얼거렸다. 화면 속에는 한창
포르노가 방영되고 있었다. 발가벗은 서양 남녀가 뒤엉켜 핥
고, 더듬고, 짓이기고, 움켜쥐고, 뒤엉키고, 벌리고, 빨고, 헐
떡거리느라 정신이 없었다.

"몹쓸 친구같으니라구! 나의 욕정을 동하게 하여 기어이 아가씨를 붙여줄 모양이군?"

이때 또 전화벨이 울렸다. 역시 그 보이의 목소리였다.

"히히히……, 손님 어떻습니까?"

"고맙네, 이렇게 재미 있는 걸 구경하게 해줘서. 어서 술이나 가져다 주게."

"아가씨도 올려보낼까요?"

"그럴 필요는 없네."

나는 전화를 끊고 텔레비전도 껐다. 그런 후에 옷을 모두 벗고 욕탕에 들어갔다.

욕탕에 부착된 거울에 비친 내 얼굴 모습이 웬지 낯설게만 느껴졌다. 그 사이에 수염이 덥수룩하게 자라 있었다. 하얗던 얼굴도 햇볕에 그을려 구리빛을 띠고 있었다.

샤워를 하고 무심코 방으로 나온 나는 깜짝 놀랐다. 방에는 어느 틈에 왔는지도 모를 한 여자가 앉아 있기 때문이었다.

"뭐요, 아가씨는?"

나는 손바닥으로 나의 치부를 가리며 소리쳤다. 그러자 그 아가씨는 나의 알몸을 보면서 조금도 놀란 표정을 짓지 않고 태연하게 말했다.

"술을 가져왔어요."

"거기에 놓고 나가시오, 어서!"

"호호호……, 아저씨가 부끄러움을 타시나 봐!"

그 아가씨는 깔깔거리며 웃었다. 그 웃음에 나는 부아가 치밀어올랐다.

"썩 나가라고 하지 않았소!"

나의 표정이 너무 험악했던지 그녀는 홱 토라져서 쪼르르 나가버렸다.

나는 외롭게 홀로 맥주를 따라 마셨다. 마음이 혼란스럽기 그지없었다. 그 부인이 떠올랐다가 긴머리가 불쑥 떠오르기도 했다. 또한 방금 쫓아보낸 여자도 생각났다.

그 여자를 괜히 보냈다는 생각을 하며 맥주잔을 비웠다. 긴 머리의 도발적인 히프를 떠올리며 또 한 잔을 마셨다.

부인의 사슴처럼 슬퍼 보이는 눈을 떠올리며 다시 한 잔을 마셨다. 나의 혼란스런 술잔 속에서 초여름 밤은 깊어만 가고 있었다.

남자는 모두가 유혹자인가

1

남자들이란 참으로 어처구니없는 생각을 잘한다. 그날 밤 내가 그랬다.

홀로 외롭게 술을 마시다보니 마음이 한없이 싱숭생숭했다. 음탕한 상상이 떠올라 도저히 잠을 이룰 수 없었다.

'긴머리를 안아버릴까!'

나는 포르노를 보면서 그렇게 생각했다. 내 속에 항상 눈을 번득거리고 있는 돈 주앙이 줄기차게, 그리고 끈질기게 긴머리를 안으라고 유혹했다.

마음만 먹는다면 별로 어려운 일은 아닐 것 같았다. 그녀는 지금 정신없이 골아떨어져 있을 것이었다. 방문의 키도 내가 가지고 있었다.

포르노의 화면이 나를 몹시도 흥분시켰다. 몸의 한 부분이 잔뜩 부풀어올라 참는 것이 고통스러웠다.

나는 발정난 짐승처럼 끙끙 앓았다. 알몸인 채로 방안을

왔다갔다 했다. 내 머리 속에서는 돈 주앙과 양심이 치열한 전투를 하고 있었다.

돈 주앙의 힘은 무섭도록 강했다. 그러나 양심의 힘도 그에 못지 않았다. 그렇기에 갈등은 더욱 심했고, 고통은 이루 말할 수 없었다.

"여자를 보고 음욕을 품는 자마다 마음에 이미 간음하였느니라."

《성경》에 쓰여 있는 이 말이 퍼뜩 떠올랐다. 나는 쓰게 웃으며 그 말을 비웃었다. 그 말대로라면 나는 죄도 이만저만한 죄를 지은 것이 아니었다. 그렇지만 이 세상에 금지된 욕망을 한 번도 품지 않았다고 주장할 사람은 과연 누가 있겠느냐고 하나님께 따졌다.

그러면서 A. E. 하우스만의 말을 읊조리며 음탕한 생각에 초라해진 나를 합리화시키려고 노력했다.

나 뿐 아니라 많은 이들이 만일 진실을 말하게 된다면
모두 서 있는 채로 뜨거운 땀과 식은땀을 흘릴 것이며,
얼음 같고 불 같은 피가 흐르게 되고,
두려움에 오금이 저릴 것이다.

나는 잠에 들었다가 깨어나기를 몇 번이나 했다. 뒤숭숭한 꿈을 칼라로 꾸다가 흑백으로 꾸다가를 반복했다. 한결같이 여자와 관계되는 꿈이었다.

새벽녘이 되어서야 가까스로 눈을 붙인 나는 꿈결처럼 무슨 소리를 들었다. 그러나 눈이 떠지진 않았다.

"어머나!"

놀라 소리치는 여자의 목소리에 퍼뜩 눈을 떴다. 누군가 문

을 열고 들어왔다가 황급히 문을 닫고 나가버렸다.

아마 여관의 여종업원이 청소를 하러 들어왔다가 사람이 있는 것을 보고 나가버린 모양이리라. 여자가 나가자 다시 잠에 빠져들었다.

깜빡 눈을 붙였는데 누군가 방문을 쾅쾅 두들기며 소리쳤다.

"옷 다 입었어요!"

여자의 목소리였다.

나는 귀찮아서 대꾸를 하지 않았다. 단잠을 방해하는 그 목소리가 미웠다.

그런 소란이 화나게도 나의 잠을 쫓아냈다. 눈이 쓰리도록 아팠지만 잠에 빠져들 것 같지 않았다.

다시 노크소리가 들렸다. 나는 화가 나서 일언반구 대꾸를 하지 않았다. 그러자 바깥쪽의 출입문을 열고 그 여자가 들어와 다시 방으로 들어오는 문을 노크했다.

"들어가도 되겠습니까?"

여자의 목소리는 매우 선명했다. 귀에 익은 목소리 같기도 했고 그렇지 않은 것 같기도 했다. 그런 생각을 하다가 나는 내 몸이 이상하다고 생각했다. 그래서 살펴보니 실오라기 하나 걸치지 않은 알몸인 상태였다.

나의 알몸을 보고 여자가 놀라 소리치며 나간 것임을 대번에 알 수 있었다. 나는 부끄러운 생각이 들어 얼른 얇은 이불로 몸을 가렸다.

"들어가도 되겠습니까?"

여자의 목소리가 다시 들리자 나는 퉁명스럽게 대답했다.

"들어오시오."

여자가 들어오면 싫은 소리를 해줄 참이었다. 왜 단잠을 방해하느냐고 꾸짖을 생각이었다.

그런데 살며시 문을 열고 여자가 들어왔다. 그 여자를 본 나는 적이 놀랐다. 여관의 청소하는 여자로만 알았는데 그것이 아니었다. 그녀는 다름 아닌 긴머리였다. 그렇다면 긴머리가 적나라한 나의 알몸을 공짜로 감상했단 말인가.

"벌써 아홉 시가 넘었어요."

긴머리가 싱긋 웃으며 침대 모서리에 앉았다.

"벌써 그렇게 됐나요."

나는 어눌하게 말하며 그녀의 모습을 훑었다. 노랑 소대나시에 검정 핫 팬티를 입고 있는 모습이 무척이나 선정적이었다.

"제가 간밤에 많이 취했었죠?"

긴머리는 얼굴을 살짝 붉히며 다리를 꼬았다. 매끈하면서도 하얀 다리통을 보니 눈앞이 아찔해졌다. 그래서 시선을 피한다고 피했는데 염치없게도 가슴을 더듬고 있었다. 한번 만져보고 싶도록 풍만한 가슴이었다.

"나도 취했는데 뭘……."

나는 시선을 어디에 둬야 할지를 몰라 천장을 보았다.

"호호호……. 내가 여자로서 매력이 없었나 보지요?"

긴머리가 까르르 웃으면서 불쑥 알쏭달쏭한 말을 꺼냈다. 무슨 뜻으로 그런 말을 하는지 나는 좀처럼 이해할 수 없었다.

"왜, 갑자기 그런 말을 하는 거지?"

"혼자 곤히 주무셨잖아요."

'으잉, 이건 또 무슨 말인가!'

나는 긴머리의 말에 내심으로 놀라고 있었다. 그녀의 말 뜻을 풀이하면, 그녀에게 매력이 없어서 내가 건드리지 않았다는 말이 되기 때문이었다.

"그렇다면 내가 함께 자기라도 바랐다는 말인가?"

나는 염치 불구하고 그런 말을 꺼냈다. 그렇게 말을 뱉고 나니 얼굴이 화끈화끈거렸다.

"그런 것은 아니지만……, 잠에서 깨어나 보니까 너무 뜻밖이어서……."

"너무 뜻밖이라니?"

"아녜요. 아무것도 아녜요."

긴머리는 이상하게 흘러가는 분위기를 의식했음인지 황급히 자기의 말을 무마시키려고 했다.

'내심으로는 나와 관계를 맺길 원하고 있었다는 것인가?'

벌써부터 나의 몸은 이상한 조짐을 보이고 있었다. 홑이불 속의 알몸이 평온한 상태가 아니었다. 무엇인가가 잔뜩 화를 내고 있었고, 심장의 끝이 가슴을 무서운 속도로 세차게 두들기고 있었다.

"갖고 싶었지만 죽을 힘을 내어 참았지, 뭐! 하하하……."

나는 눈을 딱 감고 견제구와 같은 유혹을 슬쩍 던졌다. 그리고 나서 필요 이상으로 크게 웃었다. 진심을 농담으로 감추기 위한 위선이었다.

이제는 긴머리가 어떻게 대응하느냐에 따라 나의 행동은 달라질 것이었다. 긴머리를 멋지게 유혹하여 관계를 갖고 싶은 것이 솔직한 마음이었다.

"참으셨다구요?"

"그럼, 참았지. 그대처럼 매력적인 아가씨에게 욕정을 느끼지 않을 장사가 어딨겠어?"

나는 노골적인 유혹의 말, 즉 승부구를 거침없이 던지고 나서 마른침을 꿀꺽 삼켰다. 내 눈빛은 흡사 뜨거운 자외선처럼 긴머리의 얼굴에서 목덜미와 가슴을 지나 그 아래로 아주 천천히 내려갔다.

"제가 탐나세요?"

긴머리의 입에서는 정말 뜻밖의 말이 터져나왔다. 그녀의 눈빛은 요염한 빛을 내며 내 얼굴에 머물러 있었다. 나의 마음을 들여다보는 듯한 그런 말이었고, 그런 눈빛이었다.

'탐나지. 암, 탐나고말고!'

나의 마음은 그렇게 소리치고 있었다. 그러나 그 순간 나는 너무 여자를 밝히는, 그런 느낌을 주고 싶지는 않았기에 목구멍까지 치밀어오르는 그 말을 목젖에서 애써 막았다.

"여자로 하여금 생각하게 만든다든가 동의를 구하는 것은 매우 어리석은 사내들이나 하는 수법이야. 자고로 여자들이란 행동하는 남자들을 좋아하지. 강하게, 박력 있게 밀어 붙이는 남자들에게 꼼짝 못하는 족속이 여자라는 것을 알아두라고……."

갑자기 이 말이 주마등처럼 뇌리를 스쳤다. 언젠가 이 말을 들려줬던 플레이보이가 눈앞에서 킬킬거리고 있었다.

"이젠 낚시바늘에 걸린 고기야. 이제부터 더이상의 말은 오히려 방해가 돼. 덮치라구 이 친구야."

바람둥이가 따로 없는 법인가?

뜻하지 않게 여자와 한 방에 있게 된 나는 노련한 바람둥이처럼 긴머리를 홑이불 속으로 힘차게 끌어들였다.

그러나 결과는 뜻밖이었다.

"어쩐지 마음이 내키지 않아요. 그냥 이대로만 있어요."

팬티까지 벗은 긴머리의 입에서 터져나온 소리치고는 실로 뚱딴지 같은 말이었다. 나는 웬지 농락당한 느낌이 들어 기분이 상했다.

"하지만 나는 몹시 흥분되어 있어?"

턱도 없는 소릴랑 집어치우라고 소리쳤다. 그런 후 긴머리의 입술을 더듬었다.

나는 경험에 의하여 여자의 급소쯤은 알고 있었다. 그래서 그녀의 발가벗은 육체를 애무하기 시작했다.

이윽고 긴머리는 신음을 토해내며 몸을 비틀기 시작했다. 나는 그 기회를 놓치지 않고 핑거서비스를 했다. 그곳은 그야말로 습지대였다. 숫처녀의 툰드라지대와는 확실히 달랐다.

"잠깐만!"

애무를 끝낸 내가 본 게임에 들어가려하자 긴머리는 갑자기 거절하며 이렇게 말했다.

"전 지금 성병에 걸려 있어요. 아저씨를 위해서 이렇게 충고하는 거예요."

나는 긴머리가 연극을 하고 있는 줄 알았다.

'음, 괘씸한 년! 저 혼자만 실컷 즐기고, 절정의 고비에 가서 나를 배신하는군.'

나는 고집을 부렸다.

"괜찮아 씻으면 돼."

나는 긴머리가 거짓말을 하고 있다고 생각했기 때문에 억지로 그 일을 치르려고 했다.

그러나 긴머리는 끝까지 항거하며 급기야는 이런 말을 했다.

"정녕 하시겠다면……, 콘돔을 사용하세요."

"병이 걸렸다는 게 정말이야?"

나는 미련 반 의심 반 섞인 표정으로 반문했다. 그러자 긴머리는 눈가에 알듯 모를 듯한 미소를 띄우며 말했다.

"계속 치료를 받고 있기 때문에 이젠 거의 나아가요."

잔뜩 흥분해 있다가 헛탕만 친 나는 기분이 참으로 복잡했다. 화가 났다. 못내 아쉬웠다.

약국에 가서 콘돔을 사올까도 생각했지만, 그렇게 한다면 내 자신이 너무도 추해지고 초라해질 것 같아서 꾹 참았다.

대충 몸을 씻고 여장을 꾸려 밖으로 나왔다. 불유쾌한 장소에서 벗어나고 싶었기에 걸음을 빨리했다.

"아저씨!"

여관 골목을 막 벗어나려고 할 때 누군가가 나를 불렀다. 긴머리의 목소리였다. 나는 그녀에게 잔뜩 화가 나 있었으므로 돌아보지도 않고 걸음을 옮겼다.

"같이 가요!"

긴머리가 다시 소리쳤다. 나는 코웃음을 치며 들은 척도 하지 않았다.

"화나셨어요?"

달음질쳐 내 곁에 붙은 긴머리가 싱글거리는 목소리로 말했다. 나는 눈길도 주지 않고 밑을 보고 걸었다.

"어머, 화가 잔뜩 나셨나 봐?"

'너 같으면 화가 안 나게 생겼냐.'

나는 속으로 그런 불평을 하며 담배를 꺼내 물었다.

"내가 일부러 그랬던 것은 아니잖아요."

'얼씨구! 웃기고 있어.'

나는 긴머리가 켜주는 라이터 불을 거부하고 내 호주머니에서 성냥을 꺼내 담뱃불을 붙였다. 다시는 상대를 하지 않겠다는 표현이었다.

"이제는 어디로 가실 거예요?"

'남이야 어디로 가든지 말든지 네년이 무슨 상관이야.'

나는 담배연기를 길게 내뿜으며 그렇게 생각했다. 이때 문득 그 부인이 떠올랐다. 그러자 또다시 머리 속이 복잡해지고 마음이 우울해졌다.

'어떻게 되었을까? 혹시……'

냉정하게 따지고 들면 나와는 아무런 상관이 없는 부인이었다. 그런데 부인을 생각하면 불길한 상상을 하게 되고, 그래서 마음을 아파해야 하는 내 자신이 우습게도 생각되었다.

택시를 잡았다. 내가 택시에 승차했을 때 긴머리도 따라
탔다.

"어디로 모실까요?"

"진양호로 갑시다."

나는 차창 밖으로 시선을 두고 스쳐지나가는 풍경들을 망연
히 보았다. 나에게 낯선 도시는 아니었다. 기자 생활을 할 때
취재차 몇 번인가 들렀던 곳이었다.

대규모 유원지가 조성된 진양호에는 많은 관광객들이 붐비고
있었다. 나는 위락 시설이 널려 있는 곳에서 '도깨비 입에 공
던지기'라는 놀이에 빠져 몇 번이고 반복했다. 몸에 땀이 배도
록 그 놀이를 했을 때 배에서 꼬르륵 소리가 났다.

긴머리가 계속 내 곁을 따르고 있었지만 나는 혼자인 것처럼
행동했다. 그녀와 함께 하는 것이 어쩐지 귀찮고 불편했다. 이
제는 갈라서서 제 갈길을 갔으면 꼭 좋을 것만 같았다.

음식점에 들어가 설렁탕을 시켜 먹었다. 긴머리도 따라 시켰
기에 그녀의 밥값까지 지불해야 했다.

밥값을 지불하면서 나는 돈이 아깝다는 생각을 했다. 수중에
돈은 넉넉한 상태였다. 밥 한 그릇 정도의 인정을 베풀어도 괜
찮을 정도는 되었다. 그런데도 긴머리에게 돈 쓰는 것이 아
깝다고 생각하는 내 자신이 조금 치사하게 느껴지기도 했다.

나는 진양호 전망대로 올라가는 계단을 밟아오르기 시작
했다. 1년 동안 떠오르는 태양의 횟수를 상징한다고 하여 365
계단이라고 한다던가.

긴머리는 두어 계단 뒤에서 묵묵히 나를 따르고 있었다. 나
에게 몇 번이나 말을 붙였지만 내가 대꾸를 하지 않았기에 이
제는 말도 붙이지 않았다.

200계단쯤 올랐을 때 숨이 찼다. 그래서 계단에 털썩 주저앉았다. 담배를 피워 물고 아래를 내려다보니 긴머리도 스무 계단쯤 밑에서 앉아 있었다.

'저 아가씨는 무슨 생각에서 나를 계속 따라오고 있는 걸까?'

나는 긴머리의 뒷모습을 한동안 바라보면서 그런 생각을 했다. 긴머리가 나를 향해 살며시 고개를 돌렸을 때 나는 호면(湖面)의 풍경으로 재빨리 시선을 피했다.

아침의 일을 생각해보니 새삼 부끄러움이 밀려왔다. 욕심을 채우지 못했다 하여 아이처럼 토라져 있는 내 자신이 무척이나 우습게 여겨졌다.

'나만 이러는 것일까? 아니면 다른 남자들도 이럴 것인가?'

나는 속 좁고도 치사한 행동을 하고 있는 나를 질책했다. 그러면서 다른 남성들은 이런 경우에 어떤 생각을 하며, 또 어떤 행동을 취할 것인가에 대해 곰곰이 생각했다.

'열 길 물 속은 알아도 한 길 사람 속은 모른다.'라는 격언이 있듯, 같은 남자이기에 알 것도 같은데 딱 꼬집어 규정할 수는 없었다. 아마 모르기는 해도 거의 비슷할 것이라고 막연히 생각했다.

2

푸른 물감을 풀어놓은 듯한 진양호의 잔잔한 물결에 한낮의 햇살이 부서져 눈을 부시게 했다. 유선(遊船)과 여객선들이 한가롭게 오가고 있었다.

힐끔 계단을 내려다보았다. 호수를 바라보고 있는 긴머리의 옆모습이 눈에 들어왔다. 비록 학생증을 확인해보지는 않았지만 학생은 분명한 것 같았다. 그런데도 이미 남자를 깊숙히 알고 있으며, 성병을 앓고 있다는 사실이 나를 의아하게 했다.

'요즘 여대생들은 정조를 아무렇지도 않게 생각하는 걸까?'

나는 긴머리가 몸이 헤픈, 소위 말하는 프리섹스를 즐기는 아가씨로 생각되었다.

나는 봉건적인 성모랄을 가진 사람이기에 그런 아가씨들을 시시하고, 천박하게 여기고 있는 것은 사실이었다. 애정표현의 절차가 생략되고 바로 애욕 발산의 과정으로 들어가는 것을 동물적인 행위로 생각하며 역겨워하고 있다. 적어도 내가 아닌 다른 사람이 그럴 때는 호된 비판을 서슴지 않는다.

그러면서도 나 자신은 곧잘 여성을 유혹하고 싶은 충동을 느낀다. 또한 장난 삼아 유혹하여 멋지게 성공을 거둔 경험이 전혀 없다고는 할 수 없다.

같은 행위를 놓고도 나와 다른 사람이 이렇게도 다를 수 있다는 것을 생각하니 쓴웃음이 나왔다.

그러자 내 머리 속에 여러 명의 사내들이 떠올랐다. 나이 어린 제자 문지숙을 망쳐 놓은 박문수, 김 여인을 벼랑으로 내몰았던 문찬빈, 내가 알고 있는 플레이보이, 그리고 유혹자의 전형적인 두 대표라고 할 수 있는 카사노바와 돈 주앙이었다.

'왜? 남자들은 책임없이 여자를 농락하는가!'

나는 그 문제를 곰곰이 생각했다.

'정도의 차이는 있지만 사내들이란 모두 유혹자(誘惑者)의 기질을 가지고 있다. 그것이 바로 수컷의 본능이니까.'

이렇게 생각하는 나의 뇌리에 주마등처럼 스치는 얼굴이 하나 있었다. 내가 청년기에 만났던 젊은 사제였다.

피가 끓던 스무 살 무렵, 나는 나의 의지와는 상관없이 시도 때도 없이 끓어오르는 욕정으로 인해 몹시도 괴롭고 고통스러위했었다. 그것은 나의 심리상태를 온통 지배하고 나의 육체를 들쑤시고 꿰뚫었다.

성욕이 일 때는 참으로 젊음이 거추장스럽기 짝이 없었다. 애써 그런 충동을 느끼지 않으려고 하여도 허사였다.

그럴 때면 좀처럼 무슨 일에 정신을 집중할 수가 없었다. 책을 펼쳐도 글자가 눈에 들어오지 않았다.

주체할 수 없는 성욕에 안절부절 못했고, 참다 못하면 자위행위(自慰行爲)를 했다. 때로는 사창가 주변을 이리저리 어슬렁거리기도 했다.

그러던 어느 날 밤이었다. 그날도 사창가 주변을 발정난 짐승처럼 서성이다가 늙은 창녀의 손아귀에 이끌렸다.

늙은 창녀에게 동정(童貞)을 잃던 그 밤, 나는 무척이나 부끄럽고도 우울했었다. 흡사 도둑질을 하는 사람모양 남들의 눈을 피해 돈을 주고 여자의 몸을 사야 했던 내가 부끄러웠다. 과잉 생산된 정자, 그 폐기물처리를 위해 여자의 몸뚱아리를 빌려야 하는 동물적 존재라는 자각이 나를 우울하게 만들었다.

그날 이후 나는 잦은 자위행위에, 사창가에 출입했다는 사실에 몹시 죄악감을 느끼고 있었다. 남들에게 그러한 행위가 발각될까 무서웠다.

숱한 낮과 밤을 죄악감에 시달리다 마침내는 동네 성당의 신부님을 찾아갔다. 인상이 퍽이나 좋아 보이는 젊은 사제였다.

나는 고백성사(告白聖事)를 하는 심정으로 나의 행위를 낱낱이 고백했다. 이때 젊은 사제는 온화한 표정으로 이런 말씀을 하셨다.

"사춘기 이후의 남성으로서 성욕을 느끼는 것은 지극히 건강하고 정상적인 일이라고 할 수 있네. 너무도 당연한 말이지만 식욕이 인간의 본능인 것처럼 성욕도 인간의 본능인게지.

사람은 배가 고프면 음식을 먹어야 하고, 또 배가 썩 고프지 않더라도 먹음직스런 음식을 보는 순간 먹고 싶다고 생각할 때가 있네. 이것을 본능의 조건반사라고 볼 수 있지.

그런 의미에서 성욕도 흡사한 반응을 보이고 있네. 남성이 아무런 생각이 없다가도 어떤 매력적인 여성을 보면 불 같은 욕망을 보인다는 사실, 이것은 먹음직스런 음식을 보고 군침을 흘리는 것과 마찬가지라고 할 수 있는게지.

인간의 의지와는 상관없이 이는 본능의 감정을 어찌할 수 있겠는가? 그러니 자네가 여자를 보고 욕정을 품는 것이나, 여자를 생각하며 오나니를 하는 것에 대해서 너무 죄악감을 가질 필요는 없네."

"저의 음탕한 생각이, 또 자위행위가 정상이란 말씀입니까?"

나는 사제가 나를 위안하기 위해 하는 말로 생각했다.

"그렇다고 할 수 있네. 여자와의 성교를 생각하거나, 오나니의 행위는 성장의 중요한 한 과정일 뿐이네. 자네만이 그런 행위를 하는 것이 아니라 거의 모든 청년들이 그런 행위를 하고 있다고 생각해도 무리는 없을걸세."

젊은 사제는 잠시 말을 멈추고 담배를 피워 물고 나에게도 권했다. 나는 사제가 담배를 피우는 것을 처음 보았기 때문에 약간 의아하다는 느낌을 받았다.

"하하, 내가 담배를 피우는 것이 이상한 모양이군그래?"

내가 고개를 끄떡이자 사제는 밝게 웃으며 천장을 향해 길게 연기를 내뿜은 후에 입을 열었다.

"건강에는 해롭겠지만 정신적인 비타민으로 생각하고 끽연을 하고 있네. 흔히들 우리는 술과 담배를 금하고 있는 걸로 생각하는데, 그렇지는 않다네. 지나치지만 않다면 정신 건강에 이

롭다고 할 수 있지 않겠는가?"

"그렇군요."

나는 사제의 그 말에 수긍이 갔다.

"자네의 오나니도 지나치지만 않다면 이와 마찬가지네. 병적으로 그 행위에 집착하면 해가 되겠지만, 성적 충동에 견디질 못할 때의 오나니는 성적 긴장을 풀 수 있는 가장 좋은 방법이라 할 수도 있겠지."

"그 말씀이 신부님의 생각입니까, 아니면 종교적인 차원에서의 허용입니까?"

나는 자위행위에 대한 종교적인 견해를 듣고 싶어 당돌하게 물었다.

"글쎄……? 신교의 대부분의 종파에서는 도덕적으로 배척하지는 않지만 그렇다고 장려하지는 않고 있지."

"배척도 장려도 않는다는 말씀이 매우 막연하군요."

"자네의 말을 듣고 보니 나도 막연하군그래! 어쩔 수 없는 생리 현상을 종교적으로 규제한다고 해서 규제할 수가 없기 때문에 인간의 판단에 맡겼다고 할 수 있지 않겠는가?"

"어쩔 수 없기에 인간의 판단에 맡겼다구요?"

"그렇네. 성(性)은 무조건 더럽고 나쁜 것이 아니야. 다만 불건전한 성교가 나쁠 뿐이지. 우선 생물학적으로 생각해보면 쉽게 이해할 수 있겠네."

"생물학적이라니요?"

"남자에게는 자신이 원하든 원하지 않든 고환에서 끊임없이 정자가 생산되고 있다네. 그것이 쌓이고 쌓여 과잉상태가 되면 부득이 몸 밖으로 배설하게끔 몸의 구조가 되어 있는게지. 몽정(夢精)이 그 실례라고 할 수 있네. 이때는 싫더라도 성적 쾌감을 느끼게 되는 것이 남성의 신체 구조인 것일세."

나는 몽정의 경험이 있었다. 그래서 사제의 말을 실감하며 고개로 수긍했다. 사제는 계속 말을 이었다.

"몽정은 쌓인 정자가 무의식 중에 몸 밖으로 배설되는 생리 현상이지. 비록 오나니는 의식적인 행위이지만 몽정과 비슷한 현상이라 할 수 있겠지. 인간의 생리 현상을 종교적으로 규제하는 것은 무리가 있지 않는가. 그래서 오나니를 인간의 판단에 맡겼다는 생각이 드는데, 자네 생각은 어떤가?"

"과연 그렇군요. 그런데 왜 부끄럽고 죄악감을 느끼게 되는 걸까요?"

"그건 치부를 느낄 수 있는 이성적인 존재로서 사람들 앞에서는 해서는 안 될 프라이빗한 행위이기 때문이 아니겠는가? 사람의 눈을 피해 하는 행위라고 해서 그것이 덜 된 일이라든가 더러운 뜻으로 해석할 수는 없네. 그러니 오나니에 대한 죄악과 공포감의 무거운 짐을 벗도록 하게나."

"그렇다면 창녀와 성교를 가졌던 것은……?"

나의 이 질문에 사제는 다소 곤혹스런 표정을 지으며 눈을 지그시 감았다. 한동안 깊은 생각에 잠겨 있다가 마침내 입을 열었다.

"그것은 오나니와는 차원이 다른 문제가 아니겠는가? 《성경》의 〈잠언〉에 '내 아들아, 어찌하여 음녀를 연모하겠으며, 어찌하여 이방 계집의 가슴을 안겠느냐(잠언 5장 20절)'라는 말이 있네. 여기에서 말하는 이방 계집이란 음란한 여자나 몸을 파는 여자로 해석할 수 있네.

인간의 몸이 단지 쾌락을 위해 상품으로 매매(賣買)되는 것은 어떤 말로도 변명할 수 없는 크나큰 죄악일세. 나는 그렇게 생각하네.

인간이 성욕을 느끼는 것은 어쩔 수 없는 현상이지만, 그것을 표현하는 방법에는 많은 차이가 있네. 초인적인 자제력으로 인내하는 사람도 있을 것이고, 오나니를 하는 사람, 창녀의 몸을 사는 사람도 있을 것이네. 또 여자를 유혹하거나 강제로 겁탈하는 사람도 있겠지. 이 모두가 성욕을 해소하는 방법이지만 법적으로나 도덕적으로 허용되는 것이 있고, 그렇지 못한 것이 있지 않는가?

세상에는 병적으로 여자를 찾아 헤매는 자들이 존재하고 있지. 자신의 욕정을 채우기 위해 상대 여성에게 피해를 주는 자는 치한(痴漢)인데, 치한이 따로 있는 것은 아닐세.

이 말은 모든 남성은 치한이 될 수 있는 요소를 지니고 있다는 말일세. 왜냐하면 남성의 성욕에는 본능적인 정복욕도 함께 도사리고 있기 때문이라네.

정복욕이 지나친 남성을 우리는 플레이보이라고 하지. 바로 돈 주앙과 카사노바 같은 자들이야."

그날 밤 젊은 사제는 나에게 정욕을 다스리는 방법을 알려

카사노바 Casanova, Giovanni de Seingalt 1725~1798.
　카사노바는 1725년 이탈리아의 베니스에서 태어났다. 처음에는 성직자(聖職者)였으나 스캔들(醜聞)때문에 투옥, 출감 후에는 법률공부를 하였다. 유럽 각지를 돌아다니며 탁월한 기지(機智)와 계략(計略)을 이용하여 방탕과 엽색으로 반생을 보냈는데, 유럽 각국의 궁정을 출입하며 볼테르, 카리오스트라 등과 교제하였다. 파리에서 국영복권(國營福兼)의 지배인으로 거부가 되어 러시아로 갔으나 스캔들 때문에 이탈리아로 되돌아왔다. 만년은 발트슈타인 백작의 사서(司書)로 베멘에서 여생을 보냈다. 프랑스 어로 쓴 《회상록 Memories》 12권은 초인간적 엽색 생활기로 유명하다.

돈 주앙 Don Juan(창작 인물)
　돈 환이라고도 하는데, 본래 스페인 연극 속의 주인공이었다. 후에 이탈리아의 한 희곡에 등장하였다가 다시 프랑스로 건너가 몰리에르에 의해 개작되었다. 이후 비록 창작상의 인물이기는 하지만 많은 예술가들이 그를 내세워 고뇌와 사상을 의탁했다. 대표적인 예로 영국의 바이런도 돈 환을 즐겨 그렸고, 《이방인》의 작가 알베르트 카뮈도 그를 논하고 있다.

주었다. 가치가 있는 일에 몰두하라는 것이었다. 그것을 매우 설득력 있게 말했지만, 솔직히 지킬 자신은 없었다.

사제를 만난 다음날 나는 종일 도서관에서 시간을 보냈다. 성적 욕망의 실체를 파헤쳐 보고자 하는 의도에서였다.

그때 나는 희대의 유혹자인 돈 주앙*과 카사노바*를 만날 수 있었다.

카사노바라는 인물은 12권의 방대한 《회상록(回想錄)》을 쓴 실존 인물인데 반해 돈 주앙은 예술가들에 의해 창조된 가공의 인물이었다.

3

나는 한가롭게 지난날의 기억을 더듬어 돈 주앙과 카사노바의 면면을 비교하기 시작했다.

둘은 똑같이 이 여자에서 저 여자로 전전한 엽색가이며, 유혹자이면서도 여성 선택의 방법, 유혹의 방법에는 뚜렷한 차이를 발견할 수 있었다.

이때 한쌍의 남녀가 내 곁을 스쳐 아스라한 계단을 한 층계 한 층계 밟아 내려갔다. 둘은 서로의 허리에 손을 두르고 밀착하여 계단을 내려가고 있었기에 그 모습이 무척이나 부자연스러웠다.

"에험, 에허험!"

나는 계산적으로 크게 헛기침을 했다. 웬일인지 그들의 얼굴을 보고 싶었기 때문이었다. 아니나다를까 그들은 동시에 나를 돌아다보았다. 달갑지 않다는 표정을 나에게 보낸 후에 다시 계단을 내려가기 시작했다. 둘 다 나이가 어려 보였다. 불량기가 있어 보이는 남자는 갓 스물이 넘었을까 말까 했고, 여자는 그보다 두세 살은 밑으로 보였다.

남자의 한 손은 여자의 허리를 힘껏 두르고 있었고, 다른 한 손은 여자의 머리를 만졌다가 얼굴을 만졌다가 가슴을 만졌다를 반복했다. 그러다가 여자의 볼과 입술을 빨아대기도 했다. 여자는 그것이 즐거운지 남자의 허리에 손을 두르고 낄낄거렸다.

남의 이목이야 아랑곳없다는 태도였다. 보는 내가 민망할 정도였다.

'미친 것들!'

나는 몇 계단 밑으로 내려가고 있는 그들의 뒷모습을 보면서 속으로 욕을 했다. 둘의 사이가 아무리 죽고 못살 사이라 할지라도 대낮에 드러내놓고 더듬고 만지고 핥고 빠는 것이 그렇게 추해보일 수가 없었다.

그들이 긴머리의 곁을 스쳐 지나갔을 때, 긴머리는 나를 쳐다보고 웃었다. 나는 그 웃음의 의미를 알 수 없었다. 다만 보기 싫은 모습으로 계단을 내려가는 남녀와 긴머리는 같은 사고와 행동을 할 것이라는 생각이 들었다.

"에잇, 철딱서니 없는 것들!"

나의 입에서는 절로 그런 말이 터져나왔다. 약간 기분이 상한 나는 배낭에서 캔맥주를 하나 꺼내 목을 축였다.

"저도 캔 하나 주세요."

긴머리가 불쑥 손을 내밀었다. 내가 말없이 배낭에서 캔맥주를 꺼내주자 그녀는 내 곁에 털썩 주저앉으며 캔을 땄다.

"무슨 생각을 그렇게 골똘히 하고 있어요? 아직도 화가 풀리지 않았어요?"

긴머리는 손등으로 입을 닦으며 나를 빤히 쳐다보았다.

"돈 주앙과 카사노바."

나의 심드렁한 대답에 긴머리는 놀란 표정을 지어 보였다.

"돈 주앙과 카사노바요?"

"그래, 아가씨도 그들을 알고 있겠지?"

"천하에 다시 없는 호색한이잖아요!"

"맞았어. 희대의 유혹자들이지. 둘 중에 아가씨의 취향에 맞는 남자는 어느 쪽이라고 생각하나?"

나는 불쑥 그런 질문을 던지고 나서 다시 맥주 한 모금을 꿀꺽 삼켰다. 그러면서 생각하기를 카사노바의 상대로 어울리는 아가씨라고 생각했다.

"나는 그들이 호색한이라는 것을 알고 있지만……."

긴머리는 말꼬리를 흐리며 고개를 갸웃했다. 그들을 자세히 모른다는 표정이었다.

그런 표정을 대하는 순간 나는 약간 얄궂은 생각이 들었다. 이 기회에 요즘 이십대들의 정조관념을 샅샅이 파헤쳐보고 싶다는 생각이었다.

"돈 주앙과 카사노바는 희대의 호색한들이지만, 두 사람은 차이가 많아."

"어떤 차이예요?"

"응, 카사노바가 상관한 여자의 대부분은 정조관념이 헤픈 여자들이었어. 즉 섹스를 밝히는 치들인데, 태반은 창녀 등 거리의 여자였고, 나머지는 대책없이 남자를 좋아하는 그런 부류였지."

"돈 주앙은요?"

"카사노바의 그것과는 사뭇 다르다고 할 수 있는데, 창녀나 드러내놓고 남자를 좋아하는 여자는 아니었어. 자존심이 높은 귀족부인이나 살롱의 여성만을 유혹했었지. 말하자면 돈 주앙은 쉽사리 남자의 유혹에 굴복하지 않는 그러한 여성을 헌팅했던거야."

"그렇군요."

긴머리는 고개를 끄떡였다. 나는 한껏 여유로운 마음으로 질문할 말을 이리저리 생각했다. 흡사 낚시 바늘에 걸린 물고기를 조정하고 있는 듯한 그런 심정이었다.

"요즘 아가씨들은 카사노바와 같은 유형의 남자를 선호하고 있겠지?"

나는 슬쩍 그런 말을 던졌다. 이 말에 긴머리는 '아니, 왜요?'하는 표정을 지었다.

"하하하……. 섹스에 대해서 매우 대담해졌잖아. 순결을 대수롭게 생각하지도 않고 말야."

"정말 그렇게 생각하세요?"

"아니, 그렇다면 그렇지 않단 말인가? 나는 요즘 젊은이들이 혼전 성교에 대해 무척이나 대범해졌다고 생각하고 있는데……."

나는 약간 놀라는 척했다. 그러자 긴머리는 알듯 모를 듯한 미소를 입가에 지으며 손가락으로 코끝을 만졌다.

"하긴, 그렇기는 해요. 순결을 운운하는 것은 전근대적인 생각이에요."

"암, 그렇겠지! 지금이 어느 시대인데……."

나는 당연하다는 듯이 그런 말을 하고 나서 오징어 다리 하나를 질겅질겅 씹었다. 마침내 그녀는 내 페이스에 말려들고 있었다.

"요즘은 그날 만난 상대와 섹스를 하는 것도 흔하다지? 마음에 드는 사람이라면……."

"그럴 경우도 없지는 않겠죠."

"아가씨도 그런 경우가 있었나?"

나는 무의식 중에 이 말을 뱉고 나서 아차했다. 긴머리의 안색이 변했기 때문이었다.

"아마 그런 경우는 없었나 보군그래?"

나는 어눌하게 말하고 나서 눈길을 마주하기가 어색하여 호수 저편의 섬에 시선을 던졌다. 이윽고 라이터를 켜는 소리가 들리고 매캐한 담배연기가 풍겼다. 뜨거운 커피 한 잔을 입으로 홀홀 불어가며 마실 정도의 시간이 흘렀다.

"카사노바에게 버림받은 여자들은 결코 그를 원망하지 않았지. 왜 그런지 아나?"

나는 슬쩍 이야기의 방향을 돌리며 긴머리를 보았다. 그러자 그녀는 담배연기를 길게 내뿜으며 고개를 두 번 저었다.

"카사노바가 유혹했던 여자들은 그에게서 육체적인 쾌락만을 원했기 때문이야. 그렇기 때문에 정신적인 상처를 받지 않았다는 게지.

그러나 돈 주앙에게 버림받은 여자들은 그를 몹시 원망하고 증오했지. 그것은 육체보다 마음, 즉 자존심에 상처를 받았기 때문이 아니겠어."

"그렇겠네요."

긴머리는 심드렁하게 대답했다. 이런 화제에 흥미가 없는 모양이었다.

"어제 만났던 부인은 어떻게 되었을까?"

나는 재빨리 화제를 바꿨다.

"친정으로 들어갔겠죠, 뭐."

긴머리는 대수롭지 않게 대꾸했다.

"정말 그렇게 생각하고 있나?"

"그렇지 않고요……."

"혹시, 자살했을 것이라는 생각은 안 해 봤어?"

"설마, 그런 일로 자살을 했을라구요."

"설마 그런 일?"

"그렇잖아요. 죽을 죄를 지은 것도 아닌데……."

"허어……!"

나는 입술을 반쯤 열었다. 아무리 정조관념이 희박한 아가씨라고는 하지만 부인의 일을 그럴 수도 있다는 듯이 너무 쉽게 생각하고 있는 것에 놀랐다.

"남편이 이해심이 없는 남자라면 이혼을 하면 되잖아요."

긴머리의 거침없는 말은 계속 이어졌다.

"물론 그 아줌마의 잘못도 있기는 있어요. 그렇지만 그런 상황에서 누군들 그렇지 않을 사람이 어딨겠어요? 그건 불가항력적이었어요."

"그게 불가항력이었다구? 흥, 그렇다면 서울에서도 계속 만났던 것에 대해서는 어떻게 생각하나?"

나는 참으로 웃기는 아가씨라고 코웃음을 쳤다.

"만날 수도 있는 것 아녜요? 남자들도 그렇잖아요."

갈수록 태산이었다.

"남자들이 그러니까 여자들도 그럴 수 있단 말이군그래?"

나의 말투가 시니컬해졌다. 쾌락에 푹 빠져 가정을 배반한 주부가 용서받을 수 있다는 생각을 하는 긴머리를 이해할 수 없었다. 그런데 그녀는 오히려 내가 답답한 모양이었다.

"남자는 바람을 피워도 되는데, 여자는 안 된다는 사고방식이 잘못된 것이에요. 우리도 이제는 성을 둘러싸고 있는 낡은 가치관에서 벗어나야 해요."

"대관절 그대가 생각하고 있는 낡은 가치관이 뭔데?"

나는 역정을 냈다. 긴머리가 내뱉은 한 마디 한 마디가 몹시도 귀에 거슬렸기 때문이었다. 긴머리도 지지 않고 목청을 한껏 돋구었다.

"기성세대들은 성을 지나치게 터부시하고 있어요. 성이 무엇입니까? 즐겁고 재미있고 스릴이 있는 인간 본능의 행위잖아요. 그렇기 때문에 남자들은 오래전부터 그것을 향유해왔어요. 그런데 왜 여자는 금지해야만 해요? 여자에게도 즐거운 성을 향유할 수 있는 권리가 있는 거예요."

"성을 단지 쾌락으로 즐긴다, 이 말이군그래?"

"아저씨도 좀 솔직해보세요. 쾌락 없는 성을 생각한다는 것이 우습지 않아요. 많은 사람들이 안 그런 척하고 있지만, 속을 파헤쳐보면 모두들 성의 쾌락을 즐기고 있는 것이 사실이잖아요. 어른들은 그것을 내숭 떨 뿐이고, 저는 솔직히 표현하는 것이 차이라면 차이일 거예요. 내숭 떠는 것은 도덕적이고 솔직한 것은 부도덕이라는 말은 어폐가 있지 않은가요?"

"허어……!"

나는 성을 즐기는 행위로만 표현하는 그 말에 그만 말문이 콱 막혔다. 아무리 성문제를 공공연하게 얘기할 수 있는 시대라고는 하지만, 결혼도 하지 않은 아가씨가 이렇게까지 노골적인 표현을 한다는 사실에 충격을 받았다.

"쾌락을 얻을 수 있다면 그 누구와 상관없이 관계를 가져도 좋다는 말인가?"

내가 조롱조의 말을 던졌을 때 긴머리는 정색을 하며 한동안 나를 쏘아봤다. 그러다가 입을 열었다.

"그 문제에 대해서 아저씨의 생각을 먼저 듣고 싶군요."

"왜……?"

나는 가슴이 뜨끔했다. 긴머리가 그 질문을 던진 의도는 뻔했다. 아침에 내가 그녀를 탐했던 것을 꼬투리 잡고 늘어지는 것이 분명했다.

'그건 남자와 여자는 엄연히 달라!'

이렇게 말하고 싶은 것을 꾹 참았다. 만약 그 말을 입에 담았다면 긴머리는 기다렸다는 듯이 나를 공격하기 시작할 것이었다. 나의 가면 쓴 모랄은 그녀에게 이미 약점을 잡힌 상태였다. 그 약점을 찌르며 공격해 들어오면 나는 코너에 몰릴 수밖에 없었다.

나는 긴머리와 더이상 그 문제로 논쟁을 비화시키기는 싫었기 때문에 입을 다물어버렸다. 내가 떳떳한 상태였다면 세속적인 윤리로 얼마든지 논쟁을 할 수 있고, 또 그녀의 그릇된 윤리관을 비판할 수 있었으리라.

'참으로 제멋대로인 아가씨로군……'

나는 마땅찮은 잔기침을 하며 몸을 일으켰다. 배낭을 둘러메고 아직도 까마득히 남아 있는 계단을 서서히 밟아올라가기 시작했다.

'내숭과 솔직함의 차이라 이 말이지……'

나는 긴머리의 말을 곱씹었다. 어찌 생각해보면 그녀의 말이 썩 그릇된 말은 아닌 것 같았다. 입으로는 성 문란 풍조를 배척하면서도 실지 마음은 그렇지 않은 경우가 나에게도 역시 많았다.

'과연 나는 저 아가씨에게 돌을 던질 자격이 있나?'

나는 스스로 묻고 고개를 저었다.

'그렇지만……'

나는 그것을 슬그머니 인정하는 내 자신을 힐책하며 긴머리를 쏘아봤다. 긴머리도 나의 시선을 피하지 않고 맞받았다.

"남자와 여자가 바람 피우는 것을 같다고 생각하나?"

나의 목소리에는 가시가 돋쳐 있었다. 그럼에도 그녀의 대답은 얄밉도록 명쾌했다.

"그럼요. 뭐가 틀리겠어요. 똑같은 사람인데요."

"훗날 남편이 바람을 피우면 그대도 바람을 피우겠다는 얘기로 들리는군그래?"

"맞아요."

"가정주부로서의 정조를 지킬 필요가 없다는 말인가?"

"가정주부의 정조요? 그게 뭐 보물단지인가요?"

"허허허……."

나는 소리를 내어 웃었다. 웃으면서도 화가 났다.

"그렇다면 한 가지 묻겠는데……."

"물으세요."

긴머리는 나를 빤히 쳐다봤다. 무슨 질문이라도 해보라는 태도였다.

'어디서 굴러먹은 개뼈다귀인지는 모르지만 정말 못말릴 친구로군.'

그런 생각을 했다. 나는 좀 심한 질문을 하고자 마른침을 꿀꺽 삼켰다.

"그대는 여자의 정조를 너무 쉽게 생각하고 있군그래? 그렇다면 대체 지금까지 몇 남자와 관계를 가졌나?"

"그게 궁금하세요?"

"그래, 무척이나 궁금해."

"호호호……, 모르기는 해도 아저씨가 생각하는 것보다는 조금 더 많을 거예요."

"헉……!"

나는 입을 딱 벌렸다. 어쩐지 그녀에게 농락당하고 있는 것 같은 기분이었다.

"그, 그렇다면 백, 백 명도 훨씬 넘는단 말인가?"

나는 그녀가 더이상 농을 못하도록, 골탕 먹일 생각에서 그렇게 쐐기를 박았다. 역시 즉각적인 반응이 있었다.

"아저씨는 저를 어떻게 보고 그런 말을 하시는 거예욧!"

긴머리는 얼굴이 빨갛게 달아올라 코를 식식 불었다.

"너무 많았나? 그렇다면 미안하군. 한 오십 명 정도라면 되겠나?"

"……."

긴머리는 어깨까지 들썩거리며 날카로운 도끼눈을 던졌다.

'흥, 꼴에 수치심을 느끼고 있단 말이지.'

나는 그렇게 생각하면서도 겉으로는 약간 당황한 표정을 지었다.

"표정을 보니 그것도 많단 말이군그래? 그렇다면 대폭 깎아서 열 명 정도?"

긴머리는 죽일 듯이 나를 노려보고 있다가 앵돌아져 재빨리 계단을 오르기 시작했다.

'히히……. 단단히 토라졌군. 제까짓 게 그래 봤자지.'

나는 긴머리의 씰룩거리는 엉덩이를 보면서 계단을 올라갔다. 화가 나서 일까? 그녀의 엉덩이는 이리 씰룩 저리 씰룩 방정을 떨었다.

"어여, 아가씨!"

열 계단 정도 떨어졌을 때, 내가 소리쳤다. 나의 마음 속에는 짓궂게도 심술쟁이와 같은 장난기가 동하고 있었다.

긴머리는 뒤를 돌아다보지도 않았다. 나는 뛰듯이 계단을 밟아올라가 그녀와 보조를 맞췄다.

"그걸 가지고 뭘 그렇게 화를 내나 그대가 장난을 치기에 나도 농담으로 해본 소리인데. 화가 많이 났다면 내가 이렇게 사과하지."

나는 짐짓 다정스럽게 말했다. 그러나 그녀는 고개를 저쪽으로 홱 돌려버렸다.

"참, 우리가 돈 주앙과 카사노바 이야기를 하다가 괜한 쪽으로 빗나갔어. 카사노바는 참으로 시시한 남자였어."

나는 능청스럽게 그 말을 꺼냈다. 긴머리야 듣든지 말든지 상관이 없었다.

"아 글쎄, 그 친구는 나는 이렇듯 수많은 여자를 정복했노라고 숫자를 과시하고 있거든. 그게 얼마나 시시하고 치사한 행동이야? 그것은 단순히 여자를 욕망의 대상이나 쾌락의 대상으로 보았다는 이야기겠지? 안 그래?"

긴머리는 들은 척도 하지 않았다.

"아마 그대도 나와 같은 생각이라고 믿어. 그러나 돈 주앙은 차원이 달랐거든. 그 친구는 여자에게서 육체적인 쾌락 이외의 것을 찾았어. 말하자면 정신적인 측면에서 여자를 바라보려고 했었지."

긴머리는 여전히 고개를 저쪽으로 돌리고 있었다. 나는 담배를 꺼내 물고 바지 주머니 속의 성냥을 꺼내려고 하다가 그만두었다.

"불 좀 주겠어?"

긴머리는 달갑지 않다는 표정으로 아예 라이터를 내게 주었다. 잠깐 시선이 마주쳤을 때 나는 함박웃음을 보내주었다.

"고마워."

나는 담뱃불을 붙이고 나서 그녀의 손에 라이터를 쥐어주었다. 그러면서 그녀의 손을 살며시 감싸 잡았다가 놓으며 말을 이었다.

"돈 주앙은 이상적인 여성상을 찾아다니는 그런 남자였어. 완벽한 지성과 아름다움을 간직한 그런 여자를 말야. 그런 점에서 그는 정신나간 친구였어. 세상에 완벽한 여자가 어딨겠어, 안 그래?"

나는 계속적으로 그녀의 말대답을 유도하면서도 크게 기대는 하지 않고 있었다. 그렇기 때문에 대답을 기다리지 않고 말을 이었다.

"괜찮은 여자다 싶어 유혹을 하여 관계를 갖고 보면 그렇고 저런 여자였던 게야. 그래서 실망과 환멸을 느끼고 다른 상대를 찾아 유혹에 성공했지만 역시였어.

우리들은 인간인 이상 상대방의 기대를 완전히 채워줄 수도 없는데도 그 친구는 헛되이 열정을 쏟은 것이 아니겠어? 그런 돈 주앙을 어떻게 생각해?"

나는 긴머리의 어깨에 손을 둘렀다. 그녀는 완강히 나의 손을 뿌리치려고 했다. 그러나 나는 손에 더욱 힘을 주며 짐짓 화를 냈다.

"이젠 그만 화를 풀어! 내가 사과를 했었잖아!"

긴머리는 더이상 나의 손을 뿌리치려고 하지는 않았다. 그렇지만 여전히 고개를 저쪽에 둔 상태였다.

'후훗, 네가 끝내 나와 말을 않겠다는 말이렸다!'

나는 속으로 실소를 머금었다. 애숭이 계집 하나 다루지 못할 사람으로 봤다면 큰 오산이라고 생각했다.

"어쨌든 그들은 희대의 유혹자들이었지만 그들 나름대로는 모랄을 가지고 있었어. 그게 뭔 줄 아나?"

나는 긴머리의 머리카락을 쓰다듬으며 더욱 다정스럽게 말했다. 그러자 긴머리는 마지못해 고개를 한번 저었다.

"그들은 여자를 정복할 때 결코 강제성을 띠지는 않았다는 거야. 카사노바는 정숙한 여성에게는 아예 접근을 하지 않았어. 역설적으로 말하자면 정조를 소중히 여기는 사람들은 지켜줬다는 얘기야. 실제로 그는 섹스를 거부하는 여성들은 건드리지 않았어. 그 점은 무척 인간적이었다고도 할 수 있어.

돈 주앙도 그 점에 대해서는 같다고 할 수 있어. 숱한 귀족 여성들이 그의 뜨거운 열정에 감동하여 스스로 팬티를 내렸다 이 말이지."

나는 생각나는 대로 말하고 있었다. 나 자신도 내 말이 맞는지 안 맞는지는 몰랐다. 그러나 분명한 것은 그들에게도 나름대로의 엽색철학이 있었다는 사실이었다.

철모르는 제자 문지숙을 농락한 박문수, 김 여인을 덫에 빠뜨려 놓고 금품을 옭아 내는 문찬빈과는 다른 점이 그것이었다.

"죽일 놈들이야!"

박문수와 문찬빈을 생각하니 절로 쌍소리가 터져나왔다. 그 소리에 긴머리가 힐끔 나를 쳐다보았다.

"김 여인을 농락했다는 그놈을 생각했어."

나는 그렇게 말하면서 허공에다 주먹을 불끈 쥐고 힘껏 휘둘렀다. 마치 문찬빈을 강타하는 듯한 제스처였다.

"푸훗……."

긴머리가 묘한 웃음을 토해냈다. 나의 동작이 우스웠기 때문일까. 어쨌든 그녀의 기분이 풀렸기에 나는 회심의 미소를 입가에 지었다.

4

마침내 우리는 365계단의 정상에 섰다. 이마의 땀을 훔치며 아스라히 뻗어내린 계단 아래를 내려다보니 아찔한 현기증이 일었다.

시원한 바람이 불어와 머리카락을 날리게 했다. 한눈에 굽어보이는 진양호를 바라보니 마음이 상쾌했다.

"기념으로 사진 한 장은 찍어야겠지?"

내가 어린아이처럼 소리를 치자 긴머리도 활짝 웃었다. 나는 있는 폼 없는 폼을 다 잡고 사진을 서너 장 찍었다.

얼굴이 까무잡잡한 촌티나는 중늙은이 네다섯이 호수를 손짓하며, 사평이 어쩌구 마동이 저쩌구 하며 이야기를 나누고 있었다. 그들 중의 한 사람에게 부탁하여 긴머리와 정답게 어깨동무를 하고 사진을 찍었다.

"졸(좋을) 땝니다."

촌티나는 아저씨가 그렇게 말하며 누런 이빨을 내보이며 활짝 웃었다.

"하하……, 그렇습니다."

나는 잠시 촌티나는 중늙은이들과 어울렸다. 거문도(巨文島)에서 뭍으로 관광나온 어부들이었다. 내가 여행 중임을 밝히고 거문도에 대해 묻자 그들은 입에 침을 튕기며 자랑을 했다.

"젊은 선상, 꼭 가봇시오."

"예, 그렇잖아도 가볼 참입니다."

그들이 내려가자 나는 배낭에서 캔맥주를 꺼내 나도 하나 들고 긴머리에게도 하나 주었다.

"아저씨는 무던히도 술을 좋아하시는 것 같아요."

긴머리가 빙그레 웃었다. 얼굴은 특별나게 잘생긴 구석은 없었지만 웃는 모습은 좋았다.

"어쩌다가 성병에 걸렸지?"

맥주를 다 마시고 나서 거침없이 그렇게 물었다. 가볍게 내뱉은 것 같지만 사실은 몹시 망설이다 꺼낸 말이었다.

'내가 생각해도 나는 고약한 사람이야.'

나는 또다시 그런 난처한 말을 꺼내는 나 자신이 무척이나 고약하다는 생각을 했다. 숫제 긴머리를 달랬다가 약을 올리는 식이었다.

"……."

긴머리는 난데없는 나의 물음에 곤혹스러운 표정을 지었다. 눈빛이 묘하게 흔들렸다.

"아마 성병에 걸린 상대와 섹스를 했나 보군?"

나는 한없이 부드러운 미소를 머금으며 말했다.

"……."

긴머리는 이맛살을 찌푸리며 고개를 돌려버렸다.

"아니, 왜 그래? 또 내 말에 기분이 상했어? 즐거운 섹스를 향유하다 보면 흔히 걸리는 것이 성병이잖아……."

나는 그녀가 했던 말을 슬그머니 끌어들여 비비꼬았다. 그 말에 긴머리는 입을 앙당그리게 다물었다. 그 탓인지 속눈썹이 바르르 떨렸다.

"성병에 걸린 그 남자가 애인이었나? 아니면……."

내가 그 말을 하자 긴머리는 무섭게 나를 쏘아봤다. 그렇지만 나는 그것을 무시하고 입을 열었다.

"아마 아가씨라면 애인이 성병에 걸린 사실에 큰 문제를 삼지 않겠지? 성을 단지 쾌락으로 생각하고 있을 테니까 말야!"

나는 긴머리의 반응을 보기 위해 그녀의 눈 속을 지그시 응시했다. 그녀의 흑갈색 눈동자 속에는 파르스름한 불꽃 하나가 피어올라 심하게 흔들리고 있었다.

"세상이 많이 변하기는 했어……."

나는 너무 했다는 생각이 들어 슬그머니 한 걸음 물러섰다. 담배를 꺼내 불을 붙인 후에 다시 말을 이었다.

"도도히 흐르는 시대 사조를 한사코 부정한다고 해서 막을 수는 없겠지만, 그래도 요즈음의 행태를 보면 너무 한다는 생각이 들어. 서로들 사랑한다고는 하겠지만 꼭 인스턴트 식품같

이만 보여서 불안하기 짝이 없어. 너무들 쉽게 만나고, 쉽게 육체관계를 갖고, 쉽게 헤어지고 있다는 생각이 들어…….”

긴머리는 여전히 말이 없었다. 단단히 토라진 것 같았다.

나는 약간 미안한 감이 없지는 않았지만 더이상 말붙이는 것을 포기했다. 그녀와 조금 떨어진 곳에 주저앉고 여행노트를 펼쳤다. 그리고 어제부터의 느낌을 생각나는 대로 기록했다.

×월 ×일

순간의 잘못이 인간을 칠흑 같은 절망 속에 빠지게 한다. 행복을 쌓아올리는 것은 오랜 세월이 걸리지만, 그것이 무너지는 것은 일순간이다.

사슴처럼 슬픈 눈을 가진 부인, 그 부인은 지금 어떻게 되었을까?

친정에 들어갔을까, 아니면 정처없이 방황하고 있을까?

방황하고 있다면 지금은 무슨 생각을 하고 있을까. 아마도 감당할 수 없는 죄책감에 시달리고 있으리라…….

자꾸만 불길한 예감이 든다. 의식 끝에서 얼씬거리는 부인의 모습을 영 떨쳐버릴 수가 없는 것은 무슨 까닭인가!

혹시, 정말로 혹시……, 그 부인은 자살을 택할는지도 모른다. 만약 그렇다면…….

나는 죄인이다. 어쩔 수 없는 죄인이다. 몰인정하고 비정한 사람이다.

그렇지만 나로서는 어찌할 수 없었다. 나에게는 책임이 없다. 아니다, 전혀 책임이 없다고는 할 수 없다. 아니다, 아니다!

어쩌란 말이냐!

폴 엘뤼아르야, 나는 어쩌란 말이냐!

어쩌란 말이냐 문에는 지키는 사람이 있는데
어쩌란 말이냐 우리는 갇혔는데
어쩌란 말이냐 길은 막혔는데
어쩌란 말이냐 도시는 몰렸는데
어쩌란 말이냐 밤은 떨어졌는데
어쩌란 말이냐 우리는 사랑했는데……

　나는 여기까지 기록하고 나서 잠시 고개를 들었다. 긴머리는
동상처럼 앉아 담배를 피우고 있었다. 바람에 머리카락을 날리
고 있는 그 모습이 웬지 슬퍼보이면서도 멋져보였다.
　나는 다시 노트에 글을 쓰기 시작했다.

　성도 이름도 모르는 아가씨는 지금 내 앞에서 망연히 호수를
바라보고 있다. 그대는 생각에 잠겨 담배를 피우고 있고, 나는
그대를 보고 글을 끄적거리고 있다.
　나와 그대는 무슨 인연으로 이렇게 만나, 또 이렇게 각기 다
른 생각을 하며 앉아 있는가!
　똑같은 인간이면서 어찌하여 그대와 나의 생각이 그토록이나
다르단 말인가! 내가 그대를 이해하지 못하는 것처럼 그대 또
한 나를 이해하지 못하고 있으리라.
　그대여, 성도 이름도 알 수 없는 그대여!
　발랑까져 더러운 성병에 걸려 있는 그대여!
　그대는 20대의 가치, 청춘의 진가를 알고 있는가. 사랑이 무
엇인지, 진실이 무엇인지를 알고 있는가…….
　그대는 섹스의 개방을 여성해방의 표시라고 외치고 있는지도
모르지만, 그게 얼마나 그릇된 생각인지는 멀지 않아 피눈물을
흘리면서 깨우칠 날이 있으리라.

그대는 모르리라 인생의 복잡성을.
그대는 모르리라 사랑의 진실을……

"뭘 쓰고 계세요?"
긴머리의 그 말에 나는 재빨리 노트를 덮고 그녀의 얼굴을
보았다. 어느 틈에 기분이 풀렸는지 얼굴은 밝아 보였다.
"아가씨에 대한 느낌을 적고 있었지."
나는 그렇게 대답하고 입으로만 웃었다.
"어머! 좀 읽어보면 안 돼요?"
"글쎄……."
나는 애매하게 말끝을 흐리면서 배낭에 노트를 넣었다. 보여
줄 수 없다는 행동 표시였다.
"너무 궁금해요."
긴머리는 고개를 갸우뚱거리다가 입을 비쭉 내밀며,
"틀림없이 못된 여자라고 썼을 거예요. 그렇죠, 맞죠?"
하고 말했다. 나는 무슨 말을 할 것인가를 생각하면서 빙그레
웃었다.
"왜 그렇게 생각했지? 아가씨가 못된 여자인가?"
나는 쉽게 대답할 수 없는 말인 줄을 알면서도 넌지시 말
했다. 역시 그녀는 대답을 하지 못했다.
"하하하……. 내가 왜 남의 집 귀한 딸을 못된 여자라고 하
겠는가! 그냥 세대차이에 대한 느낌을 적었을 뿐이야."
나는 호탕하게 웃으며 긴머리의 등을 톡톡 두드려주었다.
"세대차이라뇨?"
"응, 뭐랄까……? 아가씨와 나의 사랑법에 차이가 있다는
말이지."
"아저씨의 사랑법은 어떤 것이고, 또 나의 사랑법이란 어떤

것인데요?"

"말하자면, 아가페와 에로스라고 할 수 있겠지."

"아가페와 에로스요? 그렇다면 아저씨가 아가페이고 내가 에로스란 말인가요?"

"하하하…… 그게 아닌가?"

나는 자못 호탕하게 웃으며 긴머리의 표정을 살폈다. 그녀는 연분홍 매니큐어가 칠해진 손가락 세 개로 턱 밑의 매력점을 만지고 있었다. 그녀의 행실이야 어떻든 간에 그런 모습은 한없이 귀여웠다.

"그대는 자신의 청춘을 잘 보내고 있다고 생각하나?"

나는 말을 바꿔 진지하게 물었다. 더이상 그녀에게 장난 비슷한, 무책임하고 쓸데없는 말을 하고 싶지 않았다.

"내 청춘이요?"

"그래, 인생의 가장 화려한 한복판을 그대는 어떻게 보내고 있는가를 묻고 있는거야."

"호호호…… 갑자기 그런 말씀을 하시니까 어안이 벙벙한데요."

"그렇다면 잠시 생각했다가 내게 말해줘."

우리는 계단을 내려오기 시작했다. 계단을 내려오면서 나는 거문도에 가야겠다는 생각을 했다.

"거문도 8경이 참말로 볼만 하제라. 한번 댕겨간 사람들은 꼭 다시 온당께라. 그랑께 한번 가봇시오 잉."

촌티나는 중늙은이의 말이 귓전에 웅웅거리며 나의 여행 심리를 자극했다.

계단을 한참이나 내려왔는데도 긴머리는 말이 없었다.

"생각해봤어?"

내가 말을 붙였을 때 그녀는 고개를 저으며 웃기만 했다.

"인생에 있어서 청춘기가 가장 아름답고 좋은 때야. 사람들이 흔히 입에 담는 말이니까 그대도 들었을 게야. 왜들 그러는지를 알고 있나?"

"젊음 때문이겠죠."

"그렇지, 그 젊음을 그대는 어떻게 생각하고 있고, 또 어떻게 보내고 있는가를 듣고 싶어."

"막상 질문을 받으니까 뭐라고 대답해야 할지를 모르겠어요. 학교에 다니면서 젊음의 낭만을 맘껏 만끽하는 정도예요."

"젊음의 낭만? 그 낭만이라는 것을 구체적으로 말해줄 수 없겠나?"

"……."

긴머리는 고개를 갸웃하며 나를 바라보았다. 나의 질문이 고리타분하다는 표정이었다.

"친구들과 어울리거나 열렬한 연애에 빠져드는 것 등이 그대가 말하는 낭만인가?"

내가 넘겨짚어 말했다.

"맞아요. 그 정도예요."

나는 고개를 끄덕였다. 나도 그녀와 똑같은 젊음을 보내던 때가 있었다. 그러나 시대상황은 너무도 달랐다. 그때는 버선발로 마른 땅을 밟아도 죄가 되던 그런 때였다. 서슬 퍼런 군사독재가 이 땅의 젊은이들을 총칼로 억압하던 암울한 시대였다.

"닭모가지를 비틀어도 새벽은 온다!"

누군가가 주먹을 불끈 쥐고 울분을 토해냈다. 많은 젊은이들이 새벽을 위해 피를 흘렸다.

우리의 젊음은 온통 투쟁으로 얼룩졌었다. 학교에서도 술집에서도 공통의 화제는 독재와의 투쟁에 있었다.

"젊은이가 무섭게 깨어 있어야 나라가 산다. 젊은이의 피는 젊음만큼 뜨거워야 한다. 뜨거운 피를 가진 젊은이는 부단히 배우고, 부단히 노력하고, 부단히 싸워야 한다.

불의를 보고도 못본 척하는 그런 놈, 불의와 적당히 타협하는 그런 새끼는 이미 젊은이가 아니다. 나는 그런 놈들을 경멸하고 저주한다."

학생운동을 선도하던 L선배의 강인한 모습이, 준열한 목소리가 귓가에 쟁쟁했다.

나는 L선배가 좋았다. 그의 사상이, 그의 행동이 좋았기에 흡사 그림자처럼 따라다녔다. 한 마디로 나는 그에게 흠뻑 빠져 있었다.

L선배는 그런 나에게 곧잘 인생을 말했다. 청춘의 가치를 역설했다.

"인간은 스스로의 판단으로 서야만이 진정한 가치가 있다. 줏대없이 부화뇌동하는 인간처럼 시시한 인간은 없다."

L선배는 자신이 학생운동의 선봉에 서 있으면서도 일부 운동권 학생들을 호되게 비판했다. 공부에 열중하기보다 학생운동에 더 열성인 학생들을 모질게 충고했다. 특히 나에게는 그 강도가 더욱 높았다.

"청춘은 마음껏 즐겨야 한다. 그러나 긴 인생의 준비기간이라는 사실을 항상 명심해라. 지금 배우고 익힌 지식으로 너의 나머지 인생을 살아가야 한다는 것을 생각해보라. 그러면 네가 무엇을 해야 한다는 것을 알 수 있을 것이다.

한 시간 놀기 위해서는 필히 다른 한 시간을 공부해야 한다. 놀 때나 공부할 때를 확실히 구별하는 것이 중요한 것이야."

L선배의 그 말이 나의 젊은 날을 지배했었다. 그렇기 때문에 열심히 연애를 하고, 친구들과 어울리고, 학생운동에 동참하면서도 학업을 게을리하지는 않았다. 새벽 4시면 어김없이 칼칼

한 정신으로 깨어 책상에 앉았었다. 그때 만들었던 나의 좌우
명은 지금도 나의 책상 앞에 붙어 있다.

"오늘 깨어 있지 않으면 내일은 얼마나 치사하게 절망할 것
인가!"

나의 20대를 아련히 추억해보니 참으로 소중한 때였다는 것
을 새삼 실감했다. 실로 인생의 황금기였고 충전기(充電期)
였다.

잠시 그런 생각에 잠겼던 나는 긴머리의 옆 모습을 물끄러미
쳐다보았다. 눈부실 만큼 싱싱한 청춘이라는 생각이 절로 들
었다.

'저 아가씨는 인생의 원점이 지금에 있다는 중요한 사실을
알고나 있을까?'

나는 그런 생각을 하다가 고개를 저었다. 나도 그 나이 때에
는 절실히 생각지는 못했었다.

사람은 병이 들지 않았을 때는 건강의 소중함을 모르는 것과
도 같은 것이라고 생각했다. 막상 스스로가 청춘의 한가운데
서 있으니까 그것을 모르고 있는 것이리라.

"그대는 인간 최대의 비극이 무엇인지 알고 있나?"

나는 느닷없이 밑도 끝도 없는 말을 내뱉었다. 긴머리는 '웬
뚱딴지 같은 소리'냐는 표정으로 나를 보았다.

"소중한 것을 모르는 것이야."

나는 스스로 묻고 스스로 대답하고 있었다. 이때 문득 '세대
차이(世代差異)'라는 것을 생각했다.

인간은 자기가 체험한 것은 진실로 믿는다. 그러나 자기의
직접 체험이 아니면 좀처럼 믿으려 들지 않는다. 바로 그것의
차이가 세대차이가 아닌가 하는 생각이 들었다.

'어른들은 경험이 많기 때문에 나름대로 사리를 분별하는 안

목이 있다. 그러나 어린 아이나 젊은이들은 경험이 부족하기 때문에 도저히 어른들이 경험했던 것을 이해하지는 못한다.'

나는 그런 생각과 함께 지난날의 나와 현재의 나를 비교하며 실없이 웃었다. 어른들의 옳은 충고도 케케묵은 이야기로 치부하고 반항하던 내 모습이 생각났기 때문이었다.

"그대는 이해를 못하겠지만……."

나는 다시 말을 꺼냈다. 내가 20대였을 때, L선배가 나를 이끌어 줬던 것처럼 나도 그녀를 이끌어 주고 싶었다. 그러나 어떤 말부터 꺼내야 할지가 망설여졌다. 그러자 긴머리는,

"뭣을요?"

하고 다음 말을 재촉했다. 나는 말문이 막혔기에 천천히 담배를 꺼내 불을 붙였다. 불과 10초도 안 걸리는 그 시간을 벌어 적절한 다음 말을 생각했다.

"청춘기를 어떻게 보냈느냐에 따라 사람의 가치가 달라지는데……."

나는 이렇게 서두를 꺼내고 나서 담배를 빡빡 빨았다. 담배에 뉘가 섞였는지 한쪽만이 타들어 가고 있었다.

"노력했던 20대와 저속한 생활에 만족해버리는 20대와의 차이는 실로 크지."

여기까지 말하고 나서 담배의 타들어가는 쪽에 침을 바른 후에 다시 빡빡 빨았다. 긴머리는 다소 어두운 표정으로 나를 보고 있었다.

"젊다는 것이 왜 좋은가! 그것은 무엇인가를 꿈꿀 수 있고, 배울 수 있기 때문이야. 이해하기 힘들겠지만 20대가 지난 후부터의 인생은 정말 무서우리 만큼이나 빨라. 생활 전선에 얽매여 아등바등하다 보면 금방 한 달이 지나고 일 년이 지나가 버리는거야. 그때는 무엇인가를 하고 싶어도, 무엇을 배우고

싶어도 갖가지 제약 때문에 사실상 힘들어 지는 것이지.”

긴머리는 고개를 숙이고 계단을 밟아내려가고 있었다. 나는 정말 애정어린 말을 하고 있는데, 그 말을 그녀는 어떻게 받아들이고 있는가가 궁금했다.

“으흠, 으흠……!”

나는 헛기침으로 목청을 가다듬고 다시 입을 열었다.

“그런데 요즘 20대들은 너무 즐기는 데만 집착하여 함부로 놀아나는 것만 같아. 사랑도 불장난처럼 하고 말야…….”

나는 잠시 말을 멈추고 긴머리를 살폈다. 이때 그녀도 고개를 들었기에 허공에서 서로의 눈길이 얽혔다.

“내가 생각할 때는 정말 위험한 불장난들을 하고 있어. 그대와는 생각이 다르겠지만 말야.”

나는 의식적으로 긴머리의 눈을 정면으로 응시하고 목소리에 무게를 실었다. 결코 비판하기 위해서 하는 말이 아니라는 것을 알려주고 싶었기 때문이었다.

“…….”

긴머리는 복잡한 눈길로 나를 마주보다가 슬그머니 시선을 피했다.

“남자들이란 한결같이 도둑놈 심보를 가지고들 있지. 과거가 있는 여자를 좋아하지 않아. 특히 자기의 결혼 상대자로는 말야. 그래서 늑대라고 하겠지만…….

따지고 보면 절대로 여자 혼자서는 과거를 만들지는 못하지. 남자들이 여자에게 과거를 만들어 주고, 그리고 나서 여자의 과거를 문제삼고 있는 게지.

남녀가 만났다 잘못되면 이래저래 상처를 받는 쪽이 언제나 여자이지. 혹 임신이라도 하게 되면 그때부터 모든 고통은 여자가 감당해야만 해. 결혼할 처지가 못 되면 부득불 중절수술

을 해야 하는데, 산부인과 병원의 수술대에 드러누워 두 다리
를 쩍 벌려 하늘을 향해 쳐들고 있는 여자들을 상상해봐. 마음
과 몸에 상처를 받는 것은 여자 뿐이야. 물론 남자들도 약간 정
신적인 고통이 있겠지만 그때 뿐이야. 곧 아무 일도 없었던 것
처럼 잊어버리고 말아.”

나는 ‘산부인과 병원의 수술대에 드러누워 두 다리를 쩍 벌
리고 하늘로 쳐들고’라는 말에 악센트를 주었는데, 특히 ‘쩍
벌리고’에 더욱 힘을 줬다. 애정도 여성에 대한 존중심도 책임
감도 없는 남자의 씨를 잉태한 여자의 눈물을 잘 알고 있기에
정말 설득력 있게 말해주고 싶었다.

나는 미혼모 문지숙의 이야기를 해줄까 하다가 그만두었다.
너무 극단적인 예를 들어 윤리 교육을 강요하는 느낌이 들었기
때문이었다.

“임신이라는 말의 ‘임’ 자, 즉 아이밸 임(妊) 자의 한자를 알
고 있겠지?”

나의 물음에 긴머리는 고개를 끄떡이며 나직이 말했다.

“계집 녀 변에 맡을 임 자를 쓰는 건가요?”

“맞아 바로 그거야! 아이밸 임(妊) 자는 여자〔女〕에게 맡
긴다〔任〕는 글자야. 참으로 실감나는 글자 아니겠어?”

“듣고 보니 그렇네요.”

이야기를 주고받는 동안 어느덧 계단을 다 내려왔다. 나는
거문도에 들어가기로 마음을 정했기 때문에 서둘러 진주역으로
나가야만 했다.

“나는 거문도에 들어갈 생각인데 그대는 어디로 갈 참인
가?”

“나는 이곳을 더 구경하겠어요.”

“그렇다면 이제 그만 작별해야겠군그래?”

"아저씨를 만나 즐거웠어요. 그리고 인생도 쬐에끔 알았구
요."

긴머리가 활짝 웃었다.

"그 말만으로도 충분히 기쁘군. 나도 그대와의 만남이 여러
모로 좋았어. 부디 좋은 여행이 되기를……."

"아저씨두요."

나는 택시를 잡아탔다.

"아저씨 안녕!"

긴머리의 그 말과 거의 동시에 택시가 미끄러졌다. 나는 뒷
유리를 통해 손을 흔들었다. 그녀도 택시가 보이지 않을 때까
지 손을 흔들고 있었다.

나의 그것은
당신의 그것보다 아름답다

1

"무척 매력 있는 아가씬데요."

젊은 택시기사가 말을 붙였다.

"그런가요. 순천으로 가는 열차가 있겠지요?"

"네, 지금 가면 세 시 오십 몇 분 차를 충분히 탈 수 있습니다."

시계를 보니 세 시가 조금 넘어서고 있었다. 방금 헤어진 긴 머리가 생각났다. 성도 이름도 모르고 헤어졌다는 것이 약간 아쉬웠다. 잔뜩 흥분만 했다가 불발로 끝났던 아침의 일이 얼룩이 되어 머리 한구석에서 헤살을 부렸다.

열차표를 끊고 나서 두 종류의 신문을 샀다. 하나는 중앙지였고 다른 하나는 지방지였다. 여행 중에는 신문도 뉴스도 완전히 거부할 생각이었다. 그런데 머리 속에 파고드는 묘한 예감 때문에 신문을 사지 않을 수 없었다.

'미모의 30대 여성, 지리산 기슭에서 변사체로 발견. 자살로 추정됨.'이란 기사가 꼭 실려 있을 것만 같았다.

나는 햇볕이 쏟아지는 역 광장의 한구석에 털썩 주저앉아 지방신문의 사회면을 살폈다. 샅샅이 살폈지만 다행히 그런 기사는 없었다. 중앙신문도 마찬가지였다. 내가 너무 예민하게 생각하고 있는 것인지도 모른다는 생각이 들었다.

"아마 친정으로 들어갔겠죠 뭐."

긴머리가 대수롭지 않게 내뱉었던 말이 생각났다. 신문의 가십란에는 정을 통한 유부녀에게 빌린 돈을 갚지 않으려고 자신과의 관계를 폭로하겠다고 협박한 파렴치한이 입건되었다는 기사가 실려 있었다.

김 여인을 농락한 문찬빈과 흡사한 케이스였다.

세상에는 참으로 치사한 남자들이 왁시글득시글거린다는 생각이 들었다.

대충대충 신문을 넘기는데 눈길을 끄는 기사가 있었다. 〈미혼모 36%가 10대〉라는 타이틀의 기명 기사였다. "불화·갈등 심한 '기능적 결손' 가정에 많아.", "60% 고교 이상 학력……'순간적 실수' 44%"라는 서브타이틀이 붙어 있었다.

한국부인회에서 미혼모 260명을 대상으로 조사한 그 자료에 따르면, 미혼모의 나이가 차츰 낮아지고 교육 수준은 높아졌다. 또 옛날처럼 부모 한편이나 양쪽이 모두 없는 '구조적 결손'가정에서 나오는 것이 아니라 부모 형제가 다 있어도 불화와 갈등이 심한 '기능적 결손' 가정에서 나타났다고 발표하고 있었다.

36.2%(94명)가 10대였고, 60.4%(157명)가 고교 이상의 학력을 가졌으며, 63.5%(165명)가 부모 형제가 모두 있는 것으로 나타났다.

임신 동기로는 '순간적 실수'가 44.6%, 임신중절을 하지 않은 이유로 '임신 사실을 몰랐다'가 37.6%에 달했다. 그리고 임신과 피임에 대해서 '잘 모른다'와 '약간 알고 있다'가 83.8%나 되었다.

나는 그 기사를 읽고 충격을 받음과 동시에 문지숙을 생각했다. 미혼모들 중에는 틀림없이 못된 놈들의 꾐에 빠졌거나 불가항력적으로 당한 경우도 있을 것이었다. 그러나 그릇된 생각에서 제멋대로 놀아난 치들도 있을 것이었다. 전자는 동정할 여지가 있지만 후자는 동정할 여지도 없다고 생각했다.

"존경할 만한 영혼과 구제될 만한 윤리는 오히려 동양에 있다. 서양은 예절의 파괴, 그리고 인간성의 몰락이라는 점에서는 동양을 앞서고 있다."

토인비가 서구의 섹스 풍토를 비판했던 그 말이 떠올랐다. 곰곰 생각해보니 주체성없이 무분별하게 서구문명을 수용했던 것이 우리의 도덕적 기조를 좀먹게 한 원인이었다. 외제라면 사족을 못쓰는 천박한 국민성도 모랄의 붕괴를 부채질했다.

'맥도날드 햄버거와 코카콜라에 길들여진 아이들이기에 저속한 서구의 성풍조마저 애써 닮아가려고 하는걸까?'

나는 몹시 마땅찮은 기분이 들었다. 더럽고도 저속한 서구문화의 표절 행위가 나의 심사를 뒤틀리게 했다.

"에잇, 망할 놈들……!"

나는 누구인지도 모를 대상에게 욕설을 퍼부었다. 양복을 입고 꼬부랑 말을 지껄인다고 해서 한국 사람이 서양 사람이 될 수는 없는 것이라고 누군가에게 목청껏 외치고 싶었다.

혼자 흥분하다보니 어느덧 열차 시간이 다 되었다. 서둘러 역사로 들어갔다. 햇볕 아래 있다가 갑자기 들어선 탓으로 눈앞이 컴컴했다. 눈이 차츰 시력을 회복했을 때 누군가가 저쪽에서 웃으며 다가오고 있었다.

"찾아봐도 없길래 다른 곳으로 가버렸나 생각했어요."

뜻밖에도 그 사람은 긴머리였다.

"아니 어떻게……?"

"아저씨와 함께 갈래요."

"나와 함께 간다구?"

"괜찮죠?"

"……."

나는 달갑지 않았기에 대답을 생략했다. 그렇다고 해서 싫다
고 거절할 수도 없었다.

광주와 부산을 오가는 경전선 비둘기호 열차는 군데군데 빈
자리가 많았다. 나는 그늘을 이루고 있는 쪽의 창 쪽에 앉아 차
창 밖을 내다보고 있었다. 열차가 덜커덩덜커덩 소리를 내자
건물들이 옆걸음질치기 시작했다. 포플러 나무들이 선 채로 달
음박질을 쳤다.

"시원한 맥주 하나 드세요."

긴머리가 캔맥주를 내밀었다. 내가 무심히 고개를 돌려 바라
보자 긴머리는,

"개찰하기 전에 샀어요. 냉장고에서 바로 꺼내서 무척 시원
해요."

하고 말하며 함빡 웃었다. 나는 캔맥주를 따서 한 모금 마
셨다. 시원하고도 쌉싸레한 액체가 목구멍을 간지럽히며 꼴까
닥 넘어갔다.

마주보고 앉아 있는 앞자리에는 후줄그레한 사내가 혼자 앉
아 있었다. 주름진 이마를 보니 나이가 쉰 살은 넘어 보였는데
눈알이 흡사 썩은 동태 눈깔처럼 흐릿했다.

내가 캔맥주를 마시기 위하여 목을 뒤로 젖히면, 고개를 내
쪽으로 쏙 빼고 있던 그도 목을 젖혔고, 내가 고개를 바로 하면

그도 고개를 바로 했다. 내가 입에 머금은 맥주를 삼키면 그는 소리를 내어 꼴깍꼴깍 군침을 삼켰다. 무던히도 맥주가 마시고 싶은 모양이었다. 그 모습이 그렇게 우스울 수가 없었다.

"캔 더 없어?"

나는 터져나오려는 웃음을 억지로 참으며 긴머리에게 고개를 돌렸다. 그녀는 봉지 속에서 캔맥주를 꺼내주었다.

"하나 드십시오."

내가 사내에게 맥주를 건네주자 그의 썩은 동태 눈깔에 갑자기 생기가 돌았다.

"아, 예! 정말 고맙구만이라."

그는 재빨리 두 손으로 캔맥주를 받으며 코가 바닥에 닿도록 인사를 했다.

"카아, 좋다!"

맥주를 한 모금 마신 그는 감탄사를 토해내며 동태 눈을 이리저리 굴렸다. 찔끔찔끔 마실 때마다 캔을 귀에 대고 흔들어 댔다. 아마도 맥주가 얼마만큼 남았는가 확인해보는 것 같았다.

"술을 마실 때 왜 '카' 소리를 내는지 이유를 알아?"

내가 물었을 때 긴머리는 웃으며 고개를 가로저었다.

"그런 것에도 이유가 있어요?"

"있지."

"뭔데요?"

"사람의 얼굴에는 이목구비가 있는데, 눈은 술을 볼 수 있고 코는 냄새를 맡을 수가 있어. 그리고 입은 그것을 마시는거야. 그런데 똑같이 얼굴에 붙어 있는 귀는 전혀 아무것도 할 수 없잖아……."

"그런데요?"

긴머리가 호기심이 동한 얼굴을 하고 생글거렸다.

"그래서 귀는 그 소리를 들으라고 '카아!' 소리를 내주는거야. 하하하……. 어때?"

"호호호……. 엉터리지만 그럴 듯하네요."

"허훙허훙……. 참말로 웃기는 소리네요."

앞자리의 사내가 끼여들었다. 그 사내의 웃음소리가 특이했다. 허파에 바람이 빠진 사람 모양 '허훙허훙' 웃는 것이 코메디 같았다.

"아저씨는 젊어서 한가락 하셨겠네요? 여자들에게 인기가 좋았겠어요."

나는 슬그머니 농쳤다. 그러자 사내는 어깨를 으쓱하며 이마를 쓸어넘겼다. 손톱 사이에 새까만 때가 잔뜩 끼여 있었다.

"허훙허훙……. 말이 나왔은께 하는 말이요만 참말로 그랬제라."

사내의 입에서 남도 사투리가 쏟아지기 시작했다. 이웃 마을 아가씨들까지 자기를 사모하여 오줌을 질질 쌌다는 이야기를 횡설수설했다. 그의 말을 곧이곧대로 믿으면 수십 명의 여자와 상관한 오입쟁이였다.

나는 그 사내의 이야기가 순 뻥이라고 생각하면서도 고개를 주억거렸다. 잊고 살았던 고향 사투리를 들으니 어쩐지 고향 집에 돌아온 것처럼 기분이 좋았기 때문이었다.

"옥희, 그 지집은 무지무지 이뻤당께라. 내가 양귀비란 년을 못 봤소만 아마 옥희보담은 못할 것이구만요. 암, 못하고말고. 하여간 총각들이 침을 질질 흘리는 디도 글쎄 나만 쫓아다니는 디, 나는 당최 고년이 마음이 없었제. 그랑께 고년이 수를 쓰는디……."

그는 제 흥에 겨워 무작정 노가리를 깠다. 만났던 여인들은

모두가 양귀비는 견주지도 못할 기가 막힌 미인들이었다. 말의
앞뒤가 맞지도 않고, 되는 대로 시부렁거리다 보니 이랬다저
랬다 갈피를 잡을 수 없었다.

사나이의 뻥이 지겨워졌을 때 열차가 순천역에 도착했다.

"그 아저씨 매우 저질이죠? 듣기 싫어 혼났어요. 세상에 어
떤 여자가 그런 아저씨를 좋아하겠어요. 얼굴은 꼭 원숭이처럼
생겨가지고……."

열차에서 내리면서 긴머리가 투덜거렸다. 여자의 체면이야
어떻게 되든 말든 자기 자랑에 열을 올렸던 것이 심히 불쾌했
던 모양이었다.

"나는 재미있던데……."

나는 짓궂게 웃으며 긴머리를 보았다. 그러자 긴머리가 턱을
삐쭉 내밀며 눈을 흘겼다.

'남자들이란 못 말리는 족속들이야.'

나는 그런 생각을 했다. 술이라도 한잔 거나하게 들어가면
여성 편력을 자랑처럼 떠들어대는 것이 보통이다. 없는 일까지
꾸며 자신의 능력(?)을 과시하려 하는 것이 남성들이 아닌가.
여성을 많이 농락하면 할수록 능력있다고 생각하는 남성심리가
알쏭달쏭하기만 했다.

여수로 가는 열차가 있었지만 시간이 맞지 않아 버스 편으로
여수에 도착했다. 벌써 땅거미가 내려 어둑어둑했다.

여수항에 도착한 나는 무척이나 망설였다. 그것은 숙소를 정
하는 문제 때문이었다. 방을 정하여 무거운 배낭을 부리고 싶
은데, 긴머리가 곁에 있기에 어떻게 해야 좋은 지를 몰랐다.

'각자 방을 구하면 되겠지.'

나는 그런 생각을 하며 장급 여관으로 들어갔다. 긴머리가
뒤를 따랐다.

"방 두 개를 주시오."

내가 카운터에서 조방꾸니로 보이는 뚱뚱한 여자에게 그렇게 말했을 때 긴머리가 재빨리 나섰다.

"아녜요. 하나면 돼요."

나는 긴머리를 무섭게 쏘아봤다. 그러자 그녀는 눈가에 야릇한 미소를 지었다.

"괜히 돈을 낭비할 필요가 없잖아요."

"뭐, 돈 낭비?"

"그래요. 이제 와서 굳이 각방 쓸 필요가 어디 있어요?"

'이 아가씨가 사람을 약올리고 있나?'

나는 불쾌했다. 아침의 일이 생생히 떠올랐다. 다시는 그런 불유쾌한 순간을 맛보고 싶지는 않았다.

나와 긴머리의 실랑이를 잠시 지켜보던 뚱뚱보 여자가 눈으로만 살랑살랑 웃었다.

"손님도 뭘 그러세요? 속으론 좋으시면서."

나는 '좋긴 뭐가 좋아!' 하는 눈으로 뚱뚱보 여자를 보았다. 여자는 나의 그런 마음을 아는지 모르는지 연신 웃음을 흘리며 2층으로 우리를 안내했다.

나는 계속 방을 두 개 얻자고 했지만 긴머리는 끝내 하나를 우겼다. 참으로 웃기는 아가씨였다.

실랑이 끝에 방 하나를 얻은 우리는 옷을 갈아입고 밖으로 나왔다. 긴머리가 팔을 끼어왔다.

"이러지 말아!"

나는 긴머리의 손을 냉정하게 뿌리쳤다. 그러나 그녀는 다시 고집스럽게 팔을 끼었다.

얼마쯤 걸으니 횟집이 줄지어 늘어선 거리가 나왔다. 비릿한 항구 특유의 냄새가 물씬 풍겼다. 십여 곳이 훨씬 넘어 보이는 횟집들은 부두 쪽으로 창을 내어 한껏 운치를 살리고 있었다.

'희망'이라는 옥호의 횟집으로 들어갔다. 십여 평 남짓한 실내에는 손님들이 꽉 차 있었다. 겨우 빈자리를 찾아 앉아 소주와 광어회를 주문했다.

웬지 한 번 녹초가 되게 취해보고 싶은 기분이었다. 그리고 누구에겐지 주정을 부려보고 싶었다.

아내가 눈앞에서 걱정스런 눈빛으로 나를 지그시 바라보고 있었다. 그와 함께 아들 녀석과 딸아이의 까르르 웃는 천진스런 모습이 선연하게 눈에 들어왔다. 보고 싶었다. 그리웠다.

나는 길손의 지우개로 아내와 아이들의 얼굴을 싹싹 지워버렸다. 그런데 이상하게도 지우면 지울수록 그 모습들이 더욱 또렷해졌다.

"아이들이 보고 싶어……. 전화를 하고 올게."

나는 술을 마시다 말고 무엇에 이끌린 사람처럼 밖으로 나왔다. 부둣가의 시끌시끌한 풍경이 항구의 활력을 느끼게 했다.

한참을 헤맨 끝에 공중전화 박스를 찾아 동전을 넣었다. 버튼을 누르고 발신음이 세 번 갔을 때, 전화 저편에서 수화기를 들었다.

"여보세요."

다섯 살배기 아들 녀석의 목소리였다. 그 목소리를 듣는 순간 괜시리 눈물이 찔끔거려졌다.

"형래구나, 아빠야."

"아빠! 왜 안 와? 엄마, 아빠야!"

아들 녀석의 목소리는 들떠 있었다.

"우리 형래 잘 놀았어?"

"응, 아빠 보고 싶어."

"아빠도 형래가 보고 싶어. 엄마 좀 바꿔."

"어디세요?"

아내의 목소리에 반가움이 묻어 있었다. 나의 전화를 기다렸던 모양이었다.

"응, 여수예요. 술 한잔 하다가 갑자기 당신과 아이들이 보고 싶어서 전화를 한 거예요."

"건강하시죠?"

"물론이에요. 혼자서만 이런 시간을 가져서 정말 미안해요."

"그런 말씀 마세요……."

동전이 뚝뚝 떨어지고 있었다. 말을 배우기 시작한 딸아이가 전화를 바꿔달라고 떼를 쓰는 소리가 들릴 때 동전이 다 되었다.

공중전화 박스 건너편에 약국이 보였다. 순간 긴머리를 생각했다.

"정녕 하시겠다면 콘돔을 사용하세요."

그 말이 귓전에 웅웅거렸다. 하는 수 없이 오늘 밤 한방에서 밤을 보내야 하는데, 편한 밤이 될 것 같지는 않았다.

'콘돔을 살까?'

나는 망설였다. 머리 속이 흡사 헝클어진 실타래만큼이나 복잡했다. 진양호 전망대 계단을 내려오며 지껄였던 나의 말들이 생각났다. 나는 이 순간이 있으리라고는 생각도 못하고 그녀에게 한껏 도덕 강의를 했었다.

나는 한없이 망설이다가 콘돔을 샀다. 약국을 나오면서 새삼 나의 위선을 깨달았다. 이야기할 때는 다른 사람으로부터 배운 것을 말하고, 행동할 때에는 내가 하고 싶은 것을 행하는 내 자신이 혐오스러웠다.

"아저씨는 무척 가정적이신가 봐요?"

긴머리는 눈부위가 발갛게 상기되어 있었다.

"사모님은 미인이세요?"

"그럼, 미인이지!"

나는 터무니없이 큰소리를 냈다.

"호호호……. 대단한 미인이신가 봐요. …… 그러면 어지간한 미인은 안중에도 없겠네요?"

"그건 아니지."

"아니라구요? 그렇다면 아저씨는 바람을 피워본 적이 있나요?"

"있지. 암, 있고말고!"

"호호호……. 어떤 여자였어요?"

"어떤 여자? 하도 많아서 딱 꼬집어 말하기에는 그렇군."

"믿기지 않은데요……!"

긴머리가 소주잔을 꼴깍 목구멍에 털어넣으며 고개를 갸우뚱했다. 내가 '왜?' 하는 표정을 짓자 그녀는 다시 말했다.

"아저씨는 꼭 도덕 선생님 같은 구석이 엿보여요. 그런 사람이 어떻게 바람을 피워요?"

"하하하……. 도덕군자인 척하고 있는 게지 실상은 그 반대야. 그대의 말마따나 안 그런 척하면서도 할 짓은 다하고 있는 게야."

나는 의식적으로 솔직해지고 있었다. 아니, 자못 유치해지고 싶었다.

'사람이, 그 속을 있는 그대로의 사실을 누군가에게 내보일 수가 있는가!'

그런 생각이 뇌리를 스쳤다. 나는 분명히 아니라고 맘속으로 대답했다. 인정하고 싶어도 인정할 수 없는 추잡하고 더러운 것들이 얼마나 내 속을 들쑤시고 있는가. 그것을 애써 숨기고 근사하게, 나는 도덕적이고 깨끗한 사람이라고 뽐내고 살았던 나를 발견하고 있었다.

'나는 위선자인가?'

내가 나를 냉철하게 생각해보면 참으로 허식의 사람이었다. 겉 마음과 속마음이 달랐다. 생각하고 있는 말과 입으로 내 뱉는 말이 달랐다. 그러나 많은 사람들은 나를 불건전한 사람으로 보아주지를 않고 있다. 심지어는 나의 부모형제, 아내와 절친한 친구들까지도 나를 그릇되게 평가하고 있지는 않고 있었다.

겉으로는 무던히도 기성의 모랄을 지키려고 노력하고 있고, 다른 사람들의 눈앞에서는 안 그런 척하고 있는 연극 때문이리라.

2

내가 왜 이러는지 몰라
도대체 왜 이러는지 몰라
꼬집어 말할 순 없어도
서러운 마음 나도 몰라
잊어야 하는 줄은 알아
이제는 남인 줄도 알아
알면서 왜 이런지 몰라
두 눈에 눈물 고였잖아
이러는 내가 정말 싫어
이러는 내가 정말 미워
이제는 정말 잊어야지
오늘도 사랑 갈무리.

이래선 안 되는 줄 알아
지나간 꿈인 줄도 알아
그런 줄 뻔히 알면서도
마음을 잡지 못하잖아
이러는 내가 정말 싫어
이러는 내가 정말 미워
·················.

 텔레비전 속에서 어느 가수가 흐느끼듯 노래하고 있었다. 잔
뜩 비통한 표정을 짓고 고개를 흔들어대는 모습을 보니 그의
가슴이 찢어지나 보다. 호소력이 짙은 그 노랫말이 웬지 가슴
을 파고들었다.
 "······이래선 안 되는 줄 알아······ 알면서 왜 이러는지 몰라
······."
 나는 그 노래를 따라 흥얼거렸다. 그러면서 왜 이 노래가 대
중들의 사랑을 받는가를 생각했다.
 "······그런 줄 뻔히 알면서도 마음을 잡지 못하잖아······."
 노랫말이 인간의 보편적인 심리를 정확하게 그리고 있었다.
잘못된 일인지를 뻔히 알면서도 어떤 일에 끌려드는 것이 인간
의 어쩔 수 없는 약점이라는 것을······.
 바람을 피우는 사람에게 누군가가 '그건 잘못된 일이니까 바
람을 중단하시오.' 하고 말했을 때, '오 그렇군요.' 하고 중단
할 수 있다면 세상에는 바람기 때문에 속을 썩을 사람은 아무
도 없을 것이다. 다른 일도 마찬가지이다. 노름꾼은 도박이 패
가망신의 지름길이라는 것을 너무도 잘 알고 있다. 그러면서도
도박에서 손을 떼지 못하는 것과 무어 다를 것이 있겠는가.
 "······이러는 내가 정말 싫어 이러는 내가 정말 미워······."

나는 내가 싫었다. 콘돔을 주머니에 담고 있는 내가 미웠다. 나를 혐오하면서도 마음을 잡지 못하고 있는 나의 천박한 속성이 한없이 알량한 양심을 자극했다.

얼마나 마셨는지 몰랐다. 긴머리의 얼굴이 차츰 두 개로 포개졌다가 다시 안개가 낀 듯이 흐려졌다가 했다. 고개를 저으며 눈을 깜빡거리면 도로 두 개로 보였다가 했다.

언젠가 어린 시절이었다. 동네 누나가 혼례식을 치뤘다. 원삼(圓衫)에 족두리를 쓰고 연지를 찍은 누나는 무척이나 곱고도 예뻤다.

"어여 많이 묵어라."

잔칫상을 보아주던 어머니가 주인집의 눈치를 살피며 먹음직스런 잡채를 한접시 가득 내와 동생에게 가져다주었다.

"형아야, 맨날 누가 시집갔으면 좋겠다 그지?"

동생이 볼때기가 미어 터지게 잡채를 입에 넣고 우걱우걱 씹으며 말했다.

"응, 잡채 무지무지 맛 있지?"

잡채가 어찌나 맛 있는지 자칫하면 혀까지 넘어갈 정도였다. 그 잡채 맛을 잊기도 전에 그 누나는 집으로 쫓겨왔다.

"이 벼락맞을 년아! 네년이 뭣을 잘못했길래 집구석으로 쫓깨났냐 잉? 꼴도 보기 싫은께 썩 그 집으로 돌아가그라, 이년아!"

그 누나의 아버지는 노발대발했다.

"흐흑⋯⋯. 아부지이, 지가 잘못했써라. 지발 한번만 용서해줏쇼. 예, 아부지이⋯⋯."

그 누나는 애처롭게 울며불며 용서를 빌었다. 동네 아줌마들이 소곤거렸다.

"처녀가 아닌 것을 신랑이 알았대."

"쯧쯧……, 가시나가 몸 간수를 잘 했어야재."

어머니가 눈에 불을 켜고 큰누나의 행동을 감시하기 시작
했다. 큰누나가 해가 져서야 들어왔을 때 어머니는 마당빗자루
로 누나를 사정없이 때렸다.

"이 오살년아, 네년도 영숙이 꼴이 될라고 그라냐 잉! 다리
뼈를 콱 뿐질러 놀탱께 요년!"

"오메, 엄니 잘못했써라! 앞으로 절대로 안 그랄께라, 지발
용서하쇼!"

누나는 이리저리 도망다니며 용서를 빌었다. 나와 동생이 울
며 어머니의 손을 잡고 말렸다.

"엄마, 용서해줏쇼 잉!"

"엄마, 인자 누나를 그만 때릿쇼!"

동생이 어머니의 팔에 대롱대롱 매달리자 어머니는 애써 분
을 삭이시며 연신 벼락을 때렸다.

"이년아, 가시나가 싸돌아다니면 탈나는겨! 한번만 더 그
랬다가는 너 죽고 나 죽는 줄 알아!"

어머니의 카랑카랑한 목소리를 들으며 나는 눈을 떴다. 붉은
조명등이 어둠을 밝히고 있었다. 머리가 어찔거리고 목이
탔다. 텔레비전 위에 놓여 있는 주전자의 물을 꼴깍꼴깍 마시
고 나서 방안을 둘러봤다. 긴머리는 정신없이 잠에 골아떨어져
있었다.

나의 옷차림은 간밤 그대로였다. 긴머리도 마찬가지였다. 간
밤의 일을 생각해봤다. 집에 전화를 하고 가수의 노래를 따라
부른 것까지는 생각이 났다. 그런데 그 이후의 기억은 깜깜
했다. 어떻게 여관까지 돌아왔는지, 얼마만큼 마셨는지는 알
수가 없었다.

나는 지갑을 꺼내 돈을 확인했다. 십만원권 수표 일곱 장은

그대로 있었다. 만원 권과 잔돈을 헤아려보니 오만 몇 천원인
가가 비었다. 술값과 안주값을 따져보니 적잖게 마신 것은 분
명했다.

나는 담배를 붙여 물고 밖으로 나왔다. 이미 어둠을 몰아낸
바다는 뽀얀 안개에 쌓여 있었다. 부둣가에는 사람들이 들끓고
있었다. 조개 국물의 김이 모락모락 피어오르는 포장마차 앞에
두 중년 남자가 선 채로 막걸리를 마시고 있었다. 차림새를 보
니 어부들 같았다.

나도 그들 곁에 서서 막걸리 한 병을 시켰다. 조개 국물을 후
루루 마신 후에 텁텁한 막걸리를 쭉 들이켰다. 일순간에 갈증
이 가시는 것 같았다.

"……이 오살년아! …… 다리뼈를 콱 뿐질러 놀탱께. 요년…
… 가시나가 싸돌아다니면 탈나는겨……."

꿈에서 뵈었던 어머님의 모습이, 그 목소리가 눈에 선하고
귀에 쟁쟁했다. 자식들에게 무척이나 엄하시던 어머니였다.

"죄 많은 사람들은 무섭겠다!"

생전의 어머니께서는 천둥 번개가 치는 날에는 입버릇처럼
그 말을 되뇌이셨다. 남에게 못할 일을 하지 말라고 당부하고
또 당부하시던 어머니였다.

스무살 전후의 큰누님은 무척이나 고왔다. 그래서 많은 총각
들이 알게 모르게 사모했었는데, 어머니의 감시가 너무도 심해
집 밖에 얼씬도 못했다. 나는 큰누나 덕에 사탕이나 얼음과자
(아이스크림) 등을 많이 얻어 먹었다. 누나를 좋아하던 청년들
이 편지 심부름을 시킬 때마다 그런 것을 사주었다.

말을 들어서 알고 있지만, 어머니 시대는 배우자의 얼굴도
못 보고 결혼했다. 누나 시대의 연애는 편지를 주고받던 연애
였다. 그러나 주위의 이목이 두려워 드러내놓고 만나지를 못

했다. 만일 누구누구가 남몰래 만나는 것이 발각이라도 되는
날에는 동네가 발칵 뒤집혔다.

　생각해보니 어머니 시대와 누나의 시대는 너무도 달랐다. 누
나와 나는 딱 십 년의 나이 차이가 있다. 십 년이면 강산이 변
한다는 말이 있기는 하지만, 누나와 나의 연애 방법도 사뭇 달
랐다. 또 십여 년 차이가 있는 지금의 청춘들과의 차이를 나는
새삼스럽게 피부로 느꼈다.

　"도덕이라고 하는 것은 어느 시대에서든 같은 법칙으로 요구
하는 것은 옳지 않다. 도덕은 그 시대를 사는 사람들에게 맞지
않으면 안 된다."

　서제적(書齊的)인 진리가 아닌 실천적인 진리에 살고자 했던
버트런트 러셀의 말이 뇌리를 스치고 지나갔다. 나는 그 말에
공감을 하면서도 한편으로는 매우 위험한 말이라고 생각했다.
그것은 모든 것을 감정에 따라 행동하는 듯한 10대와 20대의 철
부지 행동들을 도무지 도덕으로 생각할 수 없기 때문이었다.

　구항 연안부두 선착장에서 거문도로 들어가는 배는 오전 8시
에 출발하는 덕일호(德日號)와 신라호(新羅號)가 있었다. 소요
시간은 6시간 정도가 걸린다고 하는데, 일기에 따라 한두 시간
쯤 더 걸리기도 한다 했다.

　"다른 배는 없습니까?"

　"신항에서 오후 4시에 출발하는 한일호가 있어요. 쾌속선이
기 때문에 2시간이면 갈 수 있어요."

　나는 오후까지 기다리기가 뭣하여 신라호 승선권을 구입
했다. 여관에 돌아와보니 긴머리는 속옷 차림으로 머리를 말리
고 있었다. 젓빛 알몸에 검은색 브래지어와 검은색 팬티가 눈
길을 끌었다.

　"어디 갔다 오세요?"

"응, 바람 좀 쐬고 승선권을 사왔어."

나는 알몸과 진배없는 긴머리를 똑바로 볼 수 없어 창 밖으로 시선을 던지고 담배를 피워 물었다.

"저도 깨워서 데려가지 그랬어요."

"너무 곤하게 자길래 그냥 뒀어."

"몇 시 배예요?"

"응, 여덟 시 배야. 빨리 서둘러야겠어."

"아직도 한 시간 반이나 남았는걸요."

긴머리가 등뒤로부터 손을 뻗어 나의 가슴을 꼭 껴안았다. 야릇한 흥분이 전신으로 퍼졌다. 나는 그녀의 손을 가볍게 털어내며,

"아침을 먹어야지."

하고 말하며 욕실로 들어갔다. 양치질과 샤워를 끝내고 나왔을 때도 그녀는 속옷 차림으로 그냥 있었다.

"어서 옷 입고 나가야지."

나는 그녀에게서 시선을 피하기 위해 배낭을 뒤적거리고 있었다.

"아저씨!"

"왜?"

긴머리가 불렀을 때 나는 고개를 돌리지 않고 대답했다.

"사실은……, 내가 성병에 걸렸다는 말은 거짓말이어요."

"그래? 그랬었군……."

나는 여전히 고개를 돌리지 않고 대수롭지 않는 일이라는 어투로 말했다. 사실 나는 태연한 척 말하고 있었지만 뒤통수를 얼얼하게 얻어터진 것 같은 기분이었다.

나는 양말을 갈아 신고 배낭을 꾸려들고 일어섰다.

"빨리 옷 갈아입고 밖으로 나와. 밖에서 기다릴게."

"……."

긴머리의 강렬한 시선을 뒤통수에 느끼며 여관을 나왔다. 나이 어린 계집에게 농락당한 기분이 들어 마음은 묘하게도 착잡했다.

누구처럼 대머리가 홀랑 벗겨진 중년 신사가 여관을 나오더니 발갛게 충혈된 눈으로 주변을 두리번거렸다. 그 뒤를 스물서넛쯤 되어 보이는 빈대코 아가씨가 따라나왔다.

"나 먼저 출근할란다, 니는 천천히 와라."

대머리는 서둘러 택시를 잡아 타고 어디론가 사라져버렸다. 빈대코 아가씨는 나를 보더니 고개를 푹 숙이고 총총히 골목길로 들어가버렸다.

'아버지와 딸인가?'

나는 그렇게 생각하다가 씁쓰레한 웃음을 머금었다. 아버지와 딸이 그런 모습으로 여관에서 나올 리도 없었고, 또 제각기주위를 의식하며 허둥지둥 사라질 리도 만무하기 때문이었다.

시간이 30분이 지나도록 긴머리는 나오지 않고 있었다. 그러는 동안 몇 쌍의 남녀들이 데면데면한 얼굴을 하고 여관을 나와 어디론가 도망치듯 사라졌다. 우락부락한 청년이 나왔다가 사라지고 나면 몸집이 퍼진 중년 부인이 조심스런 눈빛으로 나와서 다른 길로 사라지기도 했다. 또 겨우 열일곱 여덟쯤 되어 보이는 미성년자들도 짝을 지어 나와 횅하니 사라졌다.

생각해보니 여관에서 나온 사람들의 거의가 여행자들은 아닌 성싶었다. 꼭 잠을 자기 위해서 여관에 들었던 것만은 아닌 것 같았다.

'여행자들의 숙소만이 아니라면…….'

그들은 한결같이 남의 눈을 속여가며 인생을 엔조이하려는 사람들임에 틀림없었다.

여자들의 옷이 대담하리만치 노출형(露出型)으로 변해가는데
따라 섹스의 노골화와 성의 개방이 전세계적인 풍조라고는 하
지만, 시골 구석까지 이러리라고는 생각지도 못했었다.

"세기 말적이야. 세기 말적……."

나는 기분이 불유쾌하여 담배 필터를 꽉꽉 씹었다. 50분이
지났는데도 긴머리는 여관을 나오지 않았다.

"이 아가씨가 왜 안 나와!"

나는 짜증이 났다. 배를 타기 전에 해장국이라도 먹으면 시
간이 빠듯할 것 같았다. 나는 방으로 올라갈까 하다가 그만두
었다. 대신 카운터의 뚱뚱보 여자에게 승선권을 맡겼다.

"함께 투숙했던 아가씨가 내려오면 주세요."

뚱뚱보 여자가 배실배실 웃으며 나를 위아래로 훑었다. 몹시
기분 나쁜 웃음이었다. 나는 그 웃음을 뒤로 하고 선착장으로
걸음을 옮겼다. 도중에서 서둘러 해장국을 먹는 둥 마는 둥 하
고 신라호에 승선했다. 눈을 두리번거리며 긴머리를 찾았지만
어디에도 그녀는 없었다.

'웬일일까?'

나는 한없이 궁금했다. 이때 뱃고동을 울리며 배가 물살을
갈랐다. 나는 뱃고물에 서서 차츰 멀어지는 선착장에 시선을
던지고 두리번거렸다. 꼭 긴머리가 있을 것만 같은데, 그녀를
찾을 수는 없었다.

"사실은……, 내가 성병에 걸렸다는 것은 거짓말이었어요."

긴머리의 마지막 말이 가시처럼 마음에 걸렸다. 나는 그녀를
돌아보지 않았기에 표정을 알 수는 없었다. 그러나 곰곰 생각
해보니 그녀의 목소리는 나직이 떨리고 있었던 것 같았다.

'그녀는 무슨 뜻으로 그런 말을 했을까?'

나는 그녀의 미묘한 심리를 알 것도 같고 모를 것도 같았다.

자신이 성병에 걸리지 않았다는 것을 나에게 증명하고 싶었던 것일까? 자신은 막 굴러먹은 여자가 아니라는 것을 나에게 확인시켜 주고 싶었던 것인지도 몰랐다.

3

날씨는 쾌청했다. 배는 힘차게 물살을 가르고 있었다. 다도해의 해상(海上)은 차라리 호수라고 할 만큼 잔잔하고 시적(詩的)이었다. 수많은 섬들이 가로놓여 바다가 막혔는가 싶으면 실꾸리 풀리듯 수로(水路)가 트여 강물처럼 바다는 흐르고 있었다.

나는 뱃머리에 앉아 시시 때때로 변하는 바다와 섬을 보며 아무런 거리낌없는 객수(客愁)에 젖었다. 참으로 여행을 떠나오기를 잘했다고 몇 번이나 생각했다.

내가 알고 있는 많은 사람들이 생각났다. 아옹다옹 다투었던 사람들마저도 그리웠다. 사람들과의 다툼을 따져보니 내 잘못이 더 컸었다. 내 알량한 자존심, 욕심 때문이었다.

'돌아가면 그들에게 내가 먼저 사과를 하리라.'

나는 마음이 한결 편안해졌다. 기분도 흡사 새털처럼 가벼웠다. 세상의 모든 것이 아름답게 보였고, 지금껏 나를 괴롭혔던 문제들이 별것 아니라는 생각이 들었다.

"세상은 살아볼 가치가 있어!"

나는 연극 배우가 대사를 외우듯이 소리쳤다. 그러자 누군가의 웃음소리가 등뒤에서 들려왔다.

"허허허……, 그렇지요! 세상은 살아볼 가치가 있지요."

뒤를 돌아보니 챙이 넓은 모자에 선그라스를 쓴 노인이 빙그레 웃고 있었다. 머리는 온통 백발이었다. 얼굴이 해말쑥한 것으로 보아 은퇴한 학자로 느껴졌다. 그 노신사 곁에는 역시 나이가 들어 보이는 멋쟁이 할머니가 같은 차림으로 서 있었는데, 칠흑같이 까만 머리털이 노신사의 백발과 무척이나 대조적이었다.

"젊은이는 어디까지 가시오?"

"네, 거문도에 들어가는 길입니다. 선생님께서는 어디까지 가십니까?"

"우리도 거문도에 들어가는 길입니다."

"아, 그렇습니까? 저는 초행길인데 선생님은 어떻습니까?"

"우리는 가끔 들른 적이 있습니다. 교통은 다소 불편하지만 여행하기에 좋은 곳이지요.…… 내가 보기에 젊은이는 예삿사람으로는 안 보이는데 대체 뭘 하는 분이시오?"

"출판사에서 일하며 글도 조금씩 쓰고 있습니다."

나의 대답을 들은 노신사는 선글라스를 벗으며,

"그렇다면 구름재 박××를 알고 있는지 모르겠군요?"

하고 물었다. 그 물음에 나는 적이 놀라면서도 반가웠다.

"알다 뿐입니까. 그 분은 저의 주례를 서 주신 분입니다."

"허허허……, 그렇다면 최××도 알고 있겠군요?"

"그렇습니다. 제 손으로 그 분의 책을 꾸민 적이 있습니다."

노신사 부부가 입에 담는 사람들은 모두가 나와 일면식이 있는 명사들이었다. 이렇게 공통으로 알고 있는 사람들로 인해 우리의 대화는 막힘이 없었다.

나의 예상대로 노신사는 은퇴한 학자였다. Y대 의과대학장을 끝으로 학계를 떠난 의학박사였고, 그 부인 역시 산부인과 의사로 이름을 날렸던 분이셨다.

나는 그들 부부와의 우연한 만남이 매우 뜻깊었다. 특히 저명한 산부인과 의사인 여사에게 여러 가지 많은 것을 묻고 이야기를 들었다.

신라호는 다도해를 지나면서 나로도→손죽도→초도→서도→
유촌→죽촌을 거쳐 소요시간이 조금 넘은 2시 20분 경에 거문
도에 도착했다. 오랜 시간의 여행이었지만 이야기를 하다보니
조금도 지루하지가 않았다.

"박사님, 섬 이름이 좀 특이한 것 같습니다. 클 거(巨)에 글
월 문(文) 자를 쓴 것으로 보아 어떤 연유가 있을 것만 같습
니다."

내가 배에서 내리며 물었을 때 노(老)박사는 고개를 주억거
리며 그 연유를 말했다.

"거문도사건 당시 청나라 제독 정여창(丁汝昌)이 이곳에 다
녀간 후에 조정에 건의하여 불리기 시작했다더군요. 당시 이
섬에는 대부분 귀양살이를 하던 양반의 자손들이 살고 있었다
고 해요. 특히 전남 장성의 학자 노사(盧沙)의 제자인 귤은(橘
隱) 김유(金瀏)가 교육을 시켜 주민들 중에는 학식이 높은 사람
이 많았나 봐요.

정여창이 섬 주민들과 말이 통하지 않아 필담(筆談)을 하였
는데, 이때 그는 섬 주민들의 우수한 문장과 필적에 혀를 내둘
렀다고 합니다. 그래서 그 이후 대문장가가 많다는 뜻에서 거
문도(巨文島)라 했다고 합니다."

평화로운 거문도항은 3개의 섬이 둘러앉아 바다를 안고 있
었다. 그 모습이 마치 금붕어 어항처럼 아늑했고, 해안선이 한
없이 부드러웠다.

그들 부부는 오래전부터 알고 지냈던 민가가 있었다. 미리
연락을 하여 며칠 묵을 준비를 해둔 상태였기에 민박에 들었
고, 나는 '상록수'라는 옥호의 여관에 들었다. 방은 허름했다.
이름이 좋아 여관이었지 목욕 시설 등이 전혀 갖춰져 있지 않
았다.

여관은 다방을 겸업하고 있었다. 그리 넓지 않은 다방 안에는 몇몇의 중년 남자들이 모여 무언가를 떠들고 있었다. 나는 커피 한 잔을 마시고 마을의 뒷동산을 거슬러 올라갔다. 바다가 한눈에 내려다보이는 곳에 앉으니 저절로 시 한수가 생각났다. 신동집 시인의 〈바다여〉라는 시였다. 나는 한껏 감정을 넣어 그 시를 낭송했다.

바다여, 옷에 묻으면 잘 안 지는
너는 푸른 잉크물이다.
살에 묻으면 잘 안 지는
너는 진한 잉크물이다.

수면으로 내려 앉는 돌층계도
뱃전에 날아 뜨는 갈매기 떼도
떠나는 고동 소리도
지우려면 다 지울 수 있지만

해변의 끝머리 흰 등대도
등대 위에 조으는 구름 자락도
흩어진 섬들의 밝은 무덤도
지우려면 다 지울 수 있지만

바다여, 한번 묻으면 잘 안 지는
너는 푸른 잉크물이다.
찍어서 내가 쓰는 가슴의 잉크물이다.

융단처럼 아름답고 검푸른 바다 위에는 크고 작은 배들이 평화롭게 오가고 있었다. 수평선을 긋는 넓은 바다에서 불어온 바람이 나의 머리카락을 날리며 곳곳에 핀 이름 모를 꽃을 희롱하고자 했다.

"바람이 들꽃을 희롱한들 어떠랴!"

나는 벌렁 드러누워 하늘을 보았다. 구름 한 점 없는 파아란 하늘이었다. 그 빛깔은 흡사 먼 바다와도 같았다.

"여사님, 오랫동안 산부인과 의사로 일해오시면서 기억에 남는 환자도 많았겠습니다?"

섬으로 들어오는 배에서 나는 산부인과 의사인 여사에게 그런 질문을 했었다.

"그렇지요. 알지 않아도 좋았을 남의 인생을 내 인생처럼 아프게 겪었지요."

"가장 기억에 남는 환자는 어떤 환자입니까?"

"글쎄요……?"

여사는 눈을 지그시 감고 한동안 생각에 잠겼다가 마침내 입을 열었다.

4

이태 전 어느 늦가을 오후였다. P산부인과의 원장실에 깔끔한 인상의 여자가 찾아왔다. 부인이라고 하기에는 너무 젊은 여자였다.

"원장 선생님, 아이를 낳아서 검사를 해보면 그것이 누구의 아이인지 알 수 있습니까?"

여자는 고개를 숙이고 작은 소리로 말했다. 그 말을 들은 박원장은 어리둥절해서 대답을 못했다.

"……"

"아이 아버지하고 아이를 같이 검사해보면 알 수가 있다고 하던데…….”

여자가 말끝을 흐렸다. 그때서야 박 원장은 그 질문을 어렴풋이나마 짐작했다.

“진찰부터 받아 보는 것이 어떻겠습니까?”

박원장의 이 말에 여자는 시큰둥한 표정으로 고개를 까딱했지만 탐탁치 않게 생각하고 있는 것이 역력했다.

‘이상한 여자로군!’

박 원장은 그렇게 생각하며 진찰을 했다. 결과는 임신 3개월이었다. 그 사실을 전해 들은 여자는 이빨로 손톱을 물어뜯으며 쓸쓸한 목소리를 냈다.

“역시 임신이 맞군요. 입덧이 심해서 벌써 임신인 줄은 알고 있었습니다만…….”

창 밖을 응시하는 여자의 시원스럽게 큰 눈에 이내 눈물이 가득 고였다.

“기차가 지나가는군요.”

그녀는 독백처럼 말했다. 유리창 너머 병원 맞은편에 있는 쌍굴다리 위로 기차가 막 연기를 뿜고 지나가고 있었다. 그녀의 창백한 뺨 위에 한 방울 두 방울 눈물이 흘러내렸다.

박 원장은 여자의 눈물을 지켜보면서 가슴이 울적했다. 사연을 듣지 않더라도 낳을 수 없는 아이를 임신했다는 것을 직감할 수 있었기 때문이었다.

산부인과에 찾아오는 여자들에게는 어느 경우를 막론하고 두 종류의 눈물이 있다. 하나는 기쁨이고 다른 하나는 그 정반대의 눈물이다. 전자는 정상적인 부부 사이에서 축복받는 새생명의 잉태인데 반해 후자는 낳을 수 없는 아이를 잉태한 비극이다.

“아이를 낳지 말아야겠어요.”

여자는 흐르는 눈물을 닦지도 않고 물기 있는 목소리를 토해냈다. 임신중절 수술을 하겠다는 소리였다.

"아직 미혼이신가요?"

박 원장의 목소리가 차가워졌다. 그러자 그녀는 손가락에 낀 반지를 만지작거리며 말했다.

"약혼까지만 했어요."

결혼은 안했지만 약혼자와 깊은 관계를 맺고 있음을 그녀는 담담히 고백했다.

"그러시면 낳으셔야죠. 요즘은 결혼 후 열 달이 못 돼서 아기를 낳는 사람들도 많습니다. 그러니……."

박 원장의 말이 미처 끝나기도 전에 그녀는 고개를 세차게 저었다.

"낳을 수 없어요. 아이 아빠가 누군지를 모르겠어요."

"네에?"

박 원장은 신음처럼 소리를 내며 입을 딱 벌렸다. 그러자 그녀는 고개를 푹 떨구고 어깨를 들먹이기 시작했다.

"셋이에요, 남자가. 아기 아빠라고 짚히는 남자가 셋이란 말예요."

그녀는 울부짖었다. 박 원장은 비로소 그녀가 처음에 와서 아이를 낳으면 누구의 아이인지 알 수 있느냐고 묻던 이유를 알았다.

그녀는 바바리 코트를 벗고 나서 아이 아빠로 생각되는 세 남자의 이야기를 시작했다.

모 여대 사학과 출신의 아가씨였다. 대학을 졸업한 그해 봄에 약혼을 했다. 조그마한 무역회사에 근무하는 그녀는 이제 한 달 후면 결혼식을 올리기로 되어 있었다.

약혼자는 어머니와 절친한 친구의 아들이었다. 그렇기 때문에 어려서부터 서로서로 잘 알고 지내다가 대학 때 사랑이 싹텄고, 약혼 직후부터 깊은 관계에 들어갔다.

둘의 그런 관계를 양가 부모님들도 눈치를 채고 있는 것 같았지만, 곧 결혼할 사이로 묵인을 했는지 모르는 척했다. 피임약이라든가 월경주기(月經週期)를 따지지 않고 관계를 맺었지만 용케 임신은 안 되었다.

그러던 석 달 전, 그녀는 약혼자와 함께 부산 해운대 해수욕장에 피서를 가서 호텔에 묵었다. 다음날 아침 그 호텔 로비에서 그녀는 기절할 만큼이나 놀랄 사람과 마주치게 되었다.

그녀에게 첫 경험을 하게 한 남자였다. 철없던 시절, 그러니까 고등학교 때 친구의 소개로 만났다가 그만 육체 관계까지 갖게 되었던 상대였다.

"약혼했다며?"

그 남자는 그녀의 약혼 사실을 알고 있었다. 그녀는 가슴이 떨려 아무 말도 할 수 없었다.

"내 방은 812호야. 저녁 때 내 방으로 좀 와. 너한테 할 얘기가 있어."

"여기서 하세요."

그녀는 약혼자에게 들킬까봐 얼른 그 자리를 피하려고 했다. 그러자 그 남자의 음침한 목소리가 뒤통수를 때렸다.

"넌 나를 무시할 수가 없어. 나는 너의 첫 남자야, 첫 남자……."

아찔한 협박이었다.

"이, 이제 와서 어쩌자구……."

그녀는 울상을 지었다. 그러자 그 남자는 몹시 재미 있다는 듯 능글맞게 웃었다.

"만일 오늘 밤 내 방에 오지 않으면 나와의 관계를 네 약혼자에게 폭로하겠어. 그러니까 알아서 하라구."

"사, 사람이 어떻게 그럴 수가 있어요?"

그녀는 낮게 소리치며 그 남자를 죽일 듯이 쏘아봤다.

"으흐흐흐……, 어떻게 그럴 수 있냐구? 나는 아직도 너를 잊지 못하고 있기 때문이지. 미리 말해두지만 나는 네 약혼자의 직장과 전화번호를 알고 있어. 그리고 네가 이곳에서 삼박 사일을 보낸다는 것도 말야……."

그 남자는 인간이 아닌 것처럼 느껴졌다. 그렇지만 그녀는 물에 빠진 사람 지푸라기를 잡는 심정으로 그를 붙잡고 애처롭게 사정했다.

"부탁이에요. 제발 저를 모른 척해주세요."

"모르는 척해달라구?"

"예, 부탁이에요."

"좋아, 오늘 밤 내 방으로 오면 모른 척해주지."

"그렇게는 못하겠어요!"

그녀는 목청을 높여 소리치고 발걸음을 옮기기 시작했다. 그러자 그 남자가 재빨리 뒤를 쫓아와 귓전에 속삭였다.

"좋아, 후회하지 말라구!"

그 남자는 그 말을 남기고 어디론가 사라져버렸다.

"그 말을 듣는 순간 눈앞이 캄캄했어요. 그 남자의 말을 무시하려고도 생각했어요. 하지만 차마 그럴 수는 없었어요. 그 남자는 내가 말을 듣지 않으면 분명히 모든 것을 폭로했을 거예요. 약혼자가 내 과거를 알게 되는 것이 더 두려웠어요."

그날 밤 그녀는 그 남자의 방으로 발소리를 죽이며 들어갔다. 불과 한 시간 전까지 약혼자에게 맡겼던 몸을 다른 남자에게 맡기고 있었다. 혀를 꽉 깨물고 죽어버리고 싶을 정도의 수치심에 이를 앙당 물었다. 그러나 죽을 용기는 없었다.

"더러워진 내 몸을 천 갈래 만 갈래로 찢어버리고 싶었어요.
무슨 저주를 입었길래 그런 치욕을 감당해야 했는지……."

그녀는 설움에 겨운 눈물을 하염없이 토해냈다.

"거기서 일이 끝났어도 좋았을 거예요."

그녀는 생각하기도 싫다는 듯이 오만상을 찌푸렸다.

서울에 와서도 그녀는 주체할 수 없는 허탈과 허무에 빠져
있었다. 과거가 있는 여자가 받는 형벌이 이토록 심해야 하는
가! 몸을 가눌 수 없는 정신적 방황이 그녀를 괴롭혔다.

휴가를 끝내고 바로 출근을 하던 날, 친하게 지내던 남자 직
원이 장난스럽게 말했다.

"미스 리, 그 동안 보고 싶어 견디기 힘들었어요. 나는 미스
리를 사랑하고 있잖아요."

"그랬어요."

그녀는 농담할 기분이 아니었기 때문에 건성으로 대답했다.
그러자 그 남자 직원은 가벼운 기분으로 저녁을 사겠다고 말했
고, 그녀는 흔쾌히 그의 말에 따랐다. 그 직원은 자기 애인과
의 트러블을 곧잘 그녀에게 고백을 하는 등 그 나이의 남녀들
사이에는 흔히 있을 수 있는 추상적인 인생론과 청춘 예찬의
대화 상대였기 때문에 부담이 없었다.

저녁 식사를 겸해 소주를 마셨다. 연거푸 마신 것이 두세 병
은 족히 되었건만 취하지 않았다. 그러는 동안 농담도 짙어
졌다. 짙은 농담이 더 짙게 번지자 그 남직원은 키스를 하자고
했다. 그녀는 별다른 생각없이 응했다.

"내깐엔 술이 취하지 않은 줄로 알았었는데 깨어 보니 어느
여관이었어요."

그녀의 곁에는 그 남직원이 발가벗고 누워 있었다. 그녀도
실오라기 하나 걸치지 않은 상태였다. 상황을 추리해보면 간밤

에 넘어서는 안 될 선을 넘었던 것이 분명했다. 입 속이 깔깔할 뿐 후회는 없었다.

"미안해, 약혼자 있는 여자를 이래서. 그러나 잊어버려. 우리가 젊기 때문이야. 젊기 때문에 저지른 불장난이라 생각하고 잊어버려줘."

책임은 어디까지나 안 지겠다는 소리였다. 그러면서도 다시 그녀를 안으려고 했다. 그러자 그녀는 완강히 그를 거부하고 일어섰다. 그 길로 여관을 나와 곧장 회사로 가서 사표를 써던지고 그만뒀다.

"그런 후에 저는 임신을 한거예요. 따지고 보니 그때가 배란기였어요. 세 남자와 관계를 갖던 그 당시가 배란기였기 때문에 저는 제 뱃속의 아이가 누구의 아이인지 아무리 생각해도 모르겠어요. 물론 약혼자의 아이일 수도 있어요. 하지만 그렇지 않을 가능성도 많아요. 그렇기 때문에 아이를 낳을 수가 없어요."

그녀는 박 원장에게 모든 고백을 하고 나서 더욱 안타까운지 발을 동동 구르며 흐느껴 울었다.

'무슨 말로, 어떻게 달래야 이 여자가 울음을 그칠 수 있단 말인가!'

박 원장은 도무지 위로할 말을 찾을 수가 없었다. 그녀의 처지를 십분 이해를 하면서도 안타깝기 그지없었다.

"그녀의 경우처럼 여자는 단 한 번의 실수로 일생을 그르치기가 너무도 쉽지요. 어쨌든 그녀의 불행은 그녀 자신의 과오에서 기인한 것이었어요. 물론 그녀는 임신한 아이가 약혼자의 아이라고 일생을 속이며 살 수도 있었겠지요. 그러나 약혼자를 속이더라도 자기 자신은 속일 수가 없는 일이 아니겠습니까?"

박 원장은 매우 우울한 표정으로 바다에 시선을 던졌다. 이

때 뭍으로 나가는 여객선이 엇갈려 지나가고 있었다.

"그래서 임신중절 수술을 했습니까?"

나의 물음에 박 원장은 고개를 힘없이 끄떡였다.

"그녀의 언니와 상의를 한 끝에 중절 수술을 하기는 했습니다. 그러나……, 임신중절 수술이 여자의 몸에 독약처럼 해롭다는 것을 너무도 잘 알고 있는 저로서는 절대 권하고 싶지가 않았습니다."

"임신중절 수술이 그렇게도 해롭습니까?"

나의 이 질문에 박 원장은 갑자기 눈을 빛냈다.

"이 선생님이 글을 쓰신다니 드리는 말씀입니다만, 앞으로 기회가 있다면 꼭 이런 글을 한 번 쓰십시오. 임신중절 수술은 100%가 여체(女體)에 해롭다는 것을 말입니다. 자칫 잘못되면 영영 몸을 못 쓰게 되거나 생명까지 잃는 경우가 있다는 것을 절실하게 느낄 수 있는 글을 써주십시오. 만약 선생께서 글을 쓰신다면 소재를 제공해드리겠습니다."

박 원장은 그 말 끝에 성(性)이 무엇인지 모르는 여자들은 처음 성에 눈 뜰 때, 그것을 몰랐기 때문에 운다고 했다. 행동의 결과를 간단히 인공유산으로 해결하려는 여성들이 많은데, 그것은 무지(無知)를 넘어선 자살 예비동작이라고 역설했다.

"저는 인공유산을 원하는 여성들에게 그 위험성을 누누이 강조합니다. 그런데 낳을 수 없는 아이를 잉태한 처녀 엄마들은 한사코 울며불며 매달립니다. 인공유산의 위험보다는 사생아가 탄생하는 비극이 더 크지 않느냐고 의사인 저를 설득하려 듭니다. 저희 산부인과 의사들이 가장 괴로울 때가 그땝니다. 수술대에 눕힐 것인가 말 것인가를 망설이고 또 망설입니다."

나는 산부인과 여의사의 고뇌를 뼈저리게 느끼고 있었다. 문지숙을 비롯한 미혼모들의 눈물이 생각났기 때문이었다.

"요즘의 젊은 여성들은 제딴에는 무척이나 현명하다고 생각을 하고들 있는 것 같은데, 제가 볼 때는 그것처럼 위험한 확신은 없는 것 같습니다. 남의 불행을 숱하게 보고 들으면서 자기만은 그렇지 않다고 믿어버리는 것이 큰 문제인 것입니다.

그러나 이것을 알아야만 합니다. 도덕이 변했다고 하여 사람의 신체구조가 변한 것이 아니라는 사실을 말입니다. 여성은 항상 성행위를 일단 임신이나 출산(出産)과 연결시켜야 합니다. 설마하고 부주의한 때는 임신으로 이어집니다. 처녀의 몸으로 아이를 배게 되면 대개가 불행해지는 것이 여자의 숙명입니다. 그리고 중요한 것은 처녀의 몸에 임신을 시킨 남자치고 제대로된 남자는 드물다는 것입니다."

박 원장은 안타까운 마음에서 계속 자신의 마음을 털어내고 있었다. 그러면서 가끔 나에게 질문을 던지기도 했다.

"만약 이 선생의 동생이나 조카의 결혼 상대자가 과거가 있는 여자라면 어떡하시겠습니까? 다른 남자의 아이를 뱄다가 뗀 경력이 있다면 말씀입니다."

그 질문에 나는 선뜻 대답할 수가 없었다. 솔직히 답변한다면 '결사반대'였지만 그 말을 쉬이 입에 담을 수는 없었다.

"분명 반대하실 것입니다. 제가 이 선생의 입장이 되더라도 그럴 것입니다. 이렇듯 남자들의 의식구조는 예나 지금이나 크게 변하지 않았습니다. 표면적으로는 여성의 순결에 관한 문제에 대범한 척하지만 그것이 자신의 문제가 되었을 때는 태도가 표변합니다. 그렇지 않습니까?"

나는 괜히 가슴이 뜨끔거렸다. 나도 무책임한 바람기로 여자를 울렸던 경우가 전혀 없다고는 할 수 없었기 때문이었다.

"대개의 남자들이 그렇습니다. 공식적인 석상에서는 순결 운운하는 것을 케케묵은 구닥다리 사고라 말하면서도 속으로는 정작 자신의 아내만큼은 순결해야 한다고 생각하고 있는 것입니다."

박 원장의 그 말이 나의 심장에 와서 박혔다. 그건 맞는 말이었다. 만약 내 아내가 과거가 있는 여자임이 밝혀진다면 지금도 나는 용서할 수 없을 것 같았다. 그러면서 입으로는 얼마나 헛된 말들을 떠들었는가를 생각하니 얼굴이 뜨거웠다.

"정조를 생명처럼 여기던 시대는 이미 지났어. 지금이 어떤 시댄데 그따위 봉건적인 생각을 하고 있는거야. 현대 여성이 아닌 것 같군그래?"

언젠가 누군가에게 동침을 요구하며 시부렸던 말이었다. 그녀는 이 말에 설득이 되었는지는 모르지만 그 밤 나와 동침을 했었다.

남자가 여자의 정조를 유린하려할 때 하는 말은 결코 믿을 수 없는 말이라고 생각했다. 온갖 말로 설득을 하여 일단 정복을 하고 나면 내가 언제 그랬느냐는 듯이 변하는 것이 남자의 속성이라 생각했다.

"남자들이 성의 해방을 운운하는 것은 예수에게 십자가를 지우려는 만큼의 음모가 숨어 있는 말입니다. 남자들이 나쁘지만 그 말에 속는 여자들도 어리석은 것입니다."

박 원장은 나의 마음 속을 꿰뚫고 말하는 것만 같았다. 여자들의 아픔을 다루는 산부인과 의사라는 직업이 그녀에게 남성의 보편적인 심리를 날카롭게 파악하게 했는지도 모른다는 생각을 했다.

"저도 여자이지만, 대개의 여자들은 사고의 폭이 놀랄 만큼 좁은 편입니다. 그 이유로 여자는 작은 거짓말엔 속지 않으면서도 큰 거짓말에 잘 속습니다. 스타킹 하나를 사면서도 흠집이 갔는지 안 갔는지를 유심히 살피면서도 속삭임을 들려주는 그 남자의 진심에 흠집이 있나 없나를 살피는 데 있어선 세심하지를 못합니다. 바로 사고의 폭이 좁기 때문에 대수롭지 않은 일에 똑똑하면서도 정작 큰일에는 지나칠 정도로 우둔하다는 말입니다.”

박 원장은 자책하듯이 말했다. 나로서는 매우 공감이 되는 말이었다.

문득 긴머리가 생각났다. 박 원장의 말을 긴머리가 들었다면 어떤 반응을 보일 것인가를 잠시 상상했다.

박 원장은 자기의 인생 체험에서 터득한 사실을 설득력있게 말할 것이 틀림없으리라. 그러면 긴머리는 지나친 편견이라고 따지고 들 것이었다.

“남자들이란 한결같이 누구나 정조가 헤픈 여자들을 좋아하지 않아!”

박 원장이 이렇게 말했다면 긴머리는 턱을 삐죽 내밀며 이렇게 말할 것이었다.

“그렇지 않아요! 그 이유로 많은 남자들이 성을 개방한 여자들을 원하고 있잖아요.”

“그건, 그저 욕심을 채우기 쉽고, 또 건드려도 후환이 없기 때문이야. 그렇기 때문에 연애 상대자로는 놀아나는 여자를 선호하지만 결혼 상대자로는 생각지도 않는다는 것을 알아야지.”

“그렇다면 그런 이중 성격의 남자와 결혼을 하지 않으면 되는 것이 아니겠어요?”

“오라, 참 좋은 말을 했어. 아가씨는 여자의 과거를 전부 감싸줄 수 있는 남자와 결혼하겠다는 얘기군그래?”

“그래요.”

“그렇게 훌륭한 남자가 존재한다고 생각하고 있나?”

“물론이에요. 그런 남자들은 제 주위에도 얼마든지 있어요.”

"자신만만하군그래? 아가씨의 말대로라면 세상에는 과거 때문에 불행해진 여자는 없어야 하는데, 신혼 여행지에서 과거 때문에 이혼당한 여자들이 많은 것은 무슨 이유 때문이지?"

"그런 옹졸한 남자라면 차라리 이혼하는 편이 낫다고 생각해요. 남자가 얼마나 못났으면 여자의 과거를 문제 삼겠어요. 안 그래요?"

"허어, 아가씨는 참으로 편리한 사고를 하고 있군. 그렇다면 또 한 번 묻겠는데……."

"물으세요."

"그런 훌륭한 남자가 아가씨와 같은 사고를 가진 여자를 좋아할까?"

"안 좋아할 이유는 또 뭐예요?"

"허어, 말이 통하지 않는 아가씨로군!"

"제가 할 말을 대신하시네요. 저도 아줌마와는 말이 통하지 않아요."

박 원장과 긴머리의 언쟁은 이렇게 결론이 없이 끝날 것이었다. 나는 그런 상상에 잠겨 있다가 몸을 일으켜 선착장을 보았다. 여객선에서 한 무리의 승객들이 내리고 있었다.

춤추듯 흔들리는 사람들

1

 나는 선착장 주변을 어슬렁거리다가 식당으로 들어갔다. 생선 매운탕과 술을 주문했다.

 "혼자 오셨나 보죠?"

 단청을 칠한 듯 싸구려 화장품을 덕지덕지 쳐바른 식당 종업원이 앞자리에 앉아 살랑살랑 눈웃음을 치며 말을 붙였다. 족히 서른은 넘어 보이는 그 여자는 코가 유난히 컸다. 흡사 주먹덩이 하나를 코에 달아놓은 것처럼 보였는데, 여자로서는 매력이 없었다.

 "어디서 오셨어요?"

 여자가 술을 따라주며 물었을 때 나는 건성으로 대답했다.

 "서울에서 왔습니다."

 "그렇다면 숙소를 정하셔야겠네요?"

 "이미 정했습니다."

 "어머, 어디에 정했어요?"

"상록수여관예요. 저 위에 있는……."

"낚시질하러 왔습니까?"

나는 고개를 가로저으며 여자에게 술 한잔을 권했다. 여자는 덥썩 잔을 받았다.

"그냥 관광오신 것이에요?"

"그렇습니다."

"밤에 말동무가 되어 드릴까요?"

여자는 은근히 추파를 던졌다. 간판을 보면 식당이 분명한데, 접대부가 있는 술집과도 같은 집이었다.

"됐어요."

나는 여자의 말을 일축하며 술잔을 비우고 밖으로 나왔다. 그 순간 나는 선착장 저쪽에서 걸어오는 여자를 보고 내 눈을 의심했다. 그 여자는 긴머리가 분명했다.

'저 아가씨가 무슨 바람이 불어서…….'

나는 긴머리와의 끈질긴 만남을 생각했다. 진양호에서 헤어졌다가 진주역에서 다시 만났고, 여수에서 헤어졌다가 거문도에서 또다시 만난 것이었다.

나를 본 긴머리는 씁쓸한 미소를 보냈다. 나도 할 말이 없었다. 우리 두 사람은 별다른 말이 없이 섬의 이곳저곳을 기웃거렸다. 그러다가 우체국 앞에서 김 박사 내외와 맞부딪쳤다.

박 원장은 긴머리를 한 번 훑어보고 나서 '누구?' 하는 듯한 눈빛을 보냈다. 나는 참으로 난처하여 얼굴이 뜨거워졌다.

"선착장에서 우연히 만난 사람입니다."

나는 그렇게 얼버무리고 나서 긴머리에게,

"인사하십시오. Y대 의과대학장을 지낸 김 박사님이십니다. 그리고 사모님께서는 P산부인과의 원장님이십니다."

하고 노신사 내외를 소개했다. 그러자 긴머리는 공손히 인사하며 자기의 이름을 밝혔다.

"D대에 다니는 박금미라고 합니다."

나는 그때서야 긴머리의 이름을 알았다.

"무슨 과예요?"

내가 물었을 때 박금미(朴金美)는 싱긋 웃으며 대답했다.

"영문과예요."

"어려운 공부를 하고 있군요?"

김 박사가 인자하게 웃으며 말했다.

김 박사 내외와 어울린 나와 박금미는 다시 선착장으로 내려왔다. 선착장 주변에는 늙은 해녀들이 잠수복 차림으로 해삼과 전복 등을 여행객들에게 팔고 있었다. 바다에서 바로 채취한 해산물이라 이루 말할 수 없이 싱싱했다.

"이 선생은 술 좀 하십니까?"

김 박사가 해녀 곁에 멈춰서며 말했다.

"예, 한 잔씩은 합니다."

"그렇다면 한잔 합시다."

김 박사는 늙은 해녀 앞에 쪼그리고 앉았다. 그러자 해녀가 장방형의 큼지막한 조약돌을 우리에게 내주었다.

"전복은 어떻게 셈을 합니까?"

김 박사가 해녀와 흥정을 시작했다. 손이 물에 통통 부은 늙은 해녀는 우리의 행색을 살핀 후에 입을 열었다.

"몽땅 이만 오천원만 냈쇼. 삼만원은 받아야 하는디…….."

"허허허……. 좋습니다. 소주 한 병 주시고 전복을 손질해주십시오. 해삼도 한둘 썰어주시고요."

포구에 쪼그리고 앉아 해녀가 갓 채취한 싱싱한 해산물을 안주로 하여 술을 마시는 것이 특별한 맛이 있었다. 네 사람이 한잔씩 하다 보니 소주 두 병이 순식간에 비워졌다. 그래도 전복과 해삼은 많이 남았다.

"박사님, 한 잔 더 하시겠습니까?"

나의 말에 김 박사는 손을 저으며 지갑을 꺼냈다. 나는 안주를 남겨놓기가 아까웠다.

"박사님, 제가 계산을 하겠습니다."

나는 재빨리 돈을 꺼내며 소주 한 병을 더 시켰다.

"허어, 그래서야 씁니까? 어디까지나 제가 사겠다고 했으니 제가 계산을 해야지요."

김 박사는 나의 손을 밀어내며 셈을 치루려고 했다. 그러자 박 원장도 남편의 말을 거들었다.

"저희가 사겠다고 했으니 돈을 거두십시오. 그리고 이 선생님께서는 약주를 더 드시고 싶으시면 저희를 상관마시고 드십시오."

나는 처음부터 김 박사 내외가 나에게 깍듯이 경어를 쓰는 것이 몹시 불편했다. 모르기는 해도 따지고 보면 나의 부모님과 같은 연배일 것이었다. 그렇기 때문에 담배를 무척이나 피우고 싶었지만 담배를 꺼내지도 못하고 안절부절 못했다.

"박사님 제게 편히 말씀을 낮춰서 하십시오. 듣는 제가 불편합니다."

"하하……. 아무리 그렇더라도 초면에 어찌 그럴 수 있습니까. 그리고 참, 이 선생께선 언제 이 섬을 나가실 생각입니까?"

"모레쯤에 나갈 생각이지만 확실한 것은 내일 가봐야 알겠습니다."

"그렇다면 내일 등대에 들렸다가 삼부도(三夫島)에 함께 들어가면 좋겠습니다. 이왕 여기까지 오셨으니 그곳들을 한번 구경하시는 것이 좋을 것입니다."

김 박사 내외는 그 말을 남기고 볼일이 있다며 자리를 떴다. 그러자 낚시꾼 차림의 사나이 둘이 그 자리에 앉았다.

"우리가 한 발 늦었군. 전복이 진짜인데……."

돋보기 안경을 쓴 사내가 우리의 안주를 손짓하며 군침을 삼켰다. 얼굴이 동그스름하고 눈꼬리가 많이 쳐진 호인 타입의 중년이었다.

"좀 드십시오."

내가 웃으며 권했다. 그러자 그는 해삼과 소주를 시키면서 나의 잔을 받았다.

"낚시를 오셨나 보군요."

"그렇습니다. 선생도 낚시를 오셨습니까?"

"아닙니다. 저는 여행을 하는 중에 어쩌다가 여기까지 오게 되었습니다."

그들은 여수에서 밤낚시를 하기 위해 섬에 들어온 사람들이었다. 술잔을 돌리다보니 금새 친해졌다. 나에게도 함께 낚시하기를 권했다.

"낚시 장비가 없습니다. 그리고 취미도 없구요……."

"하하하……. 장비야 우리에게 있습니다. 그리고 취미가 없다면 우리가 낚은 고기를 회쳐서 술만 마시면 되잖습니까. 그 맛이야말로 그 무엇에 비길 수 있겠습니까? 선생께서 술만 사십시오. 안주는 우리가 책임을 지겠습니다."

돋보기 안경의 그 말에 나는 부쩍 호기심이 동했다. 이 기회에 밤낚시를 경험해보고 싶었다.

"좋습니다. 제가 술은 사겠습니다."

나는 흔쾌히 말하며 긴머리를 보았다. 그녀는 복잡한 시선을 보내고 있었다. 나는 그녀의 심중을 헤아려보았지만 밤낚시가 좋다는 것인지 싫다는 것인지를 도통 분간할 수 없었다. 이때였다.

"선생께서 밤낚시에 동참하시겠다니 동행하신 여자분에게는 미안함을 금할 수 없는걸요."

돋보기 안경을 쓴 사내가 긴머리를 흘끔 쳐다보며 쐐기를 박았다. 밤낚시에 여자는 데려갈 수 없다는 말이었다. 아마도 고기잡이를 나가는 배에 여자를 태우지 않는 것이 그들의 터부인 것 같았다.

날이 어둑어둑 해졌을 때 저녁을 먹고 대절한 마을의 어선에 올라탔다. 낚시꾼은 그들 말고도 세 명의 중년 남자들이 더 탔다.

이윽고 발동선이 시동을 걸었다. 긴머리가 입가에 잔잔한 미소를 지으며 손을 흔들었다.

거문도 등대 부근에서 발동선은 시동을 껐다. 바다는 이내 먹물을 들인 듯이 어둠 속에 잠겨들었다. 그러자 칠흑 같은 밤바다의 곳곳에 어선들이 휘황찬란한 불빛을 밝히기 시작했다. 촉광이 높은 전등이 예닐곱 개 줄지어 밝힌 모습이 참으로 아름답기 그지없었다.

"멋지지요. 거문도 8경 중의 하나입니다. '홍국어화(紅國漁火)'라고 하지요."

돋보기 안경이 헤벌쭉 웃으며 팔뚝만한 도다리를 손질하기 시작했다. 다섯의 낚시꾼들은 쉴 틈없이 크고 작은 활어를 건져냈다. 낚시에 걸린 도미와 도다리가 배의 널판지 바닥에서 팔딱팔딱 뛰었다.

"선생은 뭘하시는 분이시오?"

낚시꾼 한 명이 술잔을 건네며 말을 붙였다. 나는 도미회를 초장에 푹 찍으며 빙그레 웃었다.

"글쟁이입니다. 삼류작가지요."

"어쩐지! 뭔가 다른 분위기가 풍긴다 했더니……."

돋보기 안경이 재빨리 말을 가로치고 들어왔다. 그는 글쟁이를 만난 것이 짜장 신기한 모양이었다.

"어떤 글을 쓰십니까?"

"부끄럽게도 아직까지 내세울 만한 변변한 작품은 없습니다. 앞으로는 써야지요."

"그러셔야죠. 아마도 작품 구상을 위해 여행을 오셨나 보군요. 자, 한 잔 더 받으십시오."

나는 술잔을 목구멍에 단숨에 털어넣으며 도다리회를 우걱우걱 씹었다. 싱싱한 회가 혀에 감기는 듯했다.

"좋은 작품 구상을 하셨습니까?"

"글쎄요……. 여자 이야기를 한번 써볼까 합니다만……."

나는 생각없이 불쑥 말을 내뱉었다.

"여자 이야기요? 거 참 재미 있겠습니다. 어떤 여자들의 이야기인지 들려주실 수는 없겠습니까?"

"갖가지 사연들을 가진 여자들이지요. 천하에 못된 남자를 만나 피눈물을 흘리며 사는 여자도 있을 것이고, 남자를 농락하는 악질적인 여자도 있을 것이 아닙니까. 그렇고 저런 이야기지요. 하하하……."

"사냥꾼과 여자이야기가 되겠습니다그려?"

"듣고 보니 그렇습니다."

나는 돋보기 안경의 그 말에 세차게 고개를 끄떡였다. 말을 위해 되는 대로 씨부렸는데, 그것이 괜찮은 글감이 될 수 있을 것 같았다.

'사냥꾼과 여자이야기라…….'

뜻하지 않게 작품 소재를 찾은 나는 마음이 무척 흡족했다.

"그렇다면 이 이야기를 꼭 써주십시오."

돋보기 안경이 입술에 침을 바르며 말했다.

"어떤 이야기입니까?"

"내가 여자에게 호되게 당했던 이야깁니다."

"선생님께서 여자에게 당하셨다구요?"

"그렇습니다. 세상에 그런 여자도 있더군요."

2

돋보기 안경의 이름은 김현호(金賢浩)였다. 여수의 번화가에 장급 여관을 가지고 있는 재산가인데, 친구들 간에 난봉꾼으로 소문난 사람이었다. 본시부터 기질적으로 정력이 절륜한데다가 돈도 쓸 만큼은 있었다. 숙박업을 하는 관계로 시간도 넘칠 만큼 많았다. 그렇기 때문에 그는 원정 낚시질로 소일하거나 아니면 여자 사냥에 열을 올렸다.

그렇다고 내연의 처를 둔 것은 아니었다. 마치 희대의 유혹자인 카사노바처럼 마음에 드는 여자가 있으면 그때그때 속전속결로 끝장을 보는 것이 그의 특색이었다.

"나는 웬만한 계집이 아니면 두 번 다시 만나지 않습니다. 딴 살림을 차린 남자처럼 어리석은 사람은 없다고 생각합니다. 생각해보십시오. 세상에 이중 생활처럼 골치아픈 일이 어딨겠습니까? 돈을 많이 써가며 골치아픈 일을 왜 합니까? 외도란 일종의 외식(外食)과 같은 것입니다. 외식이 무엇입니까? 집에서 아침 저녁으로 먹는 밥에 질려서 간간히 밖에서 음식을 먹는 것이 아닙니까? 이왕 외식을 할 바에야 양식도 먹어보고 일식도 먹어보고 중국음식도 먹어보는 것이 좋지 않겠습니까?"

김현호는 입에 침을 튕기며 외식(?)의 지론을 피력했다. 한번 말문이 트이니까 매우 다변(多辯)의 사람이었다.

"그래서 골고루 시식을 하셨습니까?"

"그렇다고 할 수 있지요. 백인도 먹어봤고, 껌둥이도 먹었고, 왜년도, 짱골대도 먹어봤어요."

나는 김현호의 그 말투에서 묘한 느낌을 받았다. 그가 식인종이란 말인가. 백인 여자도 먹고 흑인 여자도 먹었다니…….

"이 사람아! 남녀관계를 어떻게 단순한 외식에 비유하는가? 자네는 애정을 인정하지 않는단 말인가?"

낚시질을 하고 있던 그의 친구가 퉁명스럽게 이죽거렸다. 그러자 그는 손을 설레설레 내저었다.

"천만의 말씀, 나도 알고 보면 애정이 바다만큼이나 깊은 사람이야. 내가 마누라를 얼마나 사랑하는데그래? 애정은 마누라 하나면 충분한거야. 세상에 마누라가 싫어서 외도를 하는 사내가 어디 있겠는가, 이 사람아. 집에 철석같이 믿는 마누라가 있으니까 안심하고 외도를 하는거야. 외도가 무엇인가? 남자들의 생리적인 배설행위가 아닌가? 생리적인 배설행위에서 애정을 구한다는 것이야말로 근본적으로 잘못된 생각이야. 암, 잘못된 생각이고말고……."

김현호의 말이 그럴 듯하다고 생각했기에 나는 무의식 중에 고개를 끄떡였다. 그의 품행은 결코 방정하다고 할 수는 없었다. 그렇지만 가정생활에 있어서는 충실한 남편이고, 선량한 아버지로 행세할 사람이라는 느낌을 받았다.

"내가 상관한 여자들을 수효로 따진다면 아마 백 명은 훨씬 넘을 것입니다."

"그렇게나 많습니까?"

내가 놀라 입을 벌리고 눈을 휘둥그래 뜨자 김현호는 소리내어 웃으며 술을 마셨다.

"너무 놀라지는 마십시오. 모두가 화류계의 그런 여성들이었으니까요."

"아, 그렇군요."

그 말을 듣고서야 나는 입을 다물 수 있었다.

그는 순결한 처녀나 가정 부인을 유혹한 적은 단 한 번도 없다고 했다.

"기회가 없었던 것은 아니지요. 그러나 그것은 죄악이라고 생각하고 있기 때문에 애써 자제를 하고 있는 것입니다. 그러나 화류계 여성들은 매춘이 직업처럼 되어 있어서 아무리 건드려도 후환이 없습니다. 그래서 외도 상대로 그들을 택한 것입니다."

그런 점에 있어서 지극히 양심적인 사람이었다. 나는 그의 그런 점이 좋게 생각되었다.

"그렇다면 선생님께서 화류계 여성에게 봉변을 당하셨단 말입니까?"

내가 물었을 때 그는 손과 고개를 동시에 내저었다.

"그건 아닙니다. 지금에 와서 생각해도 기막힐 그 사건은……."

그는 이렇게 운을 떼고 나서 버릇처럼 입술에 침을 바르며 낚시꾼들을 둘러보았다. 그가 최형(崔兄)이라고 부르는 낚시꾼이 잔뜩 긴장한 표정으로 바다에 시선을 던지고 낚싯대와 씨름하고 있었다. 큰 고기가 미끼를 물었을 때 전달되는 손맛을 느끼고 있는 것이 분명했다.

김현호는 한 달에 한두 차례 서울을 오르내리는 사람이었다. 대학생 아들 둘이 서울에서 하숙을 하고 있기에 겸사겸사 상경하는 것이었다.

서울에는 그의 고향 친구들이 많았다. 그들을 만나 술을 마시고 외입(外入)을 하는 것이 상경한 재미 중의 하나였다.

지난 해 10월에 그는 상경했었다. 아들의 하숙집에서 하룻밤을 보냈다. 다음날 해질 무렵에 동대문 시장에서 포목 도매상을 하는 고향 친구를 찾아갔다. 봄에 상경했을 때 그의 안내로 흑인 여자와 재미를 봤는데, 다시 한 번 그녀를 만나고 싶어 그를 찾아간 것이었다.

"야아, 언제 여수에서 올라왔나?"

"어제 올라왔네. 어때 장사는 잘되나?"

"그저 그래. 애들은 잘 있지?"

"응, 덕분에. 이렇게 만났으니 우리 나가서 술이라도 한잔 해야지 않겠어?"

김현호는 친구의 손을 잡아끌었다. 그도 자기에 못지 않은 난봉꾼이었다. 둘이 만나면 꼭 여자가 있는 술집을 찾아 짭짤한 재미를 봐오던 터였다.

그런데 오늘따라 친구 석달배(石達培)는 약간 난처한 표정을 지어보이면서,

"전화라도 하고 왔으면 좋았을 걸……."

하고 말끝을 흐렸다. 항상 전화를 하지 않고 놀래키듯이 불쑥불쑥 얼굴을 내밀던 김현호였다.

"아니, 무슨 일이 있는가?"

"실은 내게 중요한 선약이 있어. 그러니 내일 밤에 한잔 하세. 내가 좋은 집을 알아놨으니까."

"이 친구야! 나는 내일 아침에 내려가야 하지 않겠나. 자네가 꼭 만나야 할 사람이라면 내가 기다리면 되지. 아니면 그 친구도 함께 가든지……."

"아냐, 정말이지 그럴 형편이 못 되는 사람이야."

"그럴 형편이 못 되는 사람이라구?"

"그래, 정말 미안해."

"……술자리에 나타나기 어려운 사람이라면……, 혹 숨겨놓은 애인이라도 만난다는건가?"

김현호는 직감적으로 느껴지는 것이 있기에 그렇게 넘겨짚었다. 그러자 석달배는 머리를 긁적거리며,

"자네 점쟁이 년하고 연애하나? 아닌게 아니라 오늘 저녁 여덟 시에 어떤 여자와 만나기로 되어 있네. 그러니까 오늘 밤만은 좀 봐주게!"

하고 솔직히 고백하며 사정했다.

"잘하는 짓이야. 혼자 재미가 철철 넘치는군그래? 대체 어떤 여자야!"

김현호는 시니컬하게 비꼬며 입맛을 쩝쩝 다셨다.

"오다 가다 만난 여자야."

석달배는 겸연스레 웃었다. 김현호는 밤을 보낼 일이 망막했다. 아이들의 하숙방으로 다시 들어가기에도 그랬고, 혼자서 여자 있는 술집을 찾는 것도 민망한 일이었다.

"자네가 재미를 보겠다는데 내가 말릴 수는 없겠지? 그나저나 여덟 시까지는 시간 반이나 남았으니 어디서 대포라도 한잔씩 나누세. 여자를 만나는데 맹숭맹숭한 정신으로 만나는 것보다 한잔 하고서 거나한 기분으로 만나는 것이 훨씬 유리한 법일세."

김현호는 석달배를 기어이 술집으로 잡아끌었다. 둘은 술잔을 주고받으며 이런 Y담, 저런 X담으로 꽃을 피웠다.

그러다 보니 시간이 훌쩍 일곱 시 반을 넘어서고 있었다. 흘끔 팔목시계를 보던 석달배가 초조한 빛을 보이면서,

"여보게 현호, 시간이 다 되었네. 이제는 일어서야 약속 시간을 맞출 수 있겠는데……."

하고 간청이라도 하듯이 말했다. 김현호는 몇 잔 술로 정신이

아딸딸했기 때문에 친구를 그냥 보내기가 아쉬웠다.

"아따 이 사람아! 이왕 술을 입에 댄 김에 오늘 밤은 이대로 술을 마시세. 그 여자야 내일 만나면 되지 않겠는가?"

"아냐, 오늘 밤에 만나지 않으면 내일은 연락을 할 수가 없어. 지방에서 올라온 여자라서그래."

석달배는 그렇게 말하며 의자에서 엉덩이를 뗐다. 그러면서도 시골에서 올라온 친구를 혼자 놓고 가기가 미안했던지,

"이왕이면 자네도 함께 가세그려……."

하고 말했다.

"예끼, 이 사람아? 자네가 애인을 만나는데 내가 주책없이 따라갈 수가 있나."

김현호는 손을 세차게 내저으며 일언지하에 거절하면서 충고했다.

"달배 자네가 등이 바짝 달아오른 걸 보니 그 여자에게 몹시 반한 모양이군그래? 친구로서 충고하지만 외도란 한 번으로 끝내는 것이 좋아. 남녀 관계에 있어서의 모든 동티는 한 번으로 끝내지 못하고 오래 끄는 데서 생겨난다는 것을 잘 명심하라구."

"허허허……. 자네 말이 지당하네. 그건 그렇고, 어쨌든 이왕 말이 났으니 자네도 같이 가세. 그 여자와 만나는 장소는 누구나 갈 수 있으니까 말일세."

"누구나가 갈 수 있는 곳? 대관절 그곳이 어디인가?"

"자네, 춤출 줄 알겠지?"

석달배는 묻는 말에는 대답을 하지 않고 엉뚱한 질문을 했다. 김현호는 눈을 끔벅거렸다.

"잘은 못 추지만 조금은 추지. 그런데 별안간 그 얘기는 왜 묻는가?"

"내가 여자와 만나기로 약속한 장소가 카바레야. B클럽에서 여덟 시에 만나서 춤을 추기로 했어."

"오라, 알겠군. 카바레에서 춤을 추며 기분을 잔뜩 낸 후에 호텔로 간다는 말이군그래? 그것이 서울놈들 외도 방법인가?"

"하하하……. 그건 자네 멋대로 생각하고, 어서 서둘러 가기나 하세."

석달배가 강력히 잡아끄는 바람에 김현호는 마지못해 밖으로 나왔다. 택시를 잡아탄 두 사람은 이내 B클럽으로 택시를 달렸다.

"자네와 만나기로 한 그 여자를 카바레에서 만난 모양이군그래?"

"그래! 아주 우연히 그곳에 들렀다가 만났는데 두어 번 같이 춤췄어."

"어떤 종류의 여잔가? 지방에서 올라왔다고 하니 가정주부는 아닌 모양이군?"

"그건 나도 몰라. 한 달에 단 한 번, 첫째주 금요일에 만나기로 했으니까 말야. 그런 것은 당초 알 필요도 없고, 또 알려고 하지 않는 것이 그 세계의 불문율이야."

"피차간에 정체불명인 채 놀아나고 재미보면 그만이라 그 말이군?"

"물론이지. 인생이란 따지고 보면 다 그런 게 아니겠는가!"

이런 이야기를 주고받는 동안에 택시가 B카바레라는 네온사인이 번쩍이는 건물 앞에서 멈췄다.

B클럽은 2층이었다. 두 사람은 정해진 입장료를 내고 클럽 안으로 들어갔다. 문을 닫고 들어서니 어두컴컴한 홀 안에는 십여 명의 남녀가 엉겨붙어 블루스곡에 맞춰 스텝을 밟고 있

었다.

"야아, 손님이 굉장히 많은 걸, 이곳은 손님이 늘 이렇게 만
원인가?"

김현호가 적이 놀라며 석달배의 귀에 속삭여 물었다.

"그렇다네. 어떨 때는 발디딜 틈도 없어."

석달배는 그렇게 대꾸하면서 눈을 두리번거렸다. 만나기로
한 여자를 찾고 있는 것이 분명했다.

"여보게, 내가 만나기로 한 여자가 저기 와 있네. 자네는 저
쪽의 비어 있는 자리에 가 앉아 있게. 내가 곧 여자를 데리고
가겠네."

그 말에 김현호는 석달배의 눈길이 가 있는 곳을 바라보
았다. 수많은 남자와 여자들이 뒤섞여 있었기 때문에 누가 그
여자인지를 짐작할 수 없을 정도였다.

김현호는 비어 있는 자리에 앉아 홀 안의 풍경을 신기스럽게
바라보았다. 카바레가 대성행이라는 소문은 여러 차례 들었다.
카바레에서 제비족들을 만나 몸을 망치고 돈을 뜯긴 가정부인
들의 이야기도 많이 들었다. 그러나 이토록 넓은 홀이 초만원
인 줄은 몰랐다.

남자보다도 여자가 훨씬 많이 보였다. 여자들은 한결같이 성
장을 하고 있었는데, 삼십대에서 오십대 전후로 보였다. 더구
나 놀라운 것은 대부분의 여자들이 가정부인으로 보였다.

'세상은 확실히 요지경 속이야. 가정주부로 보이는 저 많은
여자들이 이 시간에 남자의 품에 안겨 춤을 추고 있다니…….
남편들과 함께 오지 않았다면, 외간남자와 즐기고 있다는 이야
기인데…….'

김현호는 어딘가 크게 잘못되어 있다는 생각을 했다. 홀 안
에 있는 대부분의 여자들은 남편과 가족의 눈을 속이고 놀아나

는 여자들로만 보였기 때문이었다.

잠시 후에 석달배가 그 앞에 나타났다. 곁에는 삼십오륙 세 가량 되어 보이는 여자가 따라왔다. 노랑색 계통의 세련된 투 피스 차림이었다. 깔끔한 이미지를 느끼게 했는데, 석달배에게 는 과분할 정도로 매력있는 여성이었다.

"소개하지요. 이 사람은 나와 고향 친구인 김 사장, 이분은 최 여사⋯⋯."

형식적인 소개를 끝내고 그들은 합석했다. 술과 안주를 주문 하여 몇 잔씩 주거니 받거니 했다.

"자 이제는 홀에 왔으니 춤을 춰야지. 나는 최 여사하고 출 테니 자네는 누구든지 맘에 드는 상대를 골라 추게."

석달배가 최 여사를 에스코트하여 홀 한복판으로 나갔다. 그 러나 김현호는 은근히 호기심이 솟아서 여자들이 많이 앉아 있 는 곳으로 걸음을 옮겼다.

홀 안의 불빛은 사오 미터 거리의 얼굴을 알아보기가 어렵도 록 어두컴컴했다. 그 어둠 속의 곳곳에는 수없는 남녀가 뒤섞 인 채 웅크리고 앉아 있었다.

김현호는 눈을 지릅뜨고 서성이다가 홀 안의 풍경에 그만 눈 을 빼앗기고 망연히 서 있었다. 홀 한복판에는 여러 쌍의 남녀 가 서로 얽혀서 스텝을 밟으며 돌아가고 있었다. 흡사 그것은 물이 말라가는 웅덩이 속에서 수많은 고기떼가 들끓고 있는 것 을 연상케 했다.

"여보게, 왜 그리 장승처럼 서 있는가. 아무나 눈에 드는 미 인을 한 사람 골라잡고 어서 나오게."

석달배가 다가와서 김현호의 귓전에 속삭였다. 그 말에 김현 호는 고개를 끄떡였다. 파트너를 고르려고 테이블에 앉아 있는 여자들을 이리저리 둘러보았다. 여자들은 한결같이 반짝반짝

눈빛을 빛내고 있었다. 누군가가 프로포즈해주기를 기다리고 있는 폼이 어쩐지 가엾고도 처량해보이기까지 했다.

남자들은 마치 유곽에서 창녀를 골라잡듯이 이 여자 저 여자의 얼굴을 두루 살펴보다가 그중 마음에 드는 여자에게 손을 내밀어 춤을 청했다. 그러면 여자는 기다렸다는 듯이 그 남자를 따라 나와 품에 안기며 스텝을 밟았다.

여자들의 수효가 남자들보다는 훨씬 많았기 때문에 자리를 지키고 있는 축은 자연히 여자들 쪽이었다. 못생기거나 몸매가 볼품없는 여자는 하룻밤을 꼬박 기다리고 앉아 있어도 춤 한 번 못 추고 그냥 돌아갈 경우도 없지 않을 것 같았다.

김현호가 여자들 곁으로 다가갈 때마다 그녀들은 얼굴을 빤히 쳐들고, 무엇인가를 간절히 갈망하는 눈빛을 보냈다. 그러다가 그냥 지나치면 이내 실망하는 눈빛으로 변했다.

'이런 창피를 당하면서도 춤이라는 것을 꼭 그렇게 추어야만 하는가?'

김현호는 그런 생각을 했다. 가정주부가 일단 춤바람이 나면 걷잡을 수 없다는 말을 들은 적이 있는데, 바로 이런 여자들을 두고 하는 말인가 하는 생각이 들었다.

김현호는 한참 동안 서성거렸지만 좀처럼 마음에 드는 상대를 찾을 수 없었다. 외모가 괜찮은 여자들은 모두 상대를 만나 춤을 추고 있었다.

'에잇, 찌끄러기들만 남아 있군. 모두들 쌍판대기가 우그러진 냄비들 같으니…….'

김현호는 실망하여 자리에 앉을까 했다. 그렇지만 그냥 자리에 앉기는 그랬다. 그래서 그 중에서도 가장 괜찮은 여자에게 적선하는 기분으로 손을 내밀었다.

"한번 추시겠습니까?"

여자는 고개를 들어 김현호의 얼굴을 고즈너기 올려다보더니 말없이 자리에서 일어나 따라나왔다. 사십 가까이 되어 보이는 주부형의 여성이었다.

김현호는 여자를 가만히 품에 안고 스텝을 밟았다. 썩 마음에 드는 상대는 아니었지만 가슴이 약간 설레였다. 댄서나 화류계 여자들과 춤을 추는 것과는 기분이 근본적으로 달랐다.

김현호는 춤이 능숙한 편이었다. 그러나 여자는 갓 춤을 배웠는지 스텝이 서투르기 짝이 없었다.

춤이란 음악과 스텝을 즐기는 일종의 오락무용이다. 따라서 파트너와 호흡이 맞지 않으면 아무런 흥취도 나지 않는다. 또한 풋내기를 제대로 리드하는 것은 여간 어려운 일이 아니기 때문에 자칫 짜증이 나기도 쉽다.

김현호는 음악조차 제대로 맞출 줄 모르는 비계덩어리 같은 여자를 안고 스텝을 리드하는 것이 곤욕스러웠다. 진땀이 다 났다. 음악이 빨리 끝나주기를 바라고 있었다. 음악만 끝나면 파트너를 바꿀 생각이었다.

그러나 음악이 끝나도 여자는 그의 곁에서 떨어질 생각을 하지 않았다.

"제가 너무 서툴러서 죄송합니다. 지금에서야 배우는 중이라서……."

여자는 김현호에게 계속 추어주기를 간청했다. 그를 놓치면 이제는 프로포즈해줄 남자가 없다고 생각했는지는 모르지만, 한사코 매달렸다. 춤을 공짜로 배우려고 연습삼아 나온 모양이었다.

'에잇, 재수없어. 이 따위 여자에게 걸려 자선을 베풀어야 하다니.'

김현호는 속으로 투덜거리면서도 여인의 간청을 매정스럽게 뿌리치고 돌아설 수는 없었다.

이번 음악은 지르박이었다. 여자는 지르박 스텝을 전혀 밟을 줄을 몰랐다. 지르박은 4분의 4박자의 로큰롤조(調)의 빠른 템포의 음악으로 추는 춤이다. 이 댄스의 특징은 남녀가 언제나 서로 다른 스텝을 밟는 데에 있다. 일반적으로 남자는 베이식 스텝을 밟고, 오른손 또는 왼손으로 여자를 리드한다. 또 스텝의 리듬은 'SS(슬로우슬로우) QQ(퀵퀵)'을 되풀이하는데, 슬로우 스텝은 2박자에 1보를, 퀵 스텝은 1박자에 1보를 밟아야 한다.

그런데 여자는 손을 왼편으로 잡아 돌리는데 오른편으로 돌아가기가 일쑤요, 음악을 무시한 채 제멋대로 스텝을 밟았다.

'×년, 오도방정을 떨고 있네. 춤을 못 추면 집구석에서 살림이나 할 일이지.'

김현호는 계속 속으로 투덜거렸다. 춤도 제대로 못 추면서 카바레에 출입하는 여자가 가증스러웠다.

그래서 김현호는 여자를 무척 거칠게 다루기 시작했다. 무릎을 여자의 가랑이 사이로 깊숙히 넣었다가 거기를 톡톡 올려치는 무례한 짓도 서슴지 않았다. 그러다가 팽이처럼 정신없이 팽팽 돌린 후에 갑자기 손을 놓아버렸다. 여자는 중심을 잃고 한두 바퀴 돌다가 바닥에 쿵당 소리를 내며 넘어졌다.

'낄낄낄……, 고소해라.'

이때 음악이 끝났다. 김현호는 길게 한숨을 내쉬며 넘어진 여자의 손을 잡아 일으켰다.

"죄송합니다. 손에 땀이 나서 놓쳤어요. 저는 더워서 좀 쉬어야 하겠습니다."

김현호는 그렇게 여자를 딱지 놓고 다시 주위를 두리번거렸다. 의자에 앉아 프로포즈를 고대하는 여자들은 얼마든지 많왔다. 개중에는 오십 고개를 넘었을 것으로 보이는 예비 할머니도 있었다. 나이를 숨기기 위해서인지 얼굴에 짙은 화장을 하고 있었다. 새빨간 루즈를 칠한 입술은 마치 금방 쥐라도 잡아 먹은 것처럼 보였다.

'쯧쯧, 오죽 춤을 추고 싶었으면 저 나이에…….'

김현호는 가엾은 생각이 들어서 그 화장범벅 할머니에게 손을 내밀었다. 그러자 여자는 고대하고 있었다는 듯이 벌떡 일어서더니 그의 손을 덥썩 잡았다.

화장범벅의 춤은 김현호보다 한수 위였다. 사이즈도 맞는 편이어서 스텝을 밟고 돌아가기가 제법 즐거웠다.

춤추는 사람들 중에는 여자들끼리 추는 사람들도 서넛 있었다. 그 모습이 우습기도 하고 불쌍해보이기도 했다. 남자들에게 프로포즈를 받지 못한 여자들의 비애가 그들의 표정에서 느껴졌다.

어두컴컴한 구석에서는 남녀가 몸을 꽉 끌어안고 다리만 흐느적거리는 춤도 있었다. 남자가 여자의 엉덩이를 쓰다듬거나 여자가 남자의 목을 얼싸안고 입술을 빨아대는 지저분한 광경도 눈에 들어왔다.

김현호는 스텝을 밟고 돌아가면서도 그런 모습들을 놓치지 않고 구경했다. 친구 석달배와 그의 파트너 최 여사의 모습을 찾으려고 했지만 좀처럼 눈에 띄지 않았다. 한참 만에 어두운 구석에서 흐느적거리고 있는 그들을 찾아냈다. 석달배는 숫제 눈을 감고 있었다. 최 여사는 석달배의 품에 파묻혀 뺨과 뺨을 비벼대고 있었다. 그 모습은 주위를 완전히 잊어버린 채 무아의 황홀경에 빠져 있다는 것을 보여주고도 남음이 있었다.

'저 친구가 저 재미에 빠져서 이곳에 드나들었군.'

김현호는 속으로 코웃음을 치면서 그들은 못본 체하고 방향을 돌렸다.

음악이 바뀌어 이번에는 경쾌한 탱고곡이 울려나왔다. 탱고는 4분의 2박자의 음악으로 춤을 추는데 김현호가 가장 좋아하는 춤이었다. 느리고 빠름의 변화가 풍부하며 딱딱 끊기는 맛과 날카로움, 힘찬 스텝이 활동적인 그의 성격과도 맞았다.

김현호는 화장범벅 여자를 상대로 스텝을 멋지게 밟기 시작했다. 때로는 여자를 꼭두각시 조종하듯이 요리조리 꾀어 돌리기도 하고, 때에 따라서는 광풍처럼 밀고 나가다가 두세 바퀴 휘어돌리며 여자의 몸을 절반쯤 뒤로 뉘었다가 잡아일으키기도 하였다.

호흡이 척척 맞았다. 주위의 사람들이 넋을 잃고 그들의 멋진 춤을 구경했다. 그렇게 탱고곡이 끝났을 때 화장범벅 여자는 그의 손을 붙잡은 채,

"선생님은 정말 잘 추십니다. 오래간만에 탱고다운 탱고를 추어 보았어요."

하고 감탄해 마지 않았다.

이번에는 다시 블루스곡이 나왔다. 탱고 때에는 밝아졌던 조명이 블루스곡이 나오면서 어두워졌다. 화장범벅 여자는 그 어둠을 틈타 김현호의 가슴에 바싹 안기며 마주잡은 손에 힘을 꼭 주었다. 그제사 깨닫고 보니 여자의 호흡도 이상스럽게 거칠어져 있었다.

'이 할머니가 어쩌자고 이러는거야? 나한테 기분을 내겠다는 거야 뭐야?'

김현호는 다소 어이가 없었다. 그렇지만 장난삼아 마음을 떠보고 싶어서 여자의 허리를 지그시 끌어당겨 안았다. 여자가 바싹 밀착되자 슬며시 입술을 여자의 뺨에 대었다.

그러나 화장범벅 여자는 기다리고 있었다는 듯 눈을 살며시

내리감은 채 얼굴을 약간 치켜들었다.

'으잉, 이 할머니가 벌써 노망을 했군그래? 키스를 해달라이 말이렷다!'

김현호는 속으로 비웃으면서도 어쩌나 보려고 입술을 접촉시켰다. 그러자 그 순간 생각지도 않았던 고깃덩이 같은 것이 입 속으로 쏙 들어왔다.

너무도 뜻밖의 일이어서 김현호는 깜짝 놀라며 입술을 떼려고 했다. 그러나 화장범벅 여자는 그의 목덜미를 꽉 끌어당기며 입술을 떼려하지 않았다.

'미치겠군, 정말 미치겠어! 돼지하고 입맞추는 기분인들 이럴까?'

김현호는 구역질이 나오도록 징그러운 느낌에 정신이 다 아찔했다. 상대의 이런 기분도 모르고 화장범벅 여자는 걸신들린 사람처럼 요란한 소리까지 내며 키스에 열중했다.

"아얏!"

그러다가 여자가 비명을 지르며 입술을 떼었다. 김현호가 혀를 아프게 깨물었기 때문이었다. 나잇살이나 먹은 여자가 추잡스럽게 나온 것이 매우 못마땅했기 때문에 그런 방법을 쓴 것이었다.

김현호는 있는 대로 얼굴을 찌푸리며 음악이 끝나기도 전에 화장범벅 여자를 떼어놓고 자리로 돌아와 앉았다. 맥주로 몇 번이나 입을 헹궈냈다. 그래도 징그러운 고깃덩이가 입 속에서 맴돌고 있는 것 같은 기분이었다.

음악이 몇 번이나 바뀌었는데도 김현호는 춤을 추지 않았다. 또다시 화장범벅과 같은 징그러운 여자와 만나는 것이 끔찍했기 때문이었다.

그런데 문득 주위를 둘러보다가 한 여자에게로 시선이 부딪

쳤다. 눈이 확 뜨였다. 한 번 보고 당장에 관심이 끌리는 여자
였다. 나이는 갓 서른이 넘을까 말까 했다. 머리는 한 오라기
안 흘리게 빗어 쪽을 쪘다. 단정하고도 세련된 옥색 치마저고
리를 입은 폼이 첫눈에 보아도 무척 정숙해보이는 주부 타입의
여자였다. 김현호는 다른 남자가 그녀에게 프로포즈하기 전에
재빨리 그녀에게 다가갔다.

"한번 추어 주시렵니까?"

"……."

여자는 그의 얼굴을 지그시 올려다보다가 말없이 일어서 따
라나왔다. 김현호는 여자를 가볍게 품어 안으며 스텝을 밟기
시작했다.

희미한 조명 아래서도 여자의 얼굴이 퍽 희었다. 눈이 시원
스럽게 크면서도 서글서글하고 콧날이 오똑하여 누가 보더라도
미인이라 할만 했다.

지르박이 끝나고 탱고곡이 흘렀다. 김현호는 어쩐지 여자와
더 춤을 추고 싶었다.

"계속해서 추시지요."

"……."

여인은 이번에는 말없이 그의 품에 안겼다. 무언 중에 순종
하는 그 태도가 김현호의 마음을 설레이게 했다.

'무얼하는 여자일까? 무척이나 정숙해보이는 여자인데, 혹
미망인이 아닐까? 남편이 있는 가정주부라면 이런 곳에 올 여
자는 아닌 것 같다.'

김현호는 스텝을 밟으면서 그런 생각을 했다. 여자의 정체가
궁금하기 짝이 없었다. 그렇다고 해서 그런 것을 물어볼 수는
없었다.

두 사람은 마치 처음부터 동반한 파트너처럼 연속적으로 춤

을 추었다. 블루스와 폭스트로트, 퀵 스텝과 왈츠, 탱고와 룸바, 지르박과 삼바 등을 췄는데 여자는 서툰 것 같으면서도 능숙했다.

"오늘 밤은 부인 덕분에 제가 아주 즐거운 시간을 가지게 되었습니다. 부인께서는 여기에 자주 오십니까?"

김현호는 여러 곡의 춤을 추고 났을 때 슬그머니 그런 말을 입에 담았다. 여자의 정체를 알고 싶기 때문이었다.

"아닙니다. 정말 어쩌다가 우연히 들르게 되었어요."

여자는 나직한 목소리로 짧게 대답하고 입을 다물었다. 말수가 적은 여자였다. 어디로 보나 정숙해보였다.

두 사람은 또다시 침묵을 지키며 춤에 열중했다. 김현호는 춤을 추는 도중에 자연스럽게 두어 번 여자의 허리를 꼭 품어 안아보았다. 그것은 여자의 마음을 떠보는 행위였다.

김현호의 그런 행위에도 여자의 표정은 변함이 없었다. 포옹을 시인하는 것은 아닌 것 같은데, 그렇다고 거부하는 것도 아니었다.

'음, 이 여자의 마음을 도통 알 수가 없군.'

김현호는 스텝을 밟으면서 슬며시 주위를 두리번거렸다. 어두운 구석에서는 몇몇 쌍이 숫제 껴안고 애무를 하고 있었다. 낯 뜨거운 광경이었지만, 그것이 오히려 흥분을 부채질했다.

김현호는 계획적으로 그쪽으로 스텝을 밟아갔다. 여인은 난잡한 광경을 보고도 못본 체 표정의 동요가 없었다.

이때 불빛이 갑자기 밝아지며 음악이 멈췄다. 사회자가 휴식시간임을 알리며 음담과 패설로 익살을 떨었다.

"휴식시간이군요. 우리도 쉬었다가 다시 추죠."

김현호가 여인의 등을 가볍게 떠밀며 걸음을 옮겼다. 그러자 여인은 시계를 들여다본 후에 그를 올려다보았다.

"저는 이제 가봐야 할까봐요."

"아니, 왜요? 아직 열 시도 채 안 되었으니까 조금만 더 추다가 가시죠. 음료수로 목이나 추깁시다."

김현호는 여자가 가버릴까 두려워서 여자의 손을 살며시 잡아끌고 자리로 돌아왔다. 그런데 웬일인지 자기의 자리가 깨끗이 치워져 있었다. 석달배도 보이지 않았다.

김현호는 보이를 불렀다.

"이봐! 왜 이 자리를 치웠어? 맥주와 안주가 많이 남아 있었는데."

보이가 뒷머리를 긁적거리며 대답했다.

"함께 오셨던 분이 계산을 하고 나갔기에 저는 자리가 끝난 줄로 알았습니다. 이거 죄송하게 됐습니다."

석달배가 최 여사를 데리고 말도 없이 호텔로 뺑소니를 친 모양이었다.

"그렇다면 여기 과일안주와 맥주 두 병만 갖다줘!"

"오늘 밤 부인을 만나게 되어 정말 즐겁습니다."

김현호는 맥주로 목을 축이면서 여자의 얼굴을 빤히 쳐다보았다. 보면 볼수록 아름다운 얼굴이었다.

"제가 도리어 선생님을 뵙게 되어 즐거웠습니다. 초면에 실례가 많은 것도 같구요."

"아, 아닙니다. 실례는 무슨 실례입니까. 비록 오늘은 초면이지만 다음에 만나면 구면이 아니겠습니까. 하하하……."

김현호는 어떻게든 여자와 관계를 이어보려고 그런 말을 했다. 다음에 또 만나자는 의미를 담고 있는 말이었다.

"아이 선생님두! 말씀은 지당하시지만……."

여자는 맥주잔을 입에 댔다 떼며 싱긋 웃었다. 그 모습이 무척이나 고혹적이었다.

'이 여자는 독신일까, 유부녀일까?'

김현호는 그 일이 갈수록 궁금하였다. 독신녀라면 꼭 한 번 연애를 해보고 싶은 상대였다.

잠시 후에 다시 음악이 흐르기 시작했다. 두 사람은 홀로 나가 몇 곡이나 춤을 계속 추었다.

"이 곡이 끝나면 저는 가야겠습니다."

블루스곡에 맞춰 스텝을 밟으며 여자가 말했다. 김현호에게는 그 말이 그렇게도 아쉽게 들렸다.

"댁이 여기서 멀으십니까?"

"네, 조금 멀어요."

"늦게 돌아가시면 바깥양반에게 야단이라도 맞으실까봐 그러십니까?"

김현호는 빙그레 웃으면서 농담삼아 슬쩍 변죽을 울려보았다. 그러자 여자도 가볍게 따라 웃으며,

"글쎄요."

하고 애매한 대답을 했다. 그 대답으로 남편이 있고 없는 것을 판단할 길이 없었다.

마침내 음악이 끝났다.

"이제 저는 가야겠어요. 선생님은 다른 분과 더 추세요."

여자는 잡았던 손을 놓으며 금방 달아날 자세를 취했다. 그러나 김현호는 손을 놓아주지 않았다.

"딱 한 곡만 더 추고 함께 나갑시다."

"저는 정말 시간이 없어요. 죄송하지만 다른 분하고 같이 추세요."

"하하하……, 딱 한 곡만 더 부탁드리겠습니다. 부인과 너무 호흡이 잘 맞아서 정말 이대로 헤어지기가 그렇습니다. 딱 한 곡입니다."

"아이 참……!"

여자는 마지못하는 체하며 다시 품에 안겼다.

'정말 헤어지기 싫은 여자다.'

김현호는 여자의 등을 부드럽게 어루만졌다. 이제 음악이 끝나면 이 여자와 헤어져야 한다는 생각을 하니 마음이 매우 초조했다. 이대로 헤어지면 다시 만날 길은 없으리라는 생각이 그의 가슴을 바싹바싹 소리가 나도록 태웠다.

"언제 또 나오시렵니까?"

"……."

김현호가 애써 용기를 내어 물었지만 여자는 눈가에 잔잔히 미소만 지을 뿐 말이 없었다.

"다음주 금요일에 다시 뵐 수 있겠습니까?"

김현호는 마른침을 꿀떡 삼키며 애원하듯이 말했다. 그러자 여자는 난처한 표정을 지으며,

"글쎄요. 시간이 어떻게 될는지를 모르겠습니다."

하고 다소 애매한 대답을 했다.

"다음주 금요일 밤 일곱 시에 기다리겠습니다."

"……."

김현호는 독단적으로 약속을 정했다. 그렇지만 여자는 여전히 이렇다 할 대답을 하지 않았다.

'이 여자가 나오겠다는 건가, 아니면 안 나오겠다는 건가?'

여자의 마음을 이리저리 헤아려 봤지만 그 속을 알 수가 없어 답답했다. 음악은 거의 끝나가고 있었다.

"다음주에 오시지 않으면 다다음주 금요일에 또 기다리겠습니다. 그래도 나오시지 않으면 부인께서 나오실 때까지 금요일마다 저는 부인을 기다리겠습니다."

김현호는 잔뜩 몸이 달아 되는 대로 말을 했다. 여자는 야릇

한 표정을 지을 뿐 말이 없었다.

마침내 음악이 끝났다. 여자는 재빨리 잡았던 손을 놓으며,

"선생님 덕분에 정말 즐거웠습니다."

하며 냉정하게 등을 돌렸다. 김현호는 또다시 잡을 수는 없었기에 멍한 표정으로 멀어져 가는 여자의 뒷모습을 바라보고만 있었다. 잠시 후 여자가 홀을 나갔다. 이때서야 그는 무엇에 이끌린 사람처럼 밖으로 뛰쳐나갔다. 여자는 계단을 거의 내려가고 있었다.

"금요일에 기다리겠습니다."

그의 외침에 여자가 고개를 돌아다보며 예의 그 야릇한 웃음을 보냈다. 그런 후 고개를 돌려 총총히 사라져 갔다.

그 야릇한 웃음의 뜻은 무엇일까? 김현호는 그 웃음의 의미를 곰곰이 생각하고 다시 생각하고 또 생각했다. 어찌 생각하면 나오겠다는 승낙의 뜻 같기도 했고, 또 다른 각도에서 생각하면 헛수고 말라는 뜻으로도 해석되었다. 그러나 그는 긍정적으로 생각하기로 마음먹었다.

'그 여자는 틀림없이 나올 것이다.'

그날 이후 김현호의 머리 속에서 그 여자가 떠나질 않았다. 앉으나 서나 그 여자 생각뿐이었다. 어딘가 모르게 그윽하면서도 매력이 넘치는 모습, 정숙하면서도 교양이 있어 보이는 행동거지, 몸에서 풍겼던 향긋한 체취가 그의 사고영역을 완전히 지배하고 있는 것이었다.

그는 금요일이 돌아오기를 학수고대했다. 그러면서도 그 여자에게 한눈에 홀딱 빠진 자신이 우습게 생각되기도 했다.

지금까지 그는 외도를 '생리적인 배설행위' 이상으로 생각하지 않았었다. 외도 상대에게 정을 쏟는 행위를 바보 멍청이들이나 하는 짓이라고 무자비하게 깎아내렸었다. 만약 누군가가

카바레에서 만난 여자에게 마음을 빼앗겼다고 이처럼 그에게
말했다면,

"이 정신나간 친구야! 그런 곳에 출입하는 여자에게 정숙은
무슨 정숙이며, 교양은 얼어죽을 교양이란 말인가? 헛소리 작
작하고 깨끗이 잊어버려!"
하고 일언지하에 면박을 줬을 것이 틀림없었다.

그런데 그 여자만은 결코 함부로 놀아나는 여자는 아닌 것
같았다.

이래서 '사랑은 맹목적'이란 말이 생겼는지도 모를 일이
었다. 남자와 여자가 어떤 계기로 연정에 빠져들게 되면 상대
의 좋은 점만 생각하게 되는 것이다. 이때는 상대의 나쁜 점은
절대로 볼 수 없다. 당사자의 마음에서 그것을 인정하려들지
않기 때문이다.

마침내 기다리고 기다리던 금요일이 되었다. 김현호는 잠자
리에서 일어나면서부터 소풍가는 아이처럼 마음이 들떠 있
었다. 이미 항공편을 예약해놓은 상태였다. 신나는 콧노래가
절로 나왔다.

"당신 무슨 좋은 일 있어요?"

그가 콧노래까지 흥얼거리며 즐거운 표정을 감추지 못하자
아내가 물었다.

"응, 그렇게 보여?"

그는 양심이 약간 켕겼기 때문에 아내를 바로 보지 못하고
말을 이었다.

"당신도 내 친구 달배 알지? 동대문시장에서 포목 도매상을
하는 친구말야."

"알아요. 그런데 왜요?"

"그 친구가 말야……, 허 참……!"

그는 얼른 둘러댈 말이 생각나지 않았기 때문에 말끝을 맺지 못하고 느닷없이 고개 운동을 했다. 그러면서 적당한 말을 찾으려고 부지런히 머리를 굴렸다.

"대체 무슨 일인데 그래요? 왜 갑자기 고개를 그렇게 움직이는거예요?"

"으응, 내가 목에 힘을 줄 일이 생길 것 같아서그래. 허어 참
…….."

"목에 힘줄 일이라니요?"

"당신 놀라지 말아야 해!"

"내가 놀라다니요?"

"당신은 틀림없이 놀랄거야."

김현호는 말이 나오는 대로 하면서 아내의 눈치를 슬금슬금 살폈다. 서울에 올라갈 그럴 듯한 핑계거리를 찾아야 하는데, 안타깝게도 좋은 핑계가 생각나지 않았기 때문에 계속 뜸을 들이고 있는 것이었다.

"궁금하니 어서 말을 해요."

"당신 궁금하지?"

"그래요. 그러니 뜸들이지 말고 말을 해요."

"하하하하……."

김현호는 일부러 크게 웃으며,

"내가 서울에 다녀와서 말해줄게."

하고 얼버무렸다. 그러자 아내가 눈썹을 찌푸렸다.

"당신 또 서울 가요? 애들한테 갔다 온 지 일주일도 안 됐잖아요."

"그렇지. 일주일도 안 됐지. 그런데 달배가 말야……."

"달배 씨가 어쨌단 말예요."

아내의 목소리가 약간 날카로와졌다. 평소에도 이런 핑계 저

런 구실로 밖으로만 돌아다니는 남편이었기 때문이었다.

"그 친구가 그러는데……."

"……."

아내는 말없이 탐색의 눈빛을 보내고만 있었다. 그 눈빛에 가슴이 뜨끔해진 김현호는,

"동대문 시장에서도 아주 목이 좋은 상가를 그 친구가 소개시켜주겠대."

하고 얼토당토 않는 거짓말을 했다. 서울 생활을 동경하는 아내의 구미를 돋구는 말임에는 틀림없었다. 아니나다를까, 아내의 표정은 금방 밝아졌다.

"무엇을 하는 상가인데요?"

"음, 그러니까……, 귀금속 도매상인가봐. 한 달 순수입이 잘하면 천만원도 넘는다고 하는데 모르겠어. 오늘 올라가면 알수 있겠지."

"그런 얘기를 왜 이제서야 말하는거예요?"

아내는 곱게 눈을 흘겼다. 김현호는 속으로 쾌재를 부르며 능청스럽게 말했다.

"당신을 놀라게 해주고 싶었어. 그리고 확실한 것도 아니고 말야."

김현호는 거짓말을 하면서도 확실한 것이 아니라는 말로 뒤에 빠져나갈 구멍을 만들어 놓았다. 또 그 여자와 일이 잘되어 급작스럽게 상경해야 할 때 적절히 써먹을 수 있을 것 같았다.

비행기로 서울에 올라온 김현호는 곧장 석달배를 찾아갔다. 혼자서 카바레에 가기에는 어쩐지 거북했기 때문이었다.

"웬일이야?"

석달배는 눈을 휘둥그래 떴다. 며칠 전에 내려갔다가 무슨 일로 또 올라왔느냐는 표정이었다.

"자네가 보고 싶어서 올라왔어."

"뭐? 내가 보고 싶어서 왔다구? 농담 마, 이 친구야!"

"푸후후……. 그날 밤 최 여사와 재미 좀 봤어?"

"암, 꿀맛 같은 재미를 봤지. 그런데 그날 밤 삼삼한 계집에게 얼이 빠져 있던데, 그냥 헤어졌나?"

"그렇지 뭐. 처음 만난 여자와 호텔이라도 갈 줄 알았나?"

"자네가 어쩐 일이야! 언제부터 자네가 오입하면서 초면 구면을 따졌나? 세상 오래 살고 볼 일이군그래?"

석달배는 그렇게 농을 던지며 시계를 흘끔 쳐다봤다. 시계바늘이 일자로 서 있었다.

"오늘은 내가 멋진 곳으로 안내할게. 물 건너 온 맛갈스런 계집이 있어."

그 말을 들은 김현호는 어색하게 웃으며,

"실은 내가 오늘 일곱 시에 그 카바레에서 그때 그 여자와 만나기로 했어. 그러니 자네도 함께 가세."

하고 사실대로 말했다.

"오라, 그래서 올라왔군. 음흉한 친구같으니라구. 자네 데이트에 나더러 들러리가 돼달란 말이군그래? 좋지, 청춘 사업을 위한 친구의 부탁인데, 내가 거절할 수가 있나."

석달배는 쾌히 승낙했다. 그리하여 둘은 시간을 맞춰 택시를 잡아타고 B클럽으로 갔다.

카바레는 오늘 밤도 역시 대성황이었다.

"저 숱한 여자들 중에는 가정주부들도 많겠지?"

석달배는 어둠 속에서 우굴거리는 여자들을 바라보며 시니컬하게 말했다. 김현호는 그 말을 귓등으로 흘리며 문제의 여자를 찾기에 정신이 없었다.

"남편들은 자기의 여편네가 저 지랄하고 있는 줄은 꿈에도 모르겠지……. 그런데 그 여자는 아직 안 왔나?"

"응, 아직 안 나온 모양이네."

"혹시 바람맞은 게 아냐?"

"재수없는 소리하지 마! 그렇게 교양없는 여자는 아냐."

김현호는 퉁명스럽게 대꾸하면서도 눈으로는 열심히 그 여자를 찾았다.

"흥, 자네 정신이 빠져도 이만저만 빠진 것이 아니군그래? 교양미가 철철 넘쳐 흐르는 여자로 보였단 말이지?"

"이 사람아! 그렇게 비비꼬지만 말고 맘에 드는 여자와 어서 춤이나 추게."

김현호는 친구를 나무라주고 나서 여기저기 기웃거렸지만 아무리 헤매어도 여자는 보이지 않았다. 약속 시간에서 십 분이 지나고 이십 분이 지나도 여자는 나타나지 않았다.

김현호는 기분이 완전히 잡쳤다. 기대가 컸던 만큼 실망도 컸다.

"아직도 안 왔는가?"

"곧·올거야. 십 분만 더 기다려보세."

김현호는 맥이 풀려 테이블에 털썩 주저앉았다. 보이에게 술을 주문하고 나서 무심코 주위를 한 바퀴 둘러보았다. 그 순간 눈이 번쩍 뜨였다. 어두컴컴한 구석에 고개를 푹 수그린 채 팔짱을 끼고 앉아 있는 여자가 몹시 눈에 익었기 때문이었다. 김현호는 그 모습을 보는 순간 가슴이 울렁거렸다.

"여보게 달배, 그 여자는 이미 나와 있었네. 그러면 그렇지! 저 구석에 혼자 앉아 있는 바로 저 여자야."

석달배는 눈을 지릅뜨고 그쪽을 보았다.

"그날 밤 나도 얼핏 봤지만 그런 것 같군. 쪽을 찐 머리가 그 여자와 닮았어. 맞아, 그 여자가 틀림없어. 자네는 잠시 가만히 있게. 내가 어떤 여자인지 먼저 감정을 하고 오겠네.”

“감정은 무슨 감정이야! 서툰 짓 말아.”

“이 사람아 이런 곳에서 만난 여자는 진짜인지 가짜인지를 먼저 감정해야 하는거야.”

김현호가 만류했지만 석달배는 그의 손을 뿌리치고 그쪽으로 다가갔다. 시치미를 떼고 그녀의 곁에 앉아 무슨 말인가를 주고받던 석달배가 돌아와서,

“무척 새침떼긴데 질이 좋아 보이질 않아. 어쩐지 느낌이 불길해.”

하고 여자를 깎아내렸다. 그 말에 김현호는 마치 자기가 모욕당한 듯한 기분이 들어 언짢았다.

“자네가 무슨 관상을 본다고 남의 여자를 함부로 헐뜯는가. 아마 너무도 미인이라서 샘이 나는 모양이지?”

“천만에! 내 눈은 틀림이 없어. 팔장을 잘 끼는 여자는 매우 이기주의적인 성격의 소유자로 기만과 배반을 서슴지 않는 법이야. 그리고 좌우로 눈동자를 자주 굴리는 것을 ‘도적의 눈’이라고 하는데, 저 여자가 바로 그래. 뭔가 떳떳하지 않다는 증거야.”

석달배는 정색을 하며 충고했지만 김현호는 즉시 그 말을 일축했다.

“원, 당치도 않은 소리. 그건 자네가 잘못 본거야.”

“허어, 이 친구 이제보니 눈만 먼 것이 아니라 아예 귀까지 멀었군그래. 내가 볼 때는 절대 경계해야 할 여자니까 조심하라구.”

“알았어. 그런 걱정일랑 말고 자네도 춤이나 추라구.”

김현호는 석달배의 충고를 무시하고 여자 앞으로 다가갔다.

“나오셨군요.”

그의 목소리는 미세하게 떨려 나왔다. 여자는 고개를 슬그머니 들어 그를 확인하고 방긋 미소를 지으며,

"어머! 언제 오셨어요?"

하고 무척 반갑다는 소리를 냈다.

"조금 전에 나왔습니다. 이렇게 구석에 계시니까 얼른 알아보지 못했습니다."

"선생님을 기다리고 있는데 누군가가 프로포즈할 것 같아서 ……."

여자는 자신의 뺨을 만지며 수줍은 듯이 말했다. 그러한 말과 행동이 김현호를 흐뭇하게 만들었다. 다른 남자의 프로포즈를 피하기 위해 일부러 구석진 자리를 택하여 앉았다는 말을 듣고 기쁘지 않을 남자가 어디 있으랴.

"우리도 출까요?"

여자는 방긋 웃으며 고개를 가볍게 끄떡했다. 두 남녀는 춤추는 물결 속으로 휩쓸려들었다.

"저는 안 나오실까봐 염려했습니다."

김현호가 여자의 귓전에 속삭였다.

"실은……, 급한 사정이 생겨 오늘 못 나올 뻔했습니다. 그러나 선생님께서 마냥 기다리실 것 같아서 무리를 했습니다."

김현호는 나직이 속삭이는 그 소리를 듣고 가슴이 후끈 달아올랐다.

"저를 그렇게 생각해주셨다니 정말 영광입니다."

"호호호……. 뭐 영광이랄 것까지 있겠습니까? 저도 제 마음이 왜 이러는지를 모르겠습니다. 한 번밖에 만나지 않았는데 선생님을 줄곧 생각했습니다. 생각을 않으려고 노력했는데도……."

'아아, 이 여자도 오늘을 기다렸구나!'

　김현호는 바로 이것이 애정인가 하고 생각했다. 자신이 그녀를 생각하며 일주일을 정신없이 보냈던 것처럼 여자도 마찬가지였다는 느낌을 받았다. 그러자 여자가 한없이 사랑스럽게 느껴져서 여자의 허리를 힘차게 끌어당기며,

　"부인, 다시 만나게 되어 정말 반갑습니다."

하고 정신없이 중얼거렸다. 여자는 그의 강한 힘에 허리를 힘차게 끌어안기고도 별로 항거하는 기색이 없었다. 항거를 하기는커녕 그와 마주 붙잡고 있는 손에 힘을 주었다. 이게 무슨 뜻인가. 김현호는 정신이 아찔했다. 말보다도 더한 의미를 전달하는 여자의 행동이었다.

　그러니까 김현호는 더욱 열이 올랐다.

　'이 여자의 정체는 과연 무엇인가?'

　유부녀인가 독신녀인가가 더욱 궁금해졌다. 남편 있는 여자를 절대로 가까이 하지 않는다는 것이 그의 외도 철학이었기 때문이었다.

　"부인께서 이런 데 놀러나오시는 걸 부군께서도 알고 계십니까?"

　김현호는 궁금증을 이기지 못하고 그 말을 뱉었다. 그 순간 여자의 표정이 약간 굳어졌다.

　"선생님은 그것이 궁금하세요?"

　여자는 비난조로 반문했다. 김현호는 괜한 질문으로 여자에게 실망을 준 것 같아서 이내 후회하고 재빨리 변명했다.

　"뭐, 궁금해서 묻는 말은 아닙니다. 그저 무심코 지나가는 말로 한 마디 했을 뿐입니다."

　"휴우, 가정이 원만하다면 이런 데 놀러 나오겠습니까? 그나 저나 피차간에 사생활은 모르고 지내는 것이 좋겠습니다."

　여자는 한숨을 앞세워 속삭임처럼 그런 말을 했다.

"잘 알았습니다. 이런 곳에서는 서로 사생활을 알려고 하지 않는 것이 예의겠죠? 제가 괜히 죄송했습니다."

말은 그렇게 했지만 그의 머리 속에는 여전히 궁금증이 남아 있었다. 가정이 원만하지 못하다는 말은 지극히 추상적인 말이었다. 남편과 불화가 심하다는 뜻으로도 해석할 수 있고, 남편이 없다는 말로도 생각할 수 있었다.

'설령 남편이 있다고 한들…….'

김현호는 여자를 포기할 수 없을 것 같았다. 다 잡아놓은 고기를 그냥 놓아주기에는 너무나 아까웠다. 또한 그는 이미 그 여자에게 흠뻑 빠져 있었다.

'내일 산수갑산엘 가더라도…….'

김현호는 불 같은 소유 충동을 느꼈다. 그러자 '구더기 무서워 장 못 담그랴.'는 배짱이 생겼고, 이제는 유부녀라도 상관이 없었다.

"우리 이만 추고 밖으로 나가 조용한 곳에서 차라도 한 잔 하는 게 어떻겠습니까?"

김현호는 여자의 허리를 더욱 세차게 끌어당기며 귓전에 뜨거운 입김을 불어넣었다. 여자는 몸을 부르르 떨며 그윽한 눈길로 그를 올려다보았다. 남자를 아는 여자만이 지을 수 있는 그런 눈빛이었다.

"자, 이젠 나갑시다."

김현호는 속으로 쾌재를 부르며 슬그머니 여자의 허리를 앞으로 밀었다. 그런데 여자는 고개를 도리질하며,

"너무 시간이 늦었어요. 이젠 들어가봐야 할 시간이에요. 선생님이 아니었다면 나오지도 못했다고 말씀드렸었는데……."

하고 아쉬움이 가득한 목소리를 토해냈다.

분명 싫다는 뜻은 아니었다. 서로 마음은 통하고 있는데, 피

치 못할 사정 때문에 여자는 집으로 가야 한다는 것이었다.

"그렇다면 내일 낮의 시간은 어떻습니까?"

매우 아쉽기는 하지만 이 밤에 여자를 붙잡을 수 없다고 판단한 김현호는 재빨리 그 말을 했다. 가능하다면 낮거리를 하고 여수로 내려갈 생각에서였다.

"저야 시간이 많습니다만은……, 선생님께 실례를 끼칠 수가……."

여자는 고개를 푹 수그리며 개미소리를 냈다.

"내일 S호텔 커피숍에서 12시에 다시 만납시다. S호텔 아시겠죠?"

여자는 말없이 고개를 끄떡였다. 그런 후 방긋 웃음으로 인사하고 홀을 나갔다.

"왜 그냥 보냈어?"

여자가 홀을 완전히 빠져나갔을 때 석달배가 이내 다가와서 말했다.

"집에 급한 일이 있대."

"무슨 급한 일?"

"이 친구야, 그걸 난들 어떻게 알겠는가. 내일 낮에 다시 만나기로 했어."

김현호는 석달배의 등을 톡톡 두드리며 기분 좋은 목소리를 토해냈다.

"대낮에 만난단 말인가? 어디서?"

석달배는 이맛살을 찌푸리며 다소 심각한 목소리를 냈다. 김현호는 친구의 그런 모습이 못마땅하여,

"S호텔에서 만나기로 했어. 이젠 됐어?"

하고 툭 쏘아붙였다.

"어떻게 할 셈인가? 설마 대낮에……."

석달배는 말끝을 흐렸다. 김현호는 친구가 입에 담지 못했던 끝말을 알아차리고 있었다.

"하하하……. 기회가 된다면 낮거린들 어떤가!"

"음, 어쩐지 자꾸 이상한 느낌이 들어. 무슨 음모가 숨어 있을 것만 같아."

"걱정마, 이 친구야! 내가 여자를 한두 번 상관한 줄 아나?"

"그건 그렇지만……, 어쨌든 경계를 늦추지는 말게. 뭣한테 뭣 물리지 말고."

"알았어, 알았어. 그만 걱정하게. 그건 그렇고 더 출텐가?"

"아냐, 무슨 재미로 추겠어. 냄새나는 메주덩어리들뿐인데. 그러지 말고 이만 나가서 물 건너온 계집들이나 주무르세."

"좋지!"

두 사람은 이윽고 카바레를 나와 물 건너온 여자가 있다는 술집으로 갔다. 술을 시키고 여자를 부르니 주인 마담이 까무잡잡한 피부의 두 여자를 데리고 룸으로 들어왔다.

"브이 아이 피 고객들에게만 특별히 선보이는 애들이에요. 우리말을 전혀 모르는 필리핀 대학생들이니, 너무 거칠게 다루지는 말아줘용."

마담은 말의 끝 음절을 약간 길게 뺐다가 'ㅇ'자를 살짝 붙이는 코맹맹이 소리로 생색을 냈다.

"알았어. 오늘 밤 애들을 데리고 나갈 수 있겠지?"

석달배가 곁에 앉은 필리핀 여자의 손을 만지며 마담의 얼굴을 올려다보았다.

"물론이에요. 술만 많이 팔아주신다면……, 애들에게는 꽃값을 생각해주셔야만 해요."

"오우 케이!"

석달배가 흔쾌히 소리치자 마담은 야릇한 미소를 흘리며 밖으로 나갔다.

그들 필리핀 여자들은 결코 미녀라고 할 수는 없었다. 겨우 추녀 소리는 면할 정도였다. 그러나 이국적인 매력이 있었기에 이리 주무르고 저리 만지면서 맘껏 희롱했다.

자정이 되어갈 무렵에 그녀들을 한 명씩 꿰차고 술집을 나와 주변의 여관에 들었다. 비록 말은 통하지 않았지만, 눈짓과 행동만으로도 서로가 무엇을 해야 하는지를 알았다.

김현호는 필리핀 여자와 섹스를 하면서도 성도 이름도 모르는 그 여자를 생각하고 있었다. 내일 만나면 어떻게 할 것인가를 열심히 궁리했다.

다음날 아침 전화벨 소리에 김현호는 눈을 떴다.

"아직까지 자고 있나? 나는 가게 때문에 가봐야겠네."

전화의 저편은 석달배였다. 그는 오늘 만나는 여자를 경계하라고 거듭 당부하고 전화를 끊었다.

필리핀 여자는 정신없이 자고 있었다. 거무스름한 알몸은 흡사 기름을 발라놓은 것처럼 번들거렸다.

김현호는 그녀의 봉긋한 유방을 만지작거리며 잠든 모습을 유심히 살폈다. 약간 안됐다는 생각이 들었다. 남의 나라에까지 와서 몸을 팔고 있는 그녀가 가련해보였다.

"돈이 웬수다. 돈이 웬수!"

김현호는 그렇게 지껄이며 후한 팁을 그녀의 머리맡에 놓고 여관을 나왔다.

이 여관을 나온 후 아이들의 하숙집에 잠시 들렀다가 12시 정각에 S호텔 커피숍으로 들어갔다. 여자는 아직 나오지 않았다. 차를 마시고 담배를 피우며 십 분 가량 지났을 때 여자가 나타났다.

"어서오십시오. 나와주셨군요."

"기다리게 해서 미안합니다."

여자는 앞자리에 앉으며 연신 주위를 두리번거리고 있었다. 그러는 폼이 주위의 시선을 의식하고 있는 것으로 김현호의 눈에 비춰졌다.

"자리가 불편하십니까?"

여자는 불안한 시선을 보내며 살며시 고개로 대답을 했다.

"그렇다면 호텔에 올라가서 점심을 하시죠."

김현호는 쿠션의자에서 엉덩이를 떼며 낮은 소리로 말했다. 여자는 따라 일어서면서도 몹시 주저했다.

"식당에도 사람들이 많을 텐데……."

여자는 계속 주위를 두리번거리고 있었다. 혹시 아는 사람이라도 만나면 큰일이라고 생각하는 것 같았다.

"이럴 게 아니라 차라리 방에 들어가서 점심을 먹는 것이 어떻겠습니까?"

김현호는 여자만 들을 수 있는 목소리로 속삭였다. 모든 것이 계획적인 코스였다. 간밤에 필리핀 여자와 상관하면서 이런 계획을 염두해두었던 것이다.

'…….'

여자는 말이 없었다. 주위를 다시 한 번 둘러보고 나서 현란한 시선으로 그를 빤히 올려다보았다. 그러다가 입가에 알듯 모를 듯한 희미한 미소를 매달았다.

김현호는 이심전심(以心傳心)으로 그 희미한 미소의 뜻을 알아차리고 앞장 서서 호텔로 올라갔다. 그러면서 문득 불교에서 말하는 '염화시중(恬華示衆)'의 미소를 생각했다.

석가가 설법할 때 마지막 오묘한 대목에서 도저히 말로는 형용할 수가 없었다. 그래서 연꽃을 꺾어 대중에게 내보였다. 이

때 제자 가섭(迦葉)이 알아 듣고 알듯 모를 듯한 미소를 보냈다
는 데서 유래한 미소였다.

비록 말하지 않더라도 서로의 마음을 알 수 있는 희미한 미
소, 거기에 바로 가슴 떨리는 황홀감이 숨어 있었다.

김현호와 여자는 보이의 안내를 받아 어느 방으로 들어갔다.
더블 베드에 응접 세트가 놓여 있는 호화로운 양실이었다.

"어머, 이런 방인 줄은 정말 몰랐어요. 누가 알기라도 하면
……."

여자는 더블 베드를 보자 새삼스럽게 주저하는 빛을 보였다.
여자로서 체면을 세우기 위해 당연히 한 마디쯤 할 수 있는 말
이었다.

"아무도 본 사람이 없는데 알기는 누가 압니까. 여기서 점심
을 먹고 천천히 얘기나 하다 나갑시다."

"그렇지만 보이가 알고 있지 않습니까."

"하하하……. 걱정도 많으십니다. 보이는 우리가 누구라는
것을 모르고 있잖습니까. 그리고 이런데 종사하는 보이들은 손
님의 비밀만은 절대로 지켜주고 있으니까 그 점에 대해서는 안
심하셔도 됩니다."

"그렇다면 안심이지만……."

비밀만 보장된다면 무슨 짓을 해도 상관없다는 말투였다. 그
말에 김현호는 흐뭇한 만족감을 느끼며,

"방이 너무 더운 것 같습니다. 나 저고리 좀 벗겠습니다."
하고 저고리를 벗어 옷장에 걸었다. 그런 후 넥타이를 끄르고
단추도 서너 개 풀었다.

여자는 못본 체하고 방안만 두루 살피고 있었다.

잠시 후에 점심상과 함께 맥주가 들어왔다. 김현호는 여자의
잔에 먼저 맥주를 채운 다음 자기의 잔에도 맥주를 따르며,

"이렇게 부인과 단둘이 식사를 하는 것이 마치 꿈만 같습니다. 그런 의미에서 건배합시다."

하고 잔을 들었다. 여자는 주저하는 표정을 지으면서도 손으로는 잔을 들었다.

술잔을 나누고 점심을 먹는 동안에 방안의 분위기는 점점 무르익었다.

이윽고 점심 식사가 완전히 끝났다. 맥주 다섯 병도 깨끗이 비웠다. 적당히 기운이 오른 김현호는 여자의 어깨를 덥썩 품어안으며 입술을 더듬었다.

"어머, 선생님! 이러시면 안 돼요."

여자는 얼굴을 돌리고 그의 가슴을 떠밀며 항거했다. 김현호는 이미 그 정도의 항거는 각오하고 있었다. 여자란 체면유지를 위해 으레 약간의 항거를 하는 것이라는 것을 경험으로 알고 있었기 때문이다. 또한 항거를 하지 않으면 그만큼 재미도 없는 일이었다.

여자가 남자를 따라 호텔 방으로 들어왔을 때 섹스를 생각하지 않았을 리는 만무했다. 그러면서도 항거를 하는 것은, 남자의 힘에 어쩔 수 없이 당했다는 변명을 남기기 위한 행동인지도 모를 일이었다.

여자가 항거할수록 김현호는 더욱 힘차게 달려들었다. 뜨거운 커피 한 잔을 입으로 훌훌 불어 마실 정도의 시간을 실랑이했다.

"나는 당신이 정말 좋아! 처음 본 순간부터 미칠 것만 같았어. 사랑해, 정말 당신을 사랑해!"

김현호는 되는 대로 씨부렁거리며 여자의 입술을 더듬었다. 힘이 빠졌을까? 여자는 체념한 듯이 눈을 감고 마침내 입술을 허락했다.

김현호는 한동안 열렬한 키스를 퍼붓고 나서 여자의 앞가슴을 더듬었다. 여자는 눈을 감은 채 머리를 이리저리 흔들었다. 그 바람에 여자의 쪽을 찐 머리가 풀어져 침대에 흩어졌다.

"어, 어쩌자고 이러시는 겁니까?"

여자는 입을 반쯤 벌리고 숨가쁜 소리를 토해냈다. 그 소리가 남성을 더욱 자극했다.

"당신이 좋기 때문이야, 당신을 정말 사랑하기 때문에 이러는거야."

"나를 사랑한다구요?"

"그래. 사랑하고말고."

김현호는 여자의 블라우스 단추를 재빨리 풀어내기 시작했다. 단추를 거의 다 풀었을 때 여자는 위에서부터 단추를 채우기 시작했다. 남자는 풀고 여자는 채우는 그 기묘한 게임을 십 분쯤 계속했다.

"나는 남편이 있는 몸이에요."

단추를 다 풀고 속옷을 막 벗기려고 할 때 여자가 외쳤다. 김현호는 뒤통수를 얼얼하게 얻어맞은 기분이었다. 그러나 이제와서 물러나기에는 너무나 흥분한 상태였다.

"제발 나를 보내주세요."

여자가 애원하듯 말했지만 그는 여자의 웃옷을 벗겼다. 젖빛 속살이 눈앞에 드러났다. 여자는 연분홍색 브래지어를 착용하고 있었다.

"선생님, 제발 이성을 찾으세요."

여자는 그렇게 말하며 고개를 돌려 벽을 보았다. 그 바람에 김현호도 여자의 시선이 가 닿는 곳을 보았다. 거기에는 벽시계가 걸려 있었다. 시간은 1시 20분을 조금 넘어서고 있었다.

김현호는 여자의 스커트를 벗겼다. 여자는 완전히 체념한 모양이었다. 완강히 반항할 줄 알았는데 스커트를 벗길 때 엉덩이를 들어주기까지 했다.

'흐흐흐…… 이제서야 항복을 하셨군.'

김현호는 침을 꿀꺽 삼키고 나서 급히 자기의 옷을 벗었다. 와이셔츠와 러닝셔츠를 벗어 아무렇게나 침대 아래로 던졌다. 그런 후 바지도 벗어 던지고 팬티까지 완전히 벗었다.

여자는 팬티만 입고 눈을 감고 누워 있었다. 마치 조각을 빚어놓은 듯한 환상적인 몸매였다.

김현호는 다소 여유를 찾았다. 이제는 서두를 이유가 조금도 없었다. 노련한 동작으로 천천히 여자를 덮쳐 누르며 감미롭게 입술을 더듬었다. 그와 동시에 손으로는 유방을 주물렀다. 엄지발가락도 가만히 있지는 않았다.

그의 엄지발가락은 여자의 팬티 고무줄을 걸고 있었다. 마치 갈구리와도 같았다. 여자의 팬티 고무줄은 쉽게 그의 발가락에 걸렸다. 그는 서서히 발을 밑으로 내렸다. 여자의 팬티가 낚시에 걸린 물고기처럼 끌려 내려왔다.

마침내 여자는 실오라기 하나 걸치지 않은 알몸이 되었다. 그는 정성껏 애무를 시작했다. 여자가 몸을 비틀며 신음을 토해냈다.

그는 은근 슬쩍 요처에 진입을 하려고 했다. 그런데 여자는 다리를 힘껏 오무리며 몸을 틀어버렸기 때문에 실패를 했다.

그는 애무가 부족해서 그런가 하여 또다시 열심히 애무하고 재차 요새 공격을 시도했다. 여자는 다시 몸을 틀어버렸다.

"이러지 마!"

그는 울상을 지으며 소리쳤다. 이제 조금만 더 참으면 몸의 한부분이 폭발하여 찢어져나갈 것만 같았다.

"못 참겠어!"

그는 다시 공격을 시도했다. 이번에도 여자는 그의 공격을 받아주질 않았다. 이러다 보니 그는 미칠 지경이었다. 참는 것도 한계가 있었다. 그는 완력으로 여자의 요처에 진입하려고 했다. 그러나 뜻대로 되지 않아 진땀을 뻘뻘 흘렸다.

바로 이때 누군가가 요란스럽게 쾅쾅 문을 두들겼다.

"여보시오! 빨리 문을 여시오!"

"누구야?"

김현호는 퉁명스럽게 소리쳤다.

"지금 호텔에 불이 났어요! 일초를 지체할 수 없으니 어서 문을 여시오?"

"옷 입을 시간이 없어요. 어서어서……."

밖에서 소리치는 남자들은 한둘이 아닌 것 같았다. 그들의 목소리는 너무도 다급했다.

김현호는 깜짝 놀라 벌떡 일어서서 문을 열었다. 그러자 건장한 남자 세 명이 우르르 방으로 들어왔다.

"어, 어디서 불이 났소?"

김현호는 휘둥그래 눈을 뜨고 그들에게 물었다. 그 순간 앞서 들어온 남자의 주먹이 느닷없이 그의 면상을 강타했다.

"이런 똥물에 튀겨 죽여도 시원치 않을 년놈들!"

김현호는 바닥에 쓰러져 자기를 때린 남자를 쏘아보았다. 삼십칠 팔 세 가량 되어 보이는 운동 선수 타입의 남자였다. 그의 뒤에는 험상궂은 이십대 후반의 청년들이 무섭게 눈알을 부라리고 있었다.

"다, 다, 당신이 어떻게……."

여자는 새파랗게 질린 얼굴을 하고 옷을 허겁지겁 대강 추려 입었다.

"대체, 당신들은 누구신데 이렇게 무례한 짓을 하는게요."

김현호는 눈앞이 샛노랗게 돼서 엉겁결에 정신없이 물었다. 코에서는 코피가 쏟아지고 있었다.

"나는 저 여자의 남편이오!"

사나이는 그렇게 소리치면서 별안간 여자에게 덤벼들어 뺨을 인정사정없이 후려갈기며 벼락을 때렸다.

"이년아! 네가 화냥질을 해도 유분수가 있지, 백주에 이게 무슨 짓이야 앙! 네년의 행동이 이상해서 뒤를 밟았더니 역시 개 같은 짓을 하고 있었어."

"으흐흐흑……. 여보, 자, 잘못했어요. 제발 용서해주세요."

여자는 울며불며 사정을 했다.

'이크, 이거 큰일났구나!'

김현호는 그때까지도 정신이 어리둥절했다. 막연히 큰일이 났다는 것을 깨달으며 주섬주섬 옷을 입었다.

문앞에는 건장한 청년들이 주먹을 꽉 움켜쥐고 딱 버티고 서 있었다. 도망칠 구멍이라고는 없었다.

"이 개 같은 년아! 남편이 새파랗게 눈을 뜨고 있고 자식들이 있는데, 이 무슨 천벌을 받을 짓거리를 하고 있는게야!"

사나이는 이루 형용할 수도 없는 말로 벼락을 내린 후에 김현호에게 날카로운 도끼눈을 던졌다.

"형씨, 이리와서 좀 앉으시오!"

"예예……."

김현호는 온몸이 후들후들 떨렸다. 사나이를 마주볼 용기도 없어 고개를 푹 숙이고 사나이의 맞은편에 앉았다.

"남의 여편네와 이럴 수도 있는게요?"

사나이의 목소리는 한없이 음산했다.

"저, 저는 유부녀인 줄 모르고 그만……."

김현호는 고개를 숙인 채 변명삼아 중얼거렸다.

"그게 말이나 되는 소리오!"

사나이는 접대 탁자를 힘껏 내리치며 무섭게 으르렁거렸다. 김현호는 등골이 오싹하여 끽소리도 못하고 몸을 떨었다.

"고개를 드시오."

사나이는 지나치리만큼 낮은 목소리로 음산하게 명령했다. 김현호는 거역할 수 없는 힘에 이끌린 사람처럼 슬그머니 고개를 들었다.

사나이는 일언반구 없이 분석적인 시선을 김현호의 눈 속에 쏘아대고만 있었다. 숨가쁜 압도감이 느껴지도록 무거운 침묵이 흘렀다. 떳떳하지 못한 상태에서 상대방과 눈길을 마주치고 있는 것은 더할 나위 없는 형벌이었다. 시선을 피하고 싶었지만 피할 수도 없었다.

'내가 미쳤지. 이렇기 때문에 유부녀는 절대로 삼가했던 것인데…….'

김현호는 이를 앙당물고 뉘우쳤지만 후회막급이었다.

"없었던 일로 하겠소. 썩 물러가시오!"

사나이가 꼭 그렇게 말해줬으면 좋을 것만 같았다. 그러나 그것은 어디까지나 그의 희망적인 추측일 뿐이었다. 그 엉뚱한 추측은 문을 지키고 있던 청년의 내뱉는 말에 의해 여지없이 깨어졌다.

"형님, 무얼하고 계시는 겁니까? 저 새끼 ×나게 패버리고 쌍벌죄로 고소를 합시다."

청년은 무식하게 말을 꽉꽉 씹어 뱉었다. 그러자 다른 청년도 한 마디 거들었다.

"맞아요. 저런 새끼는 우선 주먹으로 조지고 유치장에 처넣어야 해요."

눈앞이 아찔해지는 말이었다. 향기롭지 못한 일로 수갑을 차고 유치장에 끌려가는 자신의 모습이 상상되었다. 마누라의 울고불고 하는 모습, 자식들의 증오에 이글거리는 눈빛, 주변 사람들의 조롱과 손가락질이 떠올라 미칠 것만 같았다.

'정말 아무 일도 없었습니다. 부인에게 물어보십시오. 삽입을 하지 않았습니다.'

김현호는 미수(未遂)에 그쳤다는 말을 하고 싶었지만 차마 그 말을 입밖에 내지는 못했다. 그것은 사실이지만 누가 믿어 줄 리는 만무했기 때문이었다.

"보아하니 형씨께서는 점잖은 분 같은데 남의 유부녀와 어쩌자고 간통을 하는 것이오. 형씨의 말 좀 들어봅시다."

사나이의 말은 놀랍도록 차분했다.

"저는 정말 유부녀인지는 모르고……."

김현호는 계속 그 말만을 되풀이했다. 달리 할말이 떠오르지 않았다. 용서해달라고 무릎이라도 꿇고 빌고 싶은 심정이었지만, 염치가 없어 그러지를 못했다.

"유부녀인 줄 모르고 그랬다구요?"

"예예. 정말입니다요."

"그렇다면 당신은 내 마누라를 창녀나 화냥년으로 알았단 말인가요?"

"……."

사나이의 목소리는 다시 냉정해졌다. 김현호는 괜한 말로 감정을 건드렸다며 후회했다. 그가 대답을 못하고 있으니까, 사나이가 다시 입을 열었다.

"이유야 어쨌든 남의 유부녀를 건드렸으니 어떻게 책임을 지겠소? 숫제 형씨가 내 마누라를 맡겠소?"

"예에……?"

김현호는 입을 떡 벌리고 크게 당황했다. 여자를 책임진다

할 수도 없었고, 책임질 수 없다고 말할 수도 없었다.

"왜 그리 놀라시오? 형씨가 내 마누라의 몸을 더럽혔으니 어떤 식으로든 책임을 져야 할 것이 아니겠소?"

"……."

"당장이라도 간통죄로 고소를 하고 싶지만, 피차간에 창피스러운 일이라서 참고 있는게요."

김현호는 갑자기 담배가 피우고 싶어졌다. 사나이의 말에 따르면 다행히 유치장에 끌려가는 것은 면할 수 있을 것 같기도 했다.

"어떻게 하겠소? 형씨가 해결 방안을 제시해보시오."

"어, 어떻게 하는 것이 좋겠습니까?"

김현호는 간절히 애원하는 눈빛으로 사나이에게 되물었다.

"형씨가 더 잘 알 게 아니겠소. 한번 입장을 바꿔놓고 생각해보시오. 형씨의 마누라가 백주에 호텔에서 외간남자와 간통을 했다면 어떻게 하겠소?"

"……."

김현호는 안절부절 담배를 피워 물고 사나이의 따가운 시선을 외면했다.

"마누라의 간통을 없었던 일로 하고 용서해주겠소?"

김현호는 무의식 중에 고개를 가로저었다. 그런 일도 없겠지만, 만약 그런 일이 발생한다면 도저히 용서할 수 없을 것 같았다.

"나는 내 마누라와 더이상 살 수가 없소. 그러니 내 마누라는 형씨가 책임을 지고……, 내게 정신적인 타격을 준 이상에는 거기에 대한 응당한 보상이 있어야 할 것이오."

문제는 돈인 모양이었다.

3

"그래서 어떻게 됐습니까?"

내가 묻자 김현호는 쓸쓰레한 웃음을 지었다.

"현금 이천만원에 합의를 봤습니다. 외도도 제대로 못하고
말입니다."

"미리 짜놓은 연극이 아니었습니까?"

낚시꾼 한 사람이 심각한 표정을 하고 물었다. 김현호는 허
공에 담배 연기를 길게 내뿜으며 엉뚱한 말을 했다.

"별빛도 참 곱다!"

낚시꾼은 형사처럼 사건의 이모저모를 추리했다.

"지능적인 연극이 아니라면 그런 일이 있을 수 없습니다. 여
자가 한 시 반에 항거를 멈춘 것도 그렇고, 때맞춰 남편이란 작
자가 들이닥친 것도 그렇습니다."

나는 낚시꾼의 그 말이 그럴 듯하다고 생각했다. 그런 유형
의 악질 사기행위가 있다는 말을 들은 적도 있었다.

"바람을 피우더라도 유부녀나 처녀는 절대 삼가야 합니다.
자칫 잘못하면 나처럼 큰 봉변을 당하니까 말입니다. 하하하…
….."

김현호의 공허한 웃음소리가 밤바다를 울렸다.

자정이 가까웠을 때에 낚싯배는 섬으로 돌아왔다. 싱싱한 회
에다 술을 많이 마신 탓에 내딛는 걸음걸음이 길바닥에 수없이
갈 지(之) 자를 그렸다.

긴머리는 아직 자지 않고 있었다. 방바닥에 엎드려 노트에다
무엇인가를 쓰고 있다가 내가 문을 열자 재빨리 감췄다.

"고기 많이 잡았어요?"

"그래요. 엄청 많이 잡았어요."

나는 그렇게 대꾸하며 여관 주인을 찾았다. 방 하나를 더 얻

으려고 했는데 빈방이 없었다. 약간 낭패한 기분이었다.

"바람을 피우더라도 유부녀나 처녀는 절대 삼가야 합니다……."

김현호의 그 말이 귓전에서 웅웅거렸다.

긴머리는 방바닥에 엎드린 채 담배를 피우고 있었다. 나는 옷도 갈아입지 못하고 벽 옆에 모로 누웠다. 벽의 부분부분이 지저분한 낙서투성이였다. 남녀가 성교를 하는 서툰 그림들이 그려져 있었고, 철자법이 틀린 음담과 패설들이 한데 어울리어 쓰여져 있었다.

"이불을 덮고 자셔야죠."

"괜찮아요."

"새벽에는 추워요. 어서 이불을 덮으세요."

나는 몸을 뒤집어 방바닥에 배를 깔았다. 긴머리는 펼친 요 위에 무릎을 세우고 앉아 있었다. 요는 두 사람이 누우면 딱 맞을 정도로 작고 초라했다.

문득 김현호가 호텔에서 잔뜩 흥분하여 여자를 범하려고 할 때가 상상되었다. 그것은 내가 긴머리를 진주의 여관에서 안으려고 했던 때와 매우 흡사한 일이었다.

'남자를 농락하는 여자들…….'

나는 그 제목으로 통속소설을 하나 쓸까 생각했다. 소설적인 흥미를 제공하면서 여자를 경계해야 한다는 메시지를 담으면 그럴 듯한 작품이 될 것도 같았다.

나는 긴머리와 약간의 간격을 두고 요 위에 누웠다. 바닷물에 젖었던 바지자락의 축축한 감촉이 기분을 나쁘게 했다. 그렇지만 옷을 갈아입기는 어색했다.

"불을 끌까요."

"그래요."

소등을 하자 방은 칠흑 같은 어둠 속에 잠겨들었다. 긴머리가 자리에 누우며 이불을 끌어올렸다.

쉽게 잠들지 못할 것 같은 예감이 들었다. 그것은 긴머리도 마찬가지일 것이었다. 나는 머리 속을 어지럽히는 음탕한 생각을 지우려고 애써 아내와 아이들을 떠올렸다. 그러나 소용이 없었다.

나의 도덕성이 시험받고 있었다. 그 시험에 이기려고는 하고 있지만, 끝끝내는 져버릴 것만 같았다.

폭우가 퍼붓고 있었다. 산더미만한 파도가 노도처럼 밀려왔다가 방파제를 때렸다. 크고 작은 배들이 흡사 곡예를 하듯 아슬아슬하게 파도 위에서 춤추고 있었다.

"장마가 지려나 보죠."

긴머리가 나의 허리에 손을 두르며 걱정스런 목소리로 속삭였다. 나는 고개를 주억거리며 분노한 바다에 시선을 못박고 있었다.

"파도가 저렇게 거센데 배가 다닐 수 있을까요?"

나는 고개를 저었다.

"오늘은 나가야 하는데……."

긴머리는 나의 어깨에 고개를 기대며 중얼거렸다.

여관에서 아침을 시켜먹고 다방에 들어갔다. 좁은 다방 안은 그야말로 초만원이었다. 관광객들과 폭풍을 피해 거문항에 입항한 선원들로 보였다.

"아무래도 심상치가 않아. 태풍이 불어오는 모양이야."

"글쎄……, 몇 날 며칠 발 묶이는 것이나 아닌지 모르겠어."

관광객으로 보이는 사람들이 그런 말을 나누고 있었다.

앉을 자리가 없어 다시 방으로 돌아와야 했다. 태풍이 분다면 적어도 삼사일은 뭍으로 나갈 수 없다는 말에 긴머리는 울상을 지었다. 답답하기는 나도 마찬가지였다.

폭풍우 때문에 밖으로 나갈 수가 없었기에 이불 속에 누워 책을 보다 잠을 자다 했다.

비는 온종일 쏟아졌다. 밤에도 쏟아졌고 다음날 아침에는 숫제 퍼붓고 있었다.

긴머리는 유리창 너머로 파도가 춤추는 바다를 내려다보며 발을 동동 굴렀다.

해질녘에 잠시 비가 그쳤다. 선착장에 나갔다가 김 박사를 만났다. 노랑 비옷을 입고 있었다.

"허헛, 오는 날이 장날이라고 꼼짝없이 갇히게 되었습니다. 이렇게 예고도 없이 태풍이 몰아치니 말입니다."

김 박사는 허탈한 표정을 감추지 못했다. 태풍이 완전히 지나가려면 앞으로도 이삼일은 더 걸릴 것이라고 했다.

식당마다 초만원이었다. 선원들은 느슨하게 풀어져 술판을 벌여놓고 젓가락을 두들겨대고 있었다. 그와는 반대로 관광객들이나 낚시꾼들의 표정에는 수심이 가득했다.

"술 한잔 마시고 싶어요."

긴머리가 바람에 머리를 날리며 말했다. 어제부터 잔뜩 표정이 굳어져 있는 것이 안쓰럽기 그지없었다.

식당을 전부 둘러보았지만 앉을 자리가 없었다. 그래서 하는 수 없이 회를 떠달라고 부탁하여 여관으로 돌아왔다. 돌아오는 길에 상점에서 소주를 두 병 사려고 하는데, 긴머리가 취하고 싶다 하여 한 병 더 샀다.

저녁 식사를 부탁하면서 별도로 생선 매운탕을 부탁했다. 생선이 흔한 섬이라 그 양이 어찌나 많은지 덤턱스럽기 짝이 없었다.

다시 비가 쏟아지기 시작했다. 바다에서 불어닥친 바람에 유리창이 덜커덩 덜커덩 소리를 내며 울었다.

"내일도 나가지 못하겠지요?"

체념한 말투였다. 그녀의 눈동자에 물기가 서렸다.

"내일 밤이 어머니의 기일(忌日)이에요."

나는 그제서야 비로소 그녀가 안절부절 못하는 이유를 알았다. 뱃길이 막혀 제사를 지내러 가지 못하는 그녀의 안타까운 심정을 이해하고도 남았다.

"황천에서 몹시 슬퍼하실 거예요. 자식이라고 하나 있는 딸년이 이러고 있으니……."

긴머리는 독백처럼 자신의 사정을 털어놓았다.

"작년에 어머니는 교통사고로 세상을 뜨셨어요. 그런데 얼마 전에 아버지가 재혼을 했어요."

긴머리는 아버지를 증오하고 있었다. 어머니가 세상을 떠난 지 일 년도 채 되지 않아 새 여자를 맞이한 것을 저주했다. 그래서 학교에 나가지도 않고 무작정 방황하고 있는 것이었다.

"어머니 제사를 그 여자가 지내줄까요?"

긴머리의 눈에서 눈물이 흘러내렸다. 나는 손수건을 꺼내 그녀의 눈물을 닦아주며 고개를 주억거렸다.

"지내줄거야. 아버지도 계신데……."

"아버지 얘기는 하지도 마세요. 저는 결코 아버지를 용서할 수 없어요. 어떻게 이십여 년을 함께 산 아내가 죽었는데, 첫 제사를 지내기도 전에 다른 여자와 재혼할 생각을 할 수 있겠어요. 그것은 어머니에 대한 완벽한 배신 행위예요. 그렇지 않은가요?"

긴머리는 따지듯이 물었다. 나는 무슨 말인가를 해주고 싶었지만 말을 참았다. 그녀의 감정이 격앙되어 있기 때문에 맘껏 말을 하도록 내버려두었다.

옆방에서 화투치는 소리가 우리 방으로까지 침범했다. 방음벽이 허술하여 작은 소리까지도 똑똑히 들을 수 있었다.

"지미 씨팔 기리빨 ×나게 맵구나!"

"아이고 속터져, 이 ×새끼야 그걸 조지면 어떡해?"

입질들이 매우 쌍스러웠다. 때때로 원색적인 육두문자(肉頭文字) 말싸움을 하기도 했다.

다른 옆방에서는 음탕한 남녀의 목소리가 들렸다. 그들의 말로 미루어 남자는 선원이었고 여자는 접대부가 분명했다.

"으흐흐흐⋯⋯. 오늘 밤 죽여주겠어. 이것 좀 보라구."

"우와! 세상에 뭔놈의 물건이 이렇게 커요!"

"침봤지? 좋지? 자, 만져보라구."

"어쩜, 어쩜⋯⋯! 깡깡하기가 대추낭구 방맹이처럼 깡깡하네⋯⋯."

말만 들어도 무슨 짓거리를 하고 있는지 알 수 있었다. 나는 얼굴이 화끈 달아올라 술잔을 목구멍에 털어넣었다. 긴머리도 얼굴을 찌푸리며 연거푸 술잔을 비우고 있었다.

빗소리, 바람소리, 파도소리, 화투치는 소리, 음탕하게 놀아나는 남녀의 헐떡거림이 한꺼번에 우리 방으로 쳐들어와 불협화음을 이루고 있었다.

불을 끄고 자리에 누웠지만 잠이 오지 않았다. 옆방에서 들려오는 소리 때문만은 아니었다. 낮잠을 많이 잤기 때문에 그런 것 같았다.

"꼭 안아주세요."

긴머리가 나의 품으로 파고들었다. 나는 힘차게 포옹하고 그녀의 등을 다독거려주었다.

"헉, 으악! 아파⋯⋯. 헉, 오빠 나 죽어⋯⋯."

옆방의 여자가 자지러지는 비명을 질러댔다. 그 소리가 어찌나 큰지 여관을 울리고 남음이 있을 것 같았다.

"말× 들어가는 모양일세."

"밤새 쑤셔댈 것 같은데."

"흐흐흐……. 어떤 놈인지는 모르지만 물건 하나는 국보급인 모양이군그래. 자, 신경쓰지 말고 어서 패나 돌려."

화투를 치는 사람들이 모두 한 마디씩 지껄여댔다. 그들은 항구를 떠돌며 이런 경험을 많이 했는지 별로 동요가 없어 보였다.

새벽녘에야 잠에 들었다가 느지막이 깨었다. 긴머리는 아직 꿈속을 헤매고 있고, 밖에는 여전히 비가 내리고 있었다. 옆방에서는 계속 화투치는 소리가 들렸다. 다른 옆방에서는 남자의 코고는 소리만이 요란했다.

나는 다소곳이 잠들어 있는 긴머리를 지그시 내려다보았다. 막 굴러먹은 망나니로만 알았었는데, 정신적인 갈등에 휘청거리는 불쌍한 아가씨였다.

그런 아가씨를 품에 안았다는 일말의 죄책감이 바늘이 되어 나의 심장을 찔러댔다.

'어쩔 수 없었다!'

나는 애써 나를 합리화시키려고 했다. 엄밀히 따지면 긴머리가 줄기차게 나를 따라왔고, 또한 관계를 유도했다고 해도 틀린 말은 아니었다. 그러나 이유야 어쨌든 간에 나는 그녀와 넘지 말아야 할 선을 넘은 사이였다. 어떤 형식으로도 책임질 수 없으면서 무책임하게 일을 저지른 후였다.

"두 놈 다 쓰리고에 피박이야!"

옆방에서 걸걸한 목소리의 사나이가 기쁨을 감추지 못했다. 그 말이 끝나기가 무섭게 다른 사나이가 언성을 높였다.

"이놈아, 놈이 뭐야! 돈 잃고 열받아 있는데 이놈, 저놈 하지 마, 이놈아."

　제놈도 놈, 놈하면서 상대방을 탓하고 있는 것이 우습게 들렸다.

　아마도 그따위 쌍스러운 소리를 들으며 하루를 보낼 것 같은 예감이 두통을 몰고 왔다.

우울한 만남

1

목포항 여객터미널은 피서 인파로 인산 인해를 이루고 있었다. 홍도(紅島)로 가는 쾌속선 승선권을 구하려고 했지만 모든 선편이 매진된 상태였다. 모두들 피서 계획을 세우고 예매를 한 탓일 것이다.

맥이 풀렸다. 터미널 밖으로 나와 공중전화 박스 옆에 배낭을 부리고 털썩 주저앉았다. 승선권을 구하지 못한 이상 홍도에 들어갈 수는 없었다.

그러나 홍도에 이미 민박을 예약해놓은 상태였다. 보길도(甫 吉島)에서 만난 여행자에게서 정보를 얻어 듣고 어느 민박집에 전화를 했었다.

"방을 비워 놀텡께 꼭 옷쇼 잉."

전화기를 통해 들려오는 민박 주인 할머니의 투박한 섬 사투리에 나는 꼭 들어갈 테니 걱정말라고 철석 같이 굳은 약속을 거듭했다.

"할머니와 노총각 아들이 사는 집입니다. 방 세 개를 놓고 민박하고 있는데 참으로 조용한 집입니다."

여행자는 작년에 홍도를 다녀왔다고 했다. 물이 귀한 섬인데, 그 집은 대체로 물 사정이 괜찮아 간단한 샤워도 할 수 있다고 했다. 또한 그집 아들이 유람선 안내를 하고 있기 때문에 여러모로 편리한 점이 많다고 귀띔했다.

나는 본의 아니게 할머니와 약속을 지키지 못한 것이 미안했다. 그렇지만 관광객이 많기 때문에 쉽게 손님을 받을 수 있으리라 생각하니 마음이 다소 편했다.

'이제 그만 집으로 돌아가자.'

나는 여행을 끝낼 생각을 했다. 집을 떠난 지도 벌써 이십 일에서 며칠이나 더 지났다. 그동안 많은 곳을 여행했다.

거문도에서 제주도로 들어갔다가 부산으로 나왔다. 그후 송광사(松廣寺), 선암사(仙巖寺), 무등산, 월출산, 대흥사(大興寺), 보길도 등을 발길 닿는 대로 다녔다.

공중전화기 앞에 늘어선 행렬 뒤에 줄을 섰다. 집으로 전화를 하고 역전으로 나갈 생각이었다. 여행을 끝낼 생각을 하니 한편으로 홀가분하기도 하고 아쉽기도 했다. 여행 중에 만났던 사람들의 모습이 주마등처럼 스치고 지나갔다. 그러다가 긴머리의 마지막 모습에서 생각이 멈췄다.

"이젠 다시 뵐 수 없겠지요."

긴머리가 먼바다를 바라보며 쓸쓸히 말했다. 나는 할 말이 없었다. 그녀의 어깨에 손을 얹고 말을 잊고 있을 때, 긴머리는 다시 입을 열었다.

"아저씨와 함께 보낸 시간들을 잊을 수는 없을거예요."

긴머리의 목소리는 나직이 떨렸다. 나도 그녀를 쉽게 잊을 수는 없을 것 같았다. 그 말을 하고 싶었지만 차마 하지 못했다. 내가 말하기에는 너무 염치없는 말이었기 때문이다.

그녀와 함께 보낸 6일 동안의 낮과 밤이 각자에게 어떤 의미를 남길 것인가. 나에게는 세월이 흐를수록 아름다운 추억으로 기억되리라. 그런데 그녀에게는……

"곧 배가 출발할 것 같아요."

긴머리는 천천히 배를 향해 걸음을 옮겼다. 나는 쓸쓸히 멀어져가는 그녀의 뒷모습을 망연히 바라보고만 있었다.

긴머리와 그렇게 헤어진 후 나는 하루 동안 더 그곳에 머물렀다. 김 박사 내외와 함께 어울려 거문도 등대를 구경하고 삼부도에 들어갔었다.

삼부도는 대삼부도와 소삼부도로 나뉘는데, 대삼부도에 민가 2채가 있었다. 민가 주인인 홍씨(洪氏)는 염소를 방목하고 있었다.

"우리가 거문도에 자주 오게 된 이유가 바로 이 섬이 좋기 때문입니다."

김 박사가 환히 웃으며 삼부도의 이곳저곳을 안내했다.

섬 전체가 아름다운 수목과 기암절벽으로 이뤄져 있었다. 민가 앞의 작은 만은 온통 소라밭으로 작은 자갈과 돌이 깔려 있었다. 바닷물이 뚫어놓은 터널은 환상적인 섬의 정취를 느끼게 했다.

"저 멀리 보이는 곳이 백도입니다."

김 박사가 손짓하는 곳에는 백도(白島)가 신기루처럼 서 있었다.

"조용히 휴식을 즐기기에는 참으로 좋은 곳입니다. 말하자면 우리 부부의 비장의 여행지인 셈이지요. 하하하……."

김 박사는 정말 유쾌하게 말하고 웃었다. 노부부는 꼭 손을 잡고 걸었는데, 그 모습이 참으로 좋아보였다.

'나도 나중에 아내와 이곳을 찾으리라.'

황혼기의 부부가 정답게 여행하는 모습에서 나는 부부의 의미를 조금이나마 더듬어 볼 수 있었다. 부부의 정은 세월이 흐를수록 믿음과 신뢰가 더욱 깊어가야 한다는 것을…….

전화기 앞의 행렬은 좀처럼 줄어들지 않았다. 기다리기가 무료해서 담배를 막 피워물었을 때 뒷사람이 불을 빌려달라고 부탁했다. 중사 계급장을 단 군인이었다. 내가 라이터를 빌려주자 군인은 담뱃불을 붙이고 나서 내게 물었다.

"어디까지 가십니까?"

"예, 홍도에 들어갈까 했는데 배표가 없군요. 그래서 집으로 돌아갈까 생각 중입니다."

"아, 그렇습니까? 그렇다면 여행사에 한번 알아보십시오. 예약을 취소한 표가 있을 지도 모르니까요."

"설마, 요즘에 있겠습니까?"

"하하하……. 의외로 많을 때가 있습니다. 바로 길 건너에 여행사가 있으니 한번 알아보십시오."

길 맞은편 2층에 여행사 간판이 보였다. 나는 군인에게 배낭을 부탁하고 여행사의 계단을 올랐다. 누군가 뒤를 따른 것 같아 힐끔 고개를 돌려보니 캐프린모자에 잠자리형 선글라스를 낀 여자였다. 나의 바로 앞줄에 서 있던 여자였는데, 군인의 말을 듣고 나처럼 선표를 알아보려는가 보았다.

다행히 표를 구할 수 있었다. 단체 예약을 받았다가 결원이 생겼기 때문에 두 장의 여분이 있었다. 그 여자도 나머지 한 장의 표를 구했다.

키가 훤칠하게 커보였는데, 파스텔조의 체크무늬 티셔츠에 베이지색 반바지가 여자의 분위기에 썩 어울렸다. 왼쪽 어깨에는 갸짓백을 메고 있었고 오른쪽에는 망원렌즈 카메라가 걸려 있었다.

나는 단번에 그 여자에게 관심이 쏠렸다. 같은 배로 같은 장소에 간다는 사실 때문인지도 몰랐다. 그러나 그녀의 인상이 매우 차가워보였기 때문에 말을 붙일 엄두를 내지 못하고 계단을 내려왔다.

배는 오후 2시 30분에 목포항을 출발하는 쾌속선이었다. 아직도 다섯 시간이나 기다려야 했다.

"표를 구하셨습니까?"

군인이 흰 이빨을 드러내며 말했다.

"예, 마침 표가 있더군요."

나는 그렇게 대답하며 여행사 쪽을 바라보았다. 그제서야 여자는 여행사 건물의 출구를 나오고 있었다.

전화기 앞의 행렬은 조금 줄었을 뿐이었다.

나는 전화 순서 기다리기를 포기하고 근처의 식당으로 들어갔다. 숙취로 인한 갈증이 생겼기 때문에 해장국과 맥주 한 병을 주문했다.

시원한 맥주 한 잔을 쭉 들이키고 나니 일순간에 갈증이 물러갔다. 이때 그 여자가 식당으로 들어와 나와 대각선으로 마주보는 자리에 앉았다.

여자는 선글라스를 벗으며 메뉴를 훑었다. 나이는 스물일곱여덟쯤 되어 보였다. 눈이 크고도 맑았는데 속눈썹이 무척이나 길었다. 선글라스를 쓰고 있을 때의 차가운 이미지와는 사뭇 달랐다. 선량해보이는 눈이 얼굴 전체의 날카로운 이미지를 부드럽게 만들고 있는, 그래서 얕볼 수 없는 지성미를 발산하고 있었다.

나는 여자와 시선이 부딪치자 가볍게 묵례를 보냈다. 여자도 형식적인 묵례를 보내왔다.

나는 느긋한 마음으로 아침을 먹으며 거문도를 생각했다.

출렁출렁 파도는 삼산(三山) 울리고
남쪽에는 희미한 제주 한라산
동백꽃이 만발한 수월산 밑에
여기를 찾아오라 거문도 등대.

한없이 여행심리를 자극하는 거문도 등대가 귓가에 들려오
는 것 같았다. 거문도 등대는 멀리서 보면 그 생김새가 꼭 남근
(男根)처럼 보인다 하여 섬사람들 간에는 그렇게 부른다고
했다.

등대로 올라가는 산길은 탁 트인 시야로 하여 바다 경치가
일품이었다. 또한 신선 바위에서 내려다보는 등대 해변의 깎아
지른 절벽 또한 가슴 죄는 아름다움이 있었다.

"미스 박 참 귀엽고 발랄한 아가씨인 것 같은데……."

등대에 올라서 쉴 때 박 원장이 불쑥 그런 말을 꺼내며 나를
지그시 쏘아봤었다. 나와 긴머리의 관계를 의심하는 눈초리가
분명했다. 나는 가슴이 뜨끔거렸지만 태연한 얼굴을 유지하려
고 노력하며 박 원장의 시선을 피하지 않았다.

"예, 예기치 않은 태풍에 발이 묶여 어머니의 제사에 참석하
지도 못했다고 가슴 아파하더군요."

"쯧쯧……. 어쩌다가 가엾게……."

"숙소가 틀려서 만날 기회가 별로 없었어요. 태풍이 부는 동
안 무엇을 하고 지냈는지는 모르지만 꽤 답답했을 것입니다."

나는 교활하게 둘러댔었다. 그렇게 거짓말을 해야만 하는 내
가 가증스러웠다. 박 원장은 내 말을 믿는지 고개를 몇 번이나
끄떡거리다가,

"산부인과에 오는 남자들의 태도는 두 가지로 분류된답니다. 그 하나는 자연스럽고 떳떳해보이는 남자들이고, 다른 하나는 어딘지 모르게 어색한 남자들이지요."

하고 말했다. 느닷없는 그 말에 나는 적이 당황하고 있었다. 무슨 뜻에서 불쑥 그런 말을 꺼냈는지, 그 저의가 궁금했다.

"당당한 남자들은 정식으로 결혼한 자기 부인이 아이를 낳을 때 찾아온 남자들이지요. 그런데 어색한 표정이 역력한 남자들은 시쳇말로 속도위반을 한 남자들입니다."

"아, 그렇겠군요? 그런데 원장님께서는 그것을 금방 알아보실 수가 있습니까?"

나는 당황한 마음을 숨기기 위해 질문을 했었다.

"호호호……, 오랜 세월 그런 사람들을 상대하다보니 직감적으로 알 수 있답니다. 속도위반한 남자들 중에는 남편인 척하는 사람들이 많아요."

"남편인 척한다구요……?"

"그래요. 같이 온 여자더러 '여보'니 '장모님' 등의 말을 쓰며 부부로 보이려고 노력하지만 서툴기가 짝이 없어요. 단박에 가짜임이 눈에 뜨인답니다."

나는 내가 했던 거짓말이 들통난 듯한 기분이 들었었다. 그러나 그런 마음을 가라앉히며 표정을 추스렸다.

"그런 경우는 그래도 괜찮은 편인데, 아예 나타나지 않는 무책임한 남자도 있고 병원에까지 왔다가 도망가버린 비겁자들도 있어요."

"병원에서 남자가 도망을 친다구요?"

"그래요. 살다보니 세상에는 별 사람들이 많더군요."

박 원장은 어이가 없다는 표정으로 그 사건을 들려줬다.

촉촉한 봄비가 목련꽃망울의 개화를 바쁘게 재촉하는 날의
오후였다.

박 원장은 뜨거운 커피를 마시며 창 밖의 정취에 취해 있
었다. 이때 울어서 퉁퉁 부은 눈으로 병원을 찾아와 노크하는
여자가 있었다.

박 원장은 직감적으로 우울한 사연을 지닌 아가씨라는 것을
알았다.

아니나다를까, 진찰을 해보니 임신 2개월이었다. 그 아가씨
는 임신중절 수술을 요구했다.

박 원장은 임신중절 수술이 어느 정도로 여자의 건강을 해치
는지, 또 그것은 배우자의 동의(同意)가 없어서는 안 된다는 것
을 차근차근 설명했다. 그러자 그 아가씨는,

"선생님, 저도 그런 것은 알고 있습니다. 그런데……."
하고 말끝을 맺지 못하며 울음을 토해냈다.

철부지한 여자들의 눈물을 너무도 많이 봐오던 박 원장이
었다. 대부분의 눈물은 몸관리를 함부로 했기에 흘리는, 그래
서 동정할 가치도 없다고 판단되는 값싼 후회의 눈물이었다.

'어느 못된 놈에게 당했기에…….'

박 원장은 그 아가씨가 맘껏 울도록 내버려두고 봄비내리는
창 밖을 내다보았다. 잠시 느꼈던 향긋한 봄비의 정취는 그녀
의 출현으로 산산이 깨어진 후였다.

한참만에 눈물을 그친 아가씨는,

"이제 나는 어떡해야 합니까?"
하며 다시 울먹였다. 편의상 E라고 불러두는 그녀는 모 증권회
사의 아이였다. 대학 졸업 후 심한 경쟁을 뚫고 그곳에 취직을
했는데 직속 상관인 K씨가 무척 친절하게 모르는 것을 가르쳐
주었다. 참으로 믿음직스러운 상사요, 사회의 선배였다.

E양은 K에게 너무도 많은 업무상의 도움을 받았기에 고마움을 표시하려고 생각했다. 그러던 중에 첫월급을 탔다.

"감사의 뜻으로 와이셔츠 한 벌과 넥타이를 선물했어요. 그런데 그것이……."

그 아가씨는 다시 눈물을 찍어냈다.

E양에게 선물을 받은 K는 무척 기뻐했다. 선물을 받았으니 자기도 답례를 해야 한다고 우겨 퇴근 후 E양을 불러냈다.

K가 E양을 데리고 간 곳은 어느 호프집이었다. K는 술을 먹이려 들었고 E양은 정중히 거절했다. K는 회사의 일을 가르치는 선배의 입장에서 이번에는 사회를 가르치는 것이라며 설득했다. 현대 여성이 맥주 한잔을 못 하느냐고 농담으로 면박을 줬다.

E양도 맥주 한두 잔 정도는 마실 줄 알았다. 그렇기에 예의상 한두 잔을 받아 마셨는데, 그것이 한 병에서 몇 병이나 더 추가되었다.

"정신이 멀쩡했어요. 내딴에는 정말 술이 취하지 않은 줄로 알았는데……."

그 아가씨는 고개를 떨구고 몸을 부르르 떨었다.

박 원장은 그녀의 하얀 목덜미를 내려다보면서 참으로 어리석은 아가씨라고 생각했다. 술을 마셔 취하지 않을 사람이 어디에 있단 말인가. 술에 강하다고 하는 남자도 그러는데, 술에 약하기 마련인 여자가 취하지 않을 리가 없는 것이었다.

남자고 여자고 간에 술을 마시면 으레 마음의 경계심이 누그러지고 대담해지는 법이다. 박 원장이 알기에는 술을 먹고 나서 마음에도 없는 남자에게 몸을 맡겼다가, 그것이 잘못되어 후회를 하며 병원을 찾아온 여자들이 헤아릴 수도 없을 만큼 많았다.

E양 역시 취한 기분에 K가 이끄는 대로 따라다니다가 여관에 들었다. 정신을 차려보니 이미 엎지러진 물이었다.

남녀 관계란 시초는 어려워도 한번 길을 트게 되면 계속 반복하게 되는 법이다. E양이 그랬다. K의 요구를 거절할 수 없었다. K는 E양을 툭하면 불러냈고 심심하면 육체를 요구했다. 그것의 후유증(?)으로 임신 2개월이 된 것이었다.

이야기를 끝내고 어깨를 들먹이며 흐느껴 우는 E양을 앞에 놓고 박 원장은 여자의 운명을 생각했다.

어떤 남자를 만나느냐에 따라 그 행복과 불행이 엉뚱하게 결정되기 마련인 것이 부정할 수 없는 여자의 운명이었다. 제아무리 똑똑한 여자라도 쓰레기 같은 남자를 만나면 쓰레기 냄새를 풀풀 풍기게 되고, 변변찮은 여자도 괜찮은 남자를 만나면 놀라운 신분 상승과 함께 귀부인이 되는 것이 여자가 지닌 숙명이었다.

박 원장은 그런 생각을 하면서 꼭 수술을 해야겠다면 K를 데리고 오라고 했다.

"으흐흐흑……. 그럴 수도 없습니다. 그는 처자가 있는 유부남입니다."

아가씨는 주먹 같은 눈물을 뚝뚝 떨구며 구슬프게 울었다.

박 원장은 같은 여자로서 형용할 수 없는 비애를 느꼈다. 그러나 배우자의 동의 없이는 임신중절 수술을 할 수가 없었다.

아가씨는 박 원장의 손을 붙잡고 사정했다. 사정은 매우 딱했지만 책임 있는 의사로서 법규를 어길 수는 없었다.

"수술을 해주세요, 예?"

"안 됩니다."

"제발 저를 불쌍히 여기시고……."

"나로서는 어쩔 수 없는 일입니다."

도저히 가망이 없다고 판단했음인지, 그 아가씨는 발작증세
라도 일으키듯이 울면서 병원문을 박차고 나갔다.

빗속을 우산도 쓰지 않고 뛰어가는 아가씨의 뒷모습을 유리
창을 통해 내다보며 박 원장은 산부인과 의사로서의 커다란 비
애를 느꼈다.

박 원장은 E양이 다른 병원에 가서 임신중절 수술을 할 것이
라는 생각을 했다. '책임 있는 의사를 만나야 할텐데…….'

박 원장은 그런 생각을 하니 무척이나 우울했다. 돌팔이들에
게 수술을 맡겼다가 여자로서의 기능을 잃고 생명까지 잃는 사
례들을 너무도 많이 보고 들어왔기 때문이었다.

땅거미가 어스레하게 내리고 있었다. 노크도 없이 누군가가
원장실의 문을 거칠게 열고 들어왔다. 비에 흠뻑 젖은 E양이
었다. E양은 하얗게 질린 얼굴의 남자를 데리고 왔다.

박 원장은 그 남자가 K임을 직감했다. E양이 병원을 박차고
나가서 곧바로 K를 끌고온 모양이었다.

K는 불안한 시선으로 연신 주위를 두리번거렸다. 혹시 자기
부인의 친구나 아는 사람이라도 만나면 큰일난다는 그런 표정
이었다. 박 원장은 K의 뻔뻔스럽고 비열한 얼굴에 침이라도 뱉
어주고 욕이라도 퍼붓고 싶었다.

K는 참으로 가증스러운 남자였다. E양의 임신중절 수술을
간절히 바라고 있었다는 듯이 두말 없이 동의했다. 그리하여
박 원장은 할 수 없이 E양을 수술대에 눕혔다.

수술을 끝내고 나와보니 K는 대기실에 없었다. 병원 이곳저
곳을 찾아보았지만 어디에도 K는 없었다. E양이 수술을 받는
동안 뺑소니를 친 것이 분명했다.

"K가 도망가기 전에는 나는 그를 미워하고 저주했지요. 그러
나 그가 도망가고 나서는 그따위 인간 같지도 않은 남자에게

몸을 맡긴 E양의 순진성이 더욱 불쌍했어요. 순진한 것인지 어리석은 것인지…….”

박 원장은 여자의 찢어지는 아픔을 다루는 직업 탓인지는 모르지만, 어딘지 모르게 그 상대인 남자를 불신하고 증오하는 심리가 강했다.

“세상 남자들이 다 나쁜 것은 아닙니다. 대부분의 남자들이 여자를 행복하게 해주고 있지 않습니다. 박사님처럼 훌륭한 분들도 계시고…….”

나는 은연 중에 뭇 남성을 매도하는 박 원장의 말이 귀에 거슬려 은근 슬쩍 김 박사를 끌어들였다.

“아, 날씨가 너무너무 좋구나!”

김 박사는 못 들은 척 딴청만 피우고 있었다.

2

바다가 보이는 식당 2층의 커피숍은 손님들로 꽉 차 있었다. 실내를 둘러봐도 빈자리는 없었다.

“합석하시지요.”

레지가 눈짓으로 홀로 테이블을 차지하고 있는 이곳저곳을 가리켰다. 창가에 그 여자가 홀로 앉아 쥬스를 마시고 있었다.

“실례합니다.”

나는 염치불구하고 그녀의 앞자리에 배낭을 내려놓고 곧바로 실내에 설치된 공중전화기 쪽으로 걸음을 옮겼다. 동전을 바꿔 집으로 전화를 했다. 나의 행선지를 알리고 아이들의 목소리를 들은 후에 전화를 끊었다.

동전이 많이 남았다. 문득 단발머리 김솔향의 해맑은 얼굴이 생각났다. 수첩을 뒤져 그녀의 번호 버튼을 눌렀다.

김솔향은 이내 나의 목소리를 알아듣고 무척이나 반가운 목소리를 냈다.

"어머, 선생님! 지금 어디세요?"

"예, 목포항입니다. 홍도에 들어가려구요."

"좋으시겠습니다. 저도 주말부터 휴가예요. 그런데 갈 곳을 정하지 못했는데…….."

어떻게 들으면 애교를 떨듯 정감이 똑똑 떨어지는 소리였다.

"홍도 어떻습니까?"

나는 불쑥 그런 말을 꺼냈다. 정말 생각없이 꺼낸 말이었다. 그런데 그녀는 반색을 했다.

"선생님은 얼마 동안 계실건데요?"

"며칠을 묵을 건지는 들어가봐야 알겠습니다."

"그렇다면 들어가셔서 내일 전화를 다시 주세요."

"알았습니다."

전화를 끊고 나는 묘한 기분에 사로잡혔다. 그녀와 함께 했던 아련한 시간들이 스크린처럼 눈앞에 펼쳐졌다.

그 여자는 망연히 창 밖의 바다에 시선을 던지고 있었다. 은줄을 조금 늘어뜨린 이어링이 상큼해보였다.

나는 차 주문을 하고 나서 배낭에서 여행 노트와 엽서를 꺼냈다. 차 시간을 기다릴 때 생각나는 사람에게 몇 자 적어 보내는 것이 나의 여행 습관이었다.

"글씨가 참 곱습니다."

엽서를 몇 장인가 썼을 때 여자가 말을 붙였다. 펜을 멈추고 고개를 들어보니 여자가 방긋 웃고 있었다.

"고맙습니다. 이건 글씨를 쓰는 것이 아니라 숫제 그리는 것이지요."

나의 말에 여자는 고개를 끄떡였다.

"소식을 전해야 할 분들이 참 많은가 봅니다."

"그런 것 같습니다. 함께 얼굴을 맞대고 있을 때는 몰랐었는데, 이렇게 떨어져 지내고 보니 소중한 사람들이 많습니다."

나는 그렇게 대꾸하고 다시 엽서를 썼다. 생각나는 대로 간단한 느낌을 적는 것이기 때문인지 그리 많은 시간은 걸리지 않았다.

"저는 이렇게 사람이 많을 줄은 몰랐습니다."

내가 엽서를 다 썼을 때 여자가 다시 말했다.

"저도 그렇습니다. 예상 외로 여행객들이 많군요."

"걱정입니다……."

여자가 쥬스 스트로브를 만지작거리며 말했다. 내가 '무엇이 걱정이냐'는 표정을 보냈을 때 여자는,

"숙소를 잡을 수나 있을는지……."

하며 낭패스럽다는 표정을 지었다. 여자의 말을 듣고 보니 그도 그럴 법했다.

"설마 숙소를 잡을 수 없겠습니까? 여관도 있고 민박에 들 수도 있는데……."

나는 그렇게 말하다가 내가 예약한 민박이 생각났다.

"저는 민박을 예약했습니다. 혹 그 집에 방이 있을지도 모르겠군요."

여자는 눈빛을 빛냈다. 나는 수첩을 뒤적이며,

"며칠이나 묵으실 예정입니까?"

하고 물었다. 민박의 전화번호를 찾았을 때 여자는 이틀 밤을 묵겠다고 했다.

민박집으로 전화를 하니 마침 빈방이 하나 있었다. 나는 그 방을 예약하고 자리로 돌아왔다.

"됐습니다. 방을 예약했습니다."

여자는 고맙다고 인사를 했다. 그러면서 통화료 대신 찻값을

치루겠다며 미소를 띠었다.

여자의 이름은 정지혜(鄭芝惠), 나이는 이십칠 세, 아마추어 사진작가였다.

우연히 동행이 된 우리는 두 시간 가량 이야기를 나누다가 종업원의 눈총에 쫓겨 밖으로 나왔다.

"아직도 세 시간을 더 기다려야 하는데……."

정지혜가 손목시계를 들여다보다가 불현듯,

"선생님 탁구 치실 줄 아십니까?"

하고 물었다. 나는 중학교에 다닐 때 탁구를 쳐보고 그후 치지 않았기 때문에 자신이 없었다.

"워낙 쳐본 지가 오래 되어서……."

나의 말에 그녀는 활짝 웃었다.

"저도 마찬가지예요. 우리 탁구를 치러 가는 것이 어떻겠습니까?"

우리는 얼마쯤 거리를 두리번거리며 걷다가 탁구장을 찾았다. 탁구장은 한산했다. 중학생으로 보이는 소년 둘이 탁구를 치고 있었다. 치고 받아 넘기는 폼이 보통 실력들이 아니었다.

정지혜의 탁구 실력은 나보다 한수 위였다. 나는 볼보이처럼 부지런히 공을 주으러 다니느라고 땀을 뻘뻘 흘렸다.

한 시간 정도 쳤을 때 겨우 공을 받아 넘길 정도는 되었다. 그때서야 탁구치는 것이 즐거웠다.

"선생님, 잘 치시는데요."

나의 스매싱을 겨우 받아 넘기며 그녀는 손등으로 땀을 닦았다. 그녀의 경쾌한 몸놀림에서 드러나는 각선미가 매우 아름다웠다.

중학생들과 복식을 한 게임 치고 탁구장을 나왔을 때는 기분이 매우 상쾌했다. 게임을 즐긴 탓인지 그녀가 한결 친숙하게 느껴졌다.

"여행은 사람을 부쩍 친밀하게 만드는 것 같아요."

보길도에서 만났던 여행자의 말이 생각났다. 그 여행자의 말처럼 여행은 모르는 사람끼리도 순식간에 친하게 만드는 그 무엇이 있었다.

나의 여행 노트에는 많은 사람들의 이름과 연락처가 적혀 있었다. 이십여 일 동안에 오다가다 만난 사람들의 흔적이었다.

서로의 삶을 이야기하고 술잔을 나누다보니 정다워진 사람들이었다. 그들을 만남으로써 내가 미처 몰랐던 세상살이들을 새삼 접하고 느낄 수 있었다.

책을 백 권 읽는 것보다도 직접 만난 사람에게서 듣는 한 마디의 말이 더 가슴을 파고드는 것을 나는 피부로 실감하고 있었다.

마침내 홍도로 향하는 쾌속선이 힘차게 물살을 갈랐다. 승객들의 얼굴은 한결같이 밝았다. 생활에 찌든 그런 얼굴들이 아니었다.

"사람들의 얼굴들을 보세요. 너무나 즐거운 표정들이지요."

나의 이 말에 정지혜는 주위를 둘러보며 웃었다.

"이래서 여행이 필요한 것이 아닙니까? 자연은 우리 인간에게 휴식과 여유를 주는 것 같아요."

나는 선창 밖으로 내다보이는 망망 대해를 망연히 바라보며 여행 중에 만났던 사람들을 하나하나 생각했다.

먼저 김솔향과 문지숙의 슬픈 이야기가 생각났고, 긴머리가 뒤를 따랐다. 그와 함께 잠시 잊고 지냈던 김 여인의 사슴처럼 슬퍼보이는 눈망울이 눈앞에서 멈췄다.

'그후 어떻게 되었을까?'

나는 김 여인이 부디 살아서 지혜롭게 그 문제를 극복하고 웃음을 찾기를 바랐다. 현실이 아무리 고통스럽고 괴롭더라도 살아서 버틸 때만이 문제가 해결될 것이었기 때문이었다.

거문도에서 만났던 김 박사 내외와의 만남도 참으로 소중했다. 서울에 돌아가면 꼭 찾아뵙고 유대를 계속 유지하리라고 생각했다. 꼭 박 원장의 산부인과 의사로서 겪은 이야기들을 글로 쓰고 싶었다.

오후 다섯 시가 다 되었을 무렵에 망망 대해에 점 찍은 듯 외롭게 떠 있는 홍도가 눈에 들어왔다.

"정말 아름답군요! 멋진 곳이에요."

정지혜가 연신 카메라의 셔터를 눌러대며 감탄했다. 깎아지른 듯한 검붉은 색의 기암절벽이 선착장을 에워싸고 있었다.

민박집에 짐을 부린 우리는 슬슬 섬을 둘러봤다. 섬의 곳곳에 관광객들이 들끓고 있었는데, 더러 외국인들의 모습이 보이기도 했다.

선착장 주변에는 관광용품을 파는 상점과 횟집들이 줄지어 있었다. 거문도에서와 마찬가지로 해녀들이 해수복을 입은 채로 해삼과 전복 등을 팔고 있었다.

참새가 방앗간을 그냥 지나칠 수 없듯이 나는 전복과 해삼을 주문하고 소주 한 병을 땄다. 해조음이 한결 술맛을 돋구었다. 정지혜도 찔끔찔끔 소줏잔을 비웠다.

선착장과 연결된 방파제에는 우리처럼 쪼그리고 앉아 한잔 술을 마시고 있는 사람들이 많았다.

우리의 바로 옆자리에는 중년 여자 대여섯이 꼬들꼬들한 해삼을 초장에 찍어 우걱우걱 씹으며 깔깔거리고 있었다. 해가 지자 한기를 느낄 만큼의 세찬 바닷바람이 불어와 머리카락을 날리게 했다.

정지혜는 술을 마시다 말고 이곳저곳에 사진기를 들이대고 있었다. 관광객들의 요청으로 사진을 찍어주기도 했다.

나는 느긋한 기분으로 천천히 술잔을 비웠다. 바다는 한없이 나를 편안하게 했고, 사람들의 즐거운 표정을 구경하는 것이 좋았다.

맞은편에 청춘 남녀가 쪼그리고 앉아 술을 마시고 있었다. 짧은 치마를 입은 여자의 허연 허벅다리가 아찔하도록 눈에 들어왔다. 민망하여 시선을 다른 곳으로 돌렸지만 자꾸만 그쪽을 곁눈질하도록 만들고 있었다. 여자의 그 무엇이 보일 듯 보일 듯하면서도 끝내 보이지는 않았다.

나는 여자의 다리 사이로 쏠리는 시선을 추스리며 고개를 돌려 정지혜를 찾았다. 그녀는 정답게 포즈를 취하고 있는 남녀에게 사진기를 맞추고 있었다.

고수머리인 남자는 얼굴에 함박웃음을 머금고 있었다. 허우대가 헌칠한 미남자였다. 하얀 티셔츠에 검은 바지가 썩 잘 어울렸는데, 나이는 서른다섯 정도로 보였다.

고수머리의 어깨에 고개를 기대고 있는 단발 커트머리 여자는 나이가 그에 비해 한참이나 어려보였다. 고등학생인 모양으로 대략 열일곱에서 열여덟으로 보였다. 하얀 피부의 예쁘장한 얼굴이었다.

오누이처럼 그들은 사진을 찍은 후 마을이 있는 쪽으로 걸음을 옮겼다.

"오빠와 동생인가 봐요. 매우 정다워 보이지요?"

내가 그들의 뒷모습을 바라보고 있을 때 정지혜가 말했다. 나는 고개를 주억이며 마지막 술잔을 들었다.

오후 7시가 조금 넘어 저녁상을 받았다. 한여름이라 아직도 환했다. 바다가 내려다보이는 마당 한가운데의 살평상에 저녁

상이 차려졌다.

"찬이 입에 맞을랑가 모르것소. 그라더라도 많이들 잡수쇼잉."

민박집 주인 할머니가 우리들을 둘러보며 겸연쩍게 웃었다. 그 집에 민박을 든 사람은 나와 정지혜 말고도 다섯 사람이 더 있었다.

나와 비슷한 연배로 보이는 키가 작은 남자 부부와 그들의 어린 아들, 그리고 대학생으로 보이는 남녀였다.

"사모님이 무척 젊은 미인이십니다."

키가 작은 남자가 나와 정지혜를 바라보며 입을 열었다. 줄곧 행동을 함께 하는 우리를 부부로 생각한 모양이었다. 그 엉뚱한 말에 정지혜와 눈길을 맞춘 나는 부부가 아님을 밝히려고 했다. 그런데 그 말을 꺼내기도 전에 그가 다시 말을 뱉었다.

"술 하실 줄 아십니까?"

"네, 한 잔씩 합니다."

"그렇다면 반주 한잔 하십시다."

"그럽시다."

할머니가 소주를 두 병 사왔다. 간단한 통성명을 하고 서로의 잔에 술을 채웠다.

키가 작은 남자는 대전에서 온 이윤식(李允植)이고, 그의 부인은 한씨(韓氏)였다. 대학생 차림의 남녀는 부산에서 온 조명하(趙明河)와 박미라(朴美羅)였다.

이런저런 얘기를 하며 저녁을 먹었다. 조명하와 박미라가 일찍 수저를 놓고 밖으로 나갔다.

"참 좋을 때다……."

이윤식이 그들의 뒷모습을 보며 마냥 부럽다는 듯이 혼잣말을 했다. 그러자 그의 아내가 눈을 흘겼다.

민박집에서 밖으로 나오면 바다로 내려가는 경사가 심한 비탈길이 있었다. 비탈길의 양 옆은 온통 상점과 식당들이었다. 식당은 손님들로 꽉 차 있었고 상점도 관광객들로 붐볐다.

선착장에 거의 다 내려왔을 때 아까 여객선이 닿는 선착장에서 만났던, 오누이로 보이는 남녀가 손을 잡고 올라오고 있었다. 섬이 크지 않다보니 만났던 사람들을 만나고 계속해서 또 만나고 했다.

"또 만나게 되었군요. 사진 한 장 찍어주십시오."

고수머리 남자가 정지혜에게 사진기를 건넸꽤ㅆ다。그들은 관광안내 표지판을 배경으로 하여 포즈를 취했다.

고수머리는 부드럽게 여동생의 목에 팔을 두르고 지그시 내려다보며 웃었다. 여동생은 오빠를 살며시 올려다보며 방긋 웃음을 머금었다.

"하나, 두울……."

정지혜가 숫자를 헤아리며 셔터를 눌렀다. 사진을 찍은 오누이는 우리에게 묵례를 보내고 걸음을 떼었다.

"선생님, 우리 이제 식사해요."

"알았어. 뭘 먹지?"

그들이 주고받던 그 말이 내 귓속을 송곳처럼 파고들었다. 오누이로 알았었는데, 그것이 아니라는 것을 알게 된 순간 묘한 예감이 들었다. 불현듯 문지숙과 그녀를 망친 선생 박문수가 생각났다.

"뭘 그리 보고 계셔요?"

내가 멀어져가고 있는 그들의 뒷모습을 뚫어지게 바라보고 있자 정지혜가 말했다.

"아무것도 아녜요."

나는 그렇게 대꾸하면서도 '박문수!' 하고 불러보고 싶은

충동을 느꼈다. 그러나 설마 그를 여기서 만날까 하는 생각에
서 선착장으로 내려갔다.

방파제 끝에 조명하와 박미라가 정답게 바다를 보고 앉아 있
었다. 연두빛 바다를 붉게 물들이는 낙조가 가히 한 폭의 풍경
화 같았다.

정지혜는 몇 장의 사진을 찍고 나서 내 곁에 앉았다.

"바다가 너무도 아름답지요?"

나는 빙그레 웃음으로 그녀의 말에 대답을 대신했다. 담배를
한 대 피워물고 바다를 바라보고 있노라니 절로 시 한수가 읊
어졌다.

바다는 깔깔대고 소스라쳐 부서지고
기슭에 짓는 미소는 파리하게 빛납니다.
죽음을 거래하는 파도도
아가의 요람을 흔들 때의 엄마처럼
아이들에게 뜻모를 노래를 불러줍니다.
이렇게 바다는 아이들과 놀고,
기슭이 짓는 미소는 파리하게 빛납니다.

끝없는 세계의
바닷가에 아이들이 모입니다.
길없는 하늘에 폭풍이 배회하고
배는 흔적없는 물살 속에 파선하고
죽음은 도처에 널려 있어도
아이들은 놉니다.
끝없는 세계의 바닷가에
아이들의 위대한 모임이 있습니다.

내가 흥에 겨워 목청을 돋구어 시를 읊고 나자 정지혜가 무척 감동적인 시선으로 나를 바라보고 있었다. 나는 약간 계면 쩍었기 때문에,

"타고르의 〈바닷가에서〉라는 시의 일부입니다."

하고 말하며 젊은 연인들 쪽으로 시선을 돌렸다. 그들은 나직한 목소리로 노래를 부르고 있었다. 정지혜가 따라부르기 시작하자 나도 따라불렀다.

어둠이 완전히 내릴 때까지 우리는 선착장 방파제 위에 앉아 있었다. 조명하와 박미라는 이미 마을로 올라가버린 후였다.

어둡고 한적한 바닷가에 정지혜와 단둘이 앉아 있으니 그녀가 흡사 연인처럼 느껴져 마음이 설렜다.

"바다 때문이었어요. ……바다가 경계심을 풀어주었어요. ……바다가 남편과 아이들을 잊게 만들었어요. ……바다가 윤리와 모랄을 무시하게 만들었어요. ……순전히 바다 때문……."

김 여인의 그 말이 귓전에 메아리쳤다. 그랬었구나. 바다가 김 여인으로 하여금 죄를 짓게 하였구나. 나는 그제서야 그녀의 연극 대사와 같았던 말을 이해하고 있었다.

처얼썩대는 파도소리는 한없이 나의 마음을 유혹했다. 마음을 굳게 먹고 손만 내밀면 정지혜의 어깨에 손을 얹을 수도, 손을 잡을 수도 있었다.

내 속에 있는 또 다른 나는 그녀를 유혹해보라고 줄기차게 속삭였다. 기회를 놓치지 말라고 등을 떠밀고 있었다.

밤바다의 파도소리가 나를 그렇게 감성적인 인간으로 변하게 했다. 나는 설령 보기 좋게 거절을 당하더라도 그녀의 손을 잡아보고 싶었다.

밑져야 본전, 아니 조금 얼굴이 깎일 뿐이었다. 그렇지만 잘되면 미모의 아가씨와 멋진 추억을 만들 수 있었다.

나는 마른침을 은근히 삼키며 정지혜에게 고개를 돌렸다. 이때 정지혜가 자리에서 일어섰다.

"선생님, 우리 이만 올라가요."

좋은 기회를 놓친 것만 같은 기분이었다. 몇 초만 더 있었어도 손을 잡았을 텐데……, 너무도 아쉬웠다.

"찬스는 항상 오는 것이 아냐. 여자를 정복할 때는 기회 포착이 중요한거야."

플레이보이 친구의 말이 한 발 늦게 뇌리를 쳤다. 그 말만 조금 일찍 생각했더라도 시도는 해볼 수 있었을 텐데, 정말 아쉬웠다.

한번 놓친 기회는 다시 오지 않았다. 나는 외롭게 홀로 잠들어야만 했다.

3

오전 10시 정각에 관광유람선이 출발한다는 옥외 방송이 흘러나왔다.

나는 정지혜에게 유람선 승선권을 끊도록 부탁하고 우체국에 들려 김솔향에게 전화를 했다.

"오늘 밤열차로 목포에 가려고 해요. 그리고 홍도에는 내일 아침 배로 들어갈 거예요."

김솔향은 이미 결정을 내리고 여행 계획을 세우고 있었다. 그녀를 다시 만난다는 사실에 가슴이 설레이면서도 한편으로 걱정이 되었다.

관광유람선이 정시에 출발했다. 관광객들 틈에 고수머리와 소녀도 보였고, 팔뚝에 노랑털이 많이 난 백인도 있었다.

유람선 안내원이 빼어난 절경들을 전설과 함께 상세히 소개했다. 해안선 일대에 산재한 홍갈색의 크고 작은 무인도와 절벽들은 오랜 세월의 풍파로 형언할 수 없는 절경을 이루고 있었다. 남문바위, 칼바위, 도승바위, 거북바위 등 독특한 형상의 바위들이 절로 감탄을 자아내게 했다.

짙은 코발트색의 물 속에는 형형색색의 물고기들이 노니는 것이 보였다. 말 그대로 청정해역(淸淨海域)이었다.

정지혜는 무릉도원을 연상케하는 홍도의 절경을 조금도 놓칠 수 없는 모양인지 줄곧 사진기의 앵글을 맞추고 있었다.

한 시간쯤 관광을 했을 때 휴게선(休憩船)과 만난 유람선은 엔진을 멈췄다. 휴게선에서는 섬의 어부들이 각종 회와 술, 음료수 등을 팔고 있었다.

민박집의 아들이 그 휴게선에서 장사를 하고 있었다.

"구경 잘 하셨습니까?"

그는 빙그레 웃으며 생선회를 한 접시 주었다. 나는 별도로 회 한 접시와 술 두 병을 사고 나서 이윤식을 불렀다. 그가 입가에 군침을 흘리며 아내와 아들을 데리고 왔다.

"정말 별미 중의 별미입니다."

"그렇습니다."

물결따라 두둥실 흔들리는 뱃전에 서서 몇 잔의 술을 마셨을 때 고수머리와 백인이 내 곁을 스쳐갔다. 고수머리는 유창하게 백인과 회화를 하고 있었다.

'그렇다, 박문수다!'

나는 퍼뜩 그런 생각을 하면서 그의 뒷모습을 무섭게 쏘아봤다. 이때 고수머리와 동행인 소녀가 내 곁을 스쳐가고 있었다.

"학생 잠깐!"

내가 낮게 소리치자 소녀가 걸음을 멈추고 고개를 돌렸다.

"왜 그러세요."

소녀는 얼굴에 미소를 지었다.

"혹시……, 함께 온 사람의 이름이……."

내가 말끝을 흐리자 소녀는,

"박문수 선생님이세요. 아시는 분이세요?"

하며 고개를 갸우뚱했다. 그 말을 듣는 순간 나도 모르게 용수철처럼 고수머리 쪽으로 튀었다.

"이놈, 박문수!"

나의 호통에 고수머리가 깜짝 놀라며 고개를 돌렸다. 나는 인정사정 없이 그의 얼굴을 강타했다. 불의의 일격을 맞은 그는 "윽!" 외마디 비명을 지르며 배의 난간 밖으로 "풍덩!" 소리를 내며 빠져버렸다.

눈 깜짝할 사이에 일어난 일이었다. 관광객들이 입을 쩍 벌리고 물에 빠져 허우적거리고 있는 고수머리와 나를 번갈아 쳐다보고 있었다.

"어프어프, 사, 사람살려!"

휴게선에서 장사를 하고 있던 어부들이 급히 고수머리를 구해냈다. 물에 흠뻑 젖어 겁에 질려 있던 고수머리가 정신을 차린 후 나를 노려보며 잡아 죽일 듯이 으르렁거렸다.

"당신 미쳤소! 대체 왜 그러시오!"

"왜 그러냐구?"

나는 주먹을 떨며 음산하게 소리쳤다.

"내가 문지숙이 외삼촌이야!"

나의 입에서는 생각지도 않았던 말이 툭 튀어나왔다.

"뭐, 뭐……."

고수머리는 잔뜩 놀란 표정을 지으며 말을 더듬고 있었다.

나는 총알처럼 몸을 날려 이단 옆차기로 고수머리를 찼다.

"으흑!"

고수머리가 처참한 비명을 내지르며 바닥에 뒹굴자 사정없이 발길질을 했다. 고수머리의 얼굴은 이내 피범벅으로 변했다. 멋져 보였던 하얀 티셔츠도 피투성이가 되었다. 그러자 관광 안내원과 뱃사람들이 나를 말렸다.

"왜 그러시오. 제발 참으시오."

민박집 아들이 나를 껴안으며 소리쳤다. 그 틈을 타서 고수머리가 선실로 재빨리 도망을 쳤다.

"너, 박문수! 이 천벌을 받을 놈. 이리 나오지 못할까?"

나는 계속 벽력같이 소리를 질렀다.

"대체, 왜 그러시는지 이유나 들읍시다."

민박집 아들의 그 말에 나는 가쁜 호흡을 몰아 쉬며 분을 삭이려고 노력했다.

"소주 한잔 주십시오."

정지혜가 재빨리 술병을 가지고 왔다. 나는 그녀의 손에서 술병을 빼앗아 들고 술병째로 벌컥벌컥 마셨다. 그런 후 선실로 통하는 유리창을 활짝 열었다.

고수머리가 선실 한 구석에 잔뜩 겁을 먹고 웅크리고 앉아 있다가 나와 시선이 부딪자 얼른 고개를 떨구었다. 그의 곁에는 하얗게 질린 얼굴의 소녀가 나를 쏘아보고 있었다.. 나는 그 소녀의 모습에서 문지숙을 보았다. 그녀도 저 소녀와 같았을 것이다.

나는 관광객 모두가 들을 수 있을 만큼 큰 소리로 내가 알고 있는 박문수의 만행을 털어놓기 시작했다.

"저런, 죽일 놈이 있나! 소위 선생이라는 놈이……."

"허어, 짐승 같은 놈같으니라구!"

"이놈아, 얼마나 잘났는가 그 상판데기 얼굴 좀 들어봐라, 얼굴 좀 들어!"

나의 말을 들은 관광객들이 저마다 흥분하여 한 마디씩
했다. 그러자 그와 함께 왔던 소녀가 실성한 사람처럼 울부짖
으며 그의 등을 두들겨댔다.

"으흐흑……. 저 사람의 말이 사실이에요. 사실이난 말예요.
어서 말해봐요……."

나는 정지혜에게 선실에서 소녀를 데리고 나오라고 부탁
했다. 그녀에게 이끌려 나온 소녀는 반쯤 넋이 나가 있었다.

유람선이 관광을 끝내고 선착장에 도착했을 때 박문수는 잽
싸게 배를 내려 어디론가 몸을 숨겼다. 나는 '아차' 하는 생각
에서 그를 찾았지만 행적이 묘연했다.

"나쁜 사람이군요."

정지혜가 이를 빠드득 갈았다.

"내 이놈을 잡기만 하면……."

요절을 내놓고 싶었다. 그냥 용서할 수는 없는 일이었다.

섬의 노루목은 선착장뿐이었다. 그곳만 지키면 박문수가 뭍
으로 빠져나갈 다른 방도는 없었다. 그런 의미에서 그는 독 안
에 든 쥐와도 같았다.

"숙소에 가서 그놈의 짐을 챙겨가지고 어서 이곳으로 나오십
시오."

나는 정지혜와 소녀를 마을로 올려보내고 선착장을 지켰다.
그러면서 생각을 해보니 막연하기 그지없었다. 박문수를 잡
는다 한들 내가 어떻게 처리할 수 있단 말인가…….

도덕적인 비난을 가할 수는 있지만, 법적으로는 아무런 구속
력을 갖지 못할 사건이었다. 또한 나는 문지숙과 일면식도 없
는 생판남남이었다. 그런 내가 박문수를 심판할 수는 없는 일
이었다.

"그래도 용서할 수 없어!"

나는 두 주먹을 불끈 쥐고 눈을 빛냈다. 법적으로는 어찌할
수 없다면 흠씬 두들겨주기라도 해야 마음이 한결 개운할 것
같았다.

"그자가 짐을 챙겨가지고 나가버렸어요."

박문수의 숙소를 확인한 정지혜가 혼자서 다급히 달려와 소
리쳤다.

"그 학생은?"

"방에서 울고 있어요."

"으음, 제가 여기서 지키고 있을 테니 지혜 씨는 가셔서 그
학생과 함께 있으세요. 감수성이 예민한 때라 허튼 생각을 할
는지도 모릅니다."

정지혜는 급히 마을로 돌아갔다.

매표소에 알아보니 목포로 나가는 배는 오후 6시까지 있
었다. 선착장을 이용하지 않고 나가는 방법이 전혀 없는 것도
아니었다. 소형 보트를 대절하여 흑산도까지 나갔다가 거기서
여객선을 이용할 수도 있다는 말을 들었다.

과연 박문수가 그런 방법으로 섬을 빠져나갈까를 생각했다.
교활한 작자라서 그럴 수도 있을 것 같았다.

선착장에서 몇 시간을 서성이다보니 몸도 마음도 지쳤다. 여
객선이 두어 대 떠났지만 박문수는 없었다.

'내가 너를 사회에서 매장을 시키고 말리라!'

나는 그런 생각을 하며 힘없이 마을로 발걸음을 옮겼다. 학
생을 통해서 그가 재직하는 학교를 알 수 있을 것이었다.

소녀는 울어서 눈이 통통 부어 있었다. 내가 말을 붙였지만
입을 딱 붙이고 일절 말을 하지 않았다.

나는 소녀를 달래주고 싶었다. 그래서 낚싯배를 대절하여 섬
을 한 바퀴 둘러보았다. 관광유람선으로는 미처 구경할 수 없

었던 절경들이 눈길을 끌었다.

"악몽을 꾸었다고 생각해. 미친 개에게 물린 셈치고 이제는
마음을 차분하게 가져."

나와 정지혜는 온갖 말로 소녀를 달랬다. 몇 마디의 말로써
소녀의 깊은 상처를 치유시킬 수는 없겠지만, 나로서는 그게
최선의 방법이다.

분노로 폭발할 것만 같았던 낮이 은근한 어둠 속에 잠겨들더
니 이내 깊어졌다. 소녀는 나와 정지혜와 함께 보낸 시간 속에
서 다소 차분한 모습을 찾아가고 있었다.

'세월이 모든 상처를 아물게 하리라.'

정지혜와 소녀가 잠든 후에 나는 마당의 살평상에 누워 하늘
을 우러렀다. 칠흑 같은 하늘에는 별이 쏟아져 내릴 듯 영롱하
게 반짝이고 있었다.

나로 하여금 박문수를 알게 했던 김솔향이 날이 밝으면 이
섬을 찾아올 것이었다. 그녀도 문지숙의 전철(前轍)을 밟아야
했던 소녀를 알게 되면 마음이 찢어져나갈 것이었다. 그리고
나와 박문수와의 거짓말 같은 만남에 놀랄 것이었다.

나는 슬프고도 우울한 마음으로 삶의 놀라운 우연을 생각
했다. 사람은 언젠가는 극적인 상황에서 극적인 사람을 만나게
된다는 것을, 그렇기 때문에 행하며 죄가 되는 욕망을 냉정히
다스리며 살아야 한다는 것을 새삼 깨닫고 있었다.

"쏴아아……, 쏴아아……."

밤바다에서 들려오는 파도소리가 요란하게 나의 의식을 깨워
놓고 있었다.

사냥꾼의 유형 여섯 가지

누가 뭐라해도 삶의 주제는 사랑이다. 사랑이 있음으로써 삶은 의미가 있고, 사랑이 있기에 인생은 빛난다.

세상에 사랑이 없는 인생처럼 무미 건조하고 시시한 것은 없다. 사랑하는 사람을 갖지 못한 사람처럼 외롭고 쓸쓸한 사람도 없다.

사랑의 의미는 너무도 넓고 깊고 심오하여 무어라 한 마디로 정의할 수는 없지만, 어쨌든 간에 사랑이 있음으로써 인간은 행복하다.

그런데 세상에는 사랑의 이름으로 우는 사람들이 많다. 사랑의 상처 때문에 신음하는 사람들이 참으로 많다. 사랑의 테마가 영원하듯이, 사랑의 비극 역시 영원한 것이기 때문이리라.

사랑의 비극은 단연 이성(異姓)간의 만남에 많다. 어쩌다 서로가 만나 뜨겁게 사랑하다 헤어진 자리에 남겨진 상처로 인해 울고 있는 사람은 과연 누구인가.

어느 날 밤, 나는 우연히 여관 앞에서 실랑이하는 청춘 남녀를 보았다. 이십대 전후의 남녀였는데, 남자는 여자를 여관으로 끌어들이려 하고 여자는 버티고 있는 중이었다.

"사랑하고 있으니까 상관없잖아!"

남자는 슬픈 표정으로 여자의 손을 잡아끌며 사정했다. (이것은 남자가 여자를 유인할 때 쓰는 상투적인 수법이다.) 여자는 곤혹스러운 표정을 지으며 고개를 저었다.

"나를 사랑한다는 것이 거짓말이었어?"

마침내 남자가 화를 내며 소리쳤다. (이것도 상투적인 절차의 하나이다.) 여자는 안타까운 눈빛으로 어쩔 줄 몰라했다. 남자를 진실로 사랑하고 있는 것이 분명했다.

"제발 부탁이야. 너를 사랑하기 때문에 이러는거야."

남자는 다시 사정했고, 여자는 주저주저했다. 그러기를 몇번이고 계속한 후에 끝내 그들은 여관으로 들어갔다.

나는 순진해보였던 그 아가씨의 얼굴을 지금도 잊지 못하고 있다. 그들의 관계가 지금까지 뜨겁고 진실하게 유지되고 있는지, 아니면 헤어지게 되었는지는 모른다.

전자라면 더할 나위 없이 다행이지만, 후자라면 여자는 상처를 받았을 것이다. 어쩌면 그날 밤의 관계가 그녀의 인생을 엉망으로 만들었을지도 모른다.

나는 그 아가씨를 생각하면 토마스 하디의 소설 《테스》가 떠오른다. 과거 때문에 가슴을 발기발기 찢으며 살아야 했던 그 가련한 눈동자가…….

테스의 비극은 첫날밤에 시작된다. 신랑 엔젤이 먼저 자기의 과거를 숨김없이 고백한다. 그러면서 신부의 과거를 알고 싶어한다. (대부분의 남자는 엔젤의 심리상태를 갖고 있다.)

테스는 과거가 있는 여자였다. 있는 과거를 절대로 없다고 잡아뗄 수 있을 만큼 영악한 여자도 아니었다. 그렇기 때문에 무심코 과거를 털어놓는다.

그것이 비극의 시작이었다. 테스의 고백을 들은 엔젤은 갑자기 무서운 얼굴을 하고 그녀의 고백을 원망한다. 끝내는 이해하지 못하고 별거를 선언한다.

우리는 이 대목을 유심히 주시해야 한다. 왜? 서로가 똑같은 과거를 가지고 있으면서도 엔젤의 과거는 문제가 되지 않고 테스의 과거는 문제가 되야 했는가.

실로 달갑지 않은 표현이지만, 예나 지금이나 남자들의 사고는 많이 변하지 않았다. 그렇기 때문에 〈테스〉의 비극은 오늘도 계속되고 있다. 여자의 정조관념을 생명처럼 여기는 시대는 결코 아니지만, 일반적으로 남자들이 바라는 것은 성 경험이 없는 여자들이다.

아내의 과거를 알고 끝까지 대범하게 이해할 수 있는 남자는 극히 드물다. 아무리 과거사일지언정 사랑하는 아내를 자기 혼자 독점하지 못했다는 사실에 질투의 화신이 된다.

애정 표현의 절차가 생략되고 곧바로 애욕 발산으로 이어지는 프리섹스(free sex)풍조가 이 땅 곳곳에 넘실거리고 있다. 일부 여성들은 성의 평등이 곧 남녀평등인 양 생각하는 경향도 보이고 있다.

어쨌든 그런 풍조 덕택에 향락문화가 발전에 발전을 거듭하고, 다방 수에 버금가는 수많은 여관들이 호황을 누리고 있다. 그 결과 우리는 〈고아 수출 세계 제1위 한국〉이란 불명예를 갖게 되었다.

쾌락의 산물로 양산된 사생아들이 외국으로 밀매되고 있고, 산부인과 수술대 위에 하늘로 다리를 쳐들고 누워 있는 처녀엄마들이 수두룩뻭쩍하다.

쾌락의 후유증으로 불행의 한복판에 서 있는 사람들은, 순간의 향락이 인간을 얼마나 타락의 심연(深淵)에 밀어넣는가를 뼈저리게 느끼며 통한의 눈물을 삼키고 있다.

여성은 절대로 혼자서는 임신을 하지 못한다. 분명히 임신을 시킨 상대 남자가 있다. 그런데도 결과적인 불행을 몽땅 뒤집어 쓰는 것은 언제나 여성 쪽이다.

나는 우연한 기회로 인해 숱한 미혼모들의 눈물을 보게 되었다. 사생아를 낳지 않으려고 산부인과를 찾았던 가련한 여자들의 이야기를 들었다.

내가 〈사냥꾼과 여자들〉이란 통속적인 소재로 글을 쓴 이유가 거기에 있다. 모랄이 없는 쾌락주의는 반드시 파멸을 낳는다는 사실을 알림과 동시에 건전한 연애관을 그리고 싶었다.

그런 생각에서 지금까지 나는 무척 솔직하게 나의 여행기를 쓰려고 노력했다. 나에 대한 부분을 좀더 고상한 표현으로 미화시키고 싶은 마음이 전혀 없지는 않았지만, 짐짓 용기를 내어 백일하에 나의 속물 근성을 드러내놓았다.

그것은―감히 단언하지만―대부분의 남자들이 여자 문제에 있어서는 나와 같은 사고방식을 가지고 있기 때문이다.

이야기가 다소 딱딱할는지는 모르겠지만 조금만 참고 들어주었으면 좋겠다.

순진한 여성 독자들은 이해하기 힘들겠지만, 따지고 보면 남성들의 성욕은 무척이나 슬픈 것이다. 애정이 없는 여성에게도 성욕을 느끼는―자신의 의지와는 상관없이―신체구조를 가진 것이 남성이다. 이 말을 달리 표현하면, 남자는 사랑과 성을 나누어서 생각하는 세퍼레이츠의 특성을 누구나 가지고 있다는 이야기이다.

잠시 눈을 돌려 홍등가의 밤거리를 상상해보면 이것을 좀더 쉽게 이해할 수 있을 것이다. 홍등가에는 밤이면 밤마다 어둡게 눈빛을 빛내며 서성대는 숱한 남성들의 그림자가 있다. 여기에는 애정이라고는 눈을 씻고 찾아봐도 존재하지 않는다. 단지 생리적인 배설을 위하여 돈으로 여자를 사기 위해 그러고들 있는 것이다.

순결한 여성 독자들은 그것을 상상만 해도 구토를 할 만큼 혐오감을 느낄 것이다. 남자들은 왜 그리 동물적이고 추잡하냐고 분통을 터트릴 것이다.

그러나 매춘부를 사는 남성들을 싸잡아 죄인시하는 여성이 있다면, 그것은 남성의 성에 너무 무지(無知)하다는 말로밖에 표현할 수 없다.

섹스를 밝히는 특이한 체질의 여성을 제외한 일반적인 여성은 애정과 성을 동일 선상에 놓고 생각한다. 그렇지만 남성은 그렇지를 못한다. 애정이 없는 여성과 얼마든지 성행위를 할 수 있는 것이다.

그렇기 때문에 남성과 여성은 성에 있어서만큼은 절대로 동일한 조건을 가지지 않았다고 할 수 있다. 남성에게 있어서 육의 욕망을 채우는 것은 일시적인 행위이며, 자기의 장래나 운명에 그다지 큰 영향을 미치지 않는 것이 현실이다.

그러나 여성은 다르다. 그 상대와 헤어지는 순간부터 과거가 있는 여성으로 낙인이 찍히게 되고, 자칫 잘못되면 결국 불행한 임신을 하여 미혼모가 되거나 산부인과 신세를 지게 되는 것이다.

정사(情事)에 관해서는 남자들의 말은 결코 믿을 것이 못된다. 목적을 위해서는 수단과 방법을 가리지 않는 것이 남자들의 습성이다.

그리고 한번 정복욕을 채우고 나면 그 열정이 거짓말처럼 식어버리는 것이 보통이다. 또한 한번 성적인 결합을 하게 되면, 다음의 만남은 육욕의 결합을 위한 만남으로 발전되는 것이 일반적이다. 연애의 반짝반짝하고 환상적이고 로맨틱한 감정이 빛을 잃게 되는 것은 이때부터이다.

이때부터 여자는 홍등가의 창부와 동일시되는 연인이 된다. 사랑의 충성심이나 애정 표현이 사라지는 대신 욕심을 채우기에만 급급한다.

육욕은 본래 감각적인 것이다. 여기에는 두 가지 결점을 가지고 있다. 그 한 가지는 지속력을 잃는 것이고, 다른 한 가지는 습관화 되어버린다는 것이다.

그물에 걸린 물고기에게 미끼를 던지는 낚시꾼은 없다. 연애가 즐겁고 여성의 환심을 사려고 온갖 미끼를 던지며 노력을 다하는 것은 거기에 상대의 신비한 부분이 남아 있기 때문인데, 그것은 남자의 경우에는 여자의 육체에 있다.

남자에게 정복된 여자! 그녀는 이미 미지의 존재도 아니다. 신선하지도 않다. 신비스런 수수께끼도 아니다. 그래서 싫증이 나는 것이다.

인간은 무엇인가를 소유하지 못했을 때, 그 대상을 미치도록 갖고 싶은 것이다. 그러나 오매불망 갈구했던 그 욕구가 충족되면 별것이 아니라는 것을 깨닫게 된다.

이와 마찬가지로 남자는 염치없고 주책도 없이 여자를 연속적으로 소유하고자 한다. 그러한 특질이 바로 남성의 바람둥이 기질이다.

세상에 바람둥이가 따로 있는 것이 아니다. 남자라면 누구나 기회가 주어진다면 바람둥이가 될 소질을 다분히 지니고 있다. 나도, 당신도, 그리고 저쪽에 도덕군자인 척하고 있는 교수님과 목사님도 그렇다.

바람둥이라도 다 같은 바람둥이가 아니다. 여러 가지 유형으로 나눌 수 있는데, 나는 여섯 가지 유형으로 나누어보았다. 그것을 번호를 붙여 나열하면 다음과 같다.

① 돈 주앙형

② 카사노바형

③ 박문수형(문지숙을 망쳐놓은 영어 선생)

④ 문찬빈형(김 여인을 벼랑으로 내몬 악질 제비족)

⑤ 김현호형(카바레에서 만난 여자에게 당한 남성)

⑥ 필자형

물론 이상의 분류가 완전무결해서 수학공식처럼 꼭 빈틈없이 맞아 떨어지는 것은 결코 아니다. 그러나 이러한 시도는 애정도 여성에 대한 존중심도 책임감도 없는 남자에 의해 불행해지는 여성을 제한할 수 있다는 측면에서 생각하면 유익한 일이라 할 수 있다.

나는 이 글을 쓰면서 여성들에게 '남성 불신풍조'를 조장하지 않을까 염려가 되기도 했다. 어쩌면 남성 독자들로부터 배신자라는 달갑지 않는 질책을 받게 되는지도 모른다.

그렇지만 나의 이런 생각이 기우이며 노파심이기를 진정으로 바라고 싶다. 이 장의 시작 부분에 밝혔듯이, 사랑이 있음으로써 삶은 의미가 있고, 사랑이 있기에 인생은 빛나는 것이기 때문이다.

인간이라면 항상 사랑하며 살아야 한다. 특히 청춘시대는 훗날 기쁘게 추억할 수 있는 사랑을 해야 한다. 짜릿한 사랑의 경험이 없는, 아무 인상도 없는 멍청한 청춘을 보낸 인간만큼 보잘것없는 인간이 또 있겠는가.

그러나 사랑을 맹신해서는 위험하다. 쉽게 육욕적인 사랑에 빠져서는 가슴을 칠 현상에 당면할 것이 분명하다.

사랑은 인생을 건 도박이다. 따라서 어떤 경우이든지 신중에 신중을 기하지 않으면 안 된다. 특히 여성은 지혜로운 사랑을 해야 한다.

원래 여자를 잘 건드리는 남자일수록 연애를 교묘하게 잘 한다. 여자의 심리를 꿰뚫어보면서 유혹한다. 달콤한 밀어를 잘 속삭인다.

돈 주앙형 유혹자

이미 앞에서 언급했듯이 전형적인 유혹자의 모델이다. 매우 지능적이라 할 수 있다. 누구나 호감을 가질 수 있는 매끈한 외모에 세련된 매너, 능수 능란한 화술을 구사한다.

그렇기 때문에 여성을 유혹하는 데는 자신을 가지고 있지만, 결코 그런 내색을 하지 않는다.

특색이 있다면 여성을 유혹하는 데 매우 신사적이면서도 열정적이다. 일단 사냥 목표를 정하면 거기에만 전력 투구하고 포기하지 않는다.

여성에게는 항상 남자의 주목을 받고 싶다는 본능이 숨어 있다. 여자는 남자가 유혹해주기를 기다리고 있는 상태이다. 그래서 19세기 철학자 키에르 케고르는 이런 말을 남기고 있다.

"여자의 행복이란 유혹자와 만나는 것 외에는 없다."

돈 주앙들은 이러한 사실을 알고 여자에게 접근한다. 무서울 정도로 여성심리 파악에 민감하다.

여성은 설령 마음에 들지 않는 상대가 유혹하는 경우에도 귀찮다 생각하면서 내심 기뻐한다. 남성의 유혹 그 자체가 여성의 자존심이나 허영심을 채워주기 때문이다.

　그런데 괜찮아 보이는 남자가 유혹할 때는 더이상 말할 필요
도 없다. 제 매력을 평가해주고 가치를 인정해주는데 싫어할
장사 여성은 하나도 없다.

　언젠가 커피숍에서 있었던 일이다. 나의 옆자리에 앉아 조잘
대고 있는 이십대 초반의 여성 셋의 시끌시끌한 목소리가 연해
귀에 들어왔다.

　"계속 치근치근 따라다니는 남자 때문에 미치겠어. 하루도
거르지 않고 한번만 만나달라고 통사정을 하는거야 글쎄. 어떻
게 해야 그 사람을 떼어버릴 수 있지?"

　힐끔 쳐다보니 꽤나 예쁘장하게 생긴 아가씨였다. 그녀의 표
정은 싫은 기색이 역력했고 목소리 또한 귀찮다는 느낌을 담고
있었다.

　'어떤 녀석인지는 모르지만 지겹게 따라다니는 모양이군.'

　나는 그렇게 생각하며 그 아가씨를 동정하는 마음이 생겼다.
그녀는 쉴새없이 그 남자에 대해 말했다. 그녀의 말을 종합해
보면 그 남자는 인물도 빠지지는 않는 편이고, 학벌도 좋고,
집안도 괜찮은 것 같았다. 그런데도 까닭없이 싫다는 것이
었다.

　한참 동안이나 불평을 털어놓던 그녀가 잠시 자리를 떴다.
그때 곁에 앉아 있던 다른 아가씨가 신경질적인 목소리를 토해
냈다.

　"기집애, 누구 약올리는 거야 뭣하는 거야! 꼭 그런 식으로
자랑을 늘어놓고 지랄이야."

　"원래가 그런 애잖아. 조건이 좋은 남자가 뭘 보고 저를 따
라다니겠어, 안 그래?"

　이윽고 그녀가 자리에 돌아왔다. 신나게 자리를 비운 친구를

헐뜯던 여자들은 아무 이야기도 안 했다는 처음의 표정으로 다시 수다를 떨기 시작했다. 이야기의 방향은 시종 일관 자기네들에게 치근덕거리는 남자들에 대한 것이었다.

나는 내심 그녀들의 연기력에 혀를 내둘렀다. 겉으로는 매우 친한 사이로 보였는데, 속마음은 서로가 서로를 무척 시기하고 있다는 그 사실에…….

이것이 여자인가! 이렇듯 여성들은 겉마음과 속마음이 다르다. 집요하게 데이트를 요청하는 남성에게 '치근치근하다', '끈덕지다'라고 불평을 하면서도 한 걸음 더 치근치근하고 끈덕지게 밀고 나오기를 바라고 있다.

내가 여성지 편집장으로 근무할 때 내로라 하는 돈 주앙 세 명과 자리를 함께 한 적이 있다. 편의상 그들을 K, L, P로 구별하여 말하면, K는 매우 깔끔해보이면서도 어딘지 모르게 우수에 찬 눈을 가진 남자였다. L은 강한 야성미를 풍기는 근육질의 사내였고, P는 얼굴이 무척이나 곱게―흡사 미모의 여성처럼―생긴, 그래서 다소 나약해보이는 인상의 남자였다.

그들이 상관한 여성은 평균 50명 정도가 되었다. 웬만한 지성과 미모에 자부심을 갖고 있는 여성이 바로 그들의 사냥 목표였다.

"여자들은 남자들의 관심과 친절, 그리고 열정과 끈기에 약한 족속들이지요."

L의 말에 K와 P도 동감의 뜻을 표했다.

관심과 친절, 열정과 끈기가 헌팅의 비결이었다. 그들은 결코 한두 번의 유혹으로 여성들이 데이트에 응하리라고는 생각하지 않는다고 했다.

"한두 번의 유혹에 넘어오는 여자들은 별볼일 없어요. 적어도 일곱 번 이상을 버티는 것들이 쓸만하지요."

　K의 말이었다. 프로는 프로끼리 통하는 모양인지 L과 P도 그렇다는 표정을 지었다.

　바로 그 점이 돈 주앙과 순진한 남성의 다른 점이었다.

　보통 남성들은 마음에 드는 여성에게 두세 번 정도 접근을 시도하다 안 되면 슬그머니 포기를 한다. 자존심이 상하기 때문이다. 그러나 돈 주앙들은 적어도 일곱 번을 1차 시도로 생각했다.

　"얼굴이 반반한 계집들은 터무니없이 콧대가 높은 편이지요. 값싼 여자처럼 보이기를 싫어해요. 그렇기 때문에 일곱 번 정도의 열렬한 구애로 그들의 오만한 자존심을 충족시켜줘야 하는 겁니다."

　P의 말이었다. 나는 그 말이 그럴 듯하다고 생각되어 고개를 끄떡이자 L의 말이 이어졌다.

　"대부분은 1차 시도에서 유혹되고 맙니다. 그렇지만 우리가 바라는 것은 1차 시도에 버티는 계집들입니다. 물고기로 따진다면 준척(準尺)에 해당되는데, 이왕에 사냥을 할 바에야 피래미보다는 씨알이 굵은 놈을 잡는 것이 한층 더 스릴이 있는 것 아닙니까?"

　"듣고 보니 그럴 듯하군요."

　나는 그렇게 대꾸하며 그들을 번갈아 쳐다보았다. 여자를 유혹하는 것에 삶의 재미를 느끼는, 인간적으로도 도덕적으로도 비난을 받아 마땅한 자들이었다.

　그렇지만 나는 그들의 헌팅 수법을 아는 것이 목적이었으므로 그들의 능력(?)에 감탄하면서 부럽다는 모습을 보였다.

　나의 그런 모습에 고무를 받았는지, 그들은 자랑을 하듯 앞다투어 여성을 유혹하는 수법을 공개했다.

　2차 시도의 예비 동작은 무관심이었다. 돈 주앙들은 일곱 번의 열렬한 유혹을 보내다가 갑자기 그것을 중단하고, 깨끗이 포기했다는 표정연기를 하는데, K는 이렇게 말했다.

"이때의 여성 심리는 참으로 미묘한 법이지요. 한껏 자존심과 허영심을 만족시켜주던 상대가 일순간에 없어져버리는 것이 아니겠습니까? 그것에 여자는 뭔가 도둑맞은 것 같은 심리상태가 됩니다. 뭐랄까? 심한 경우에는 오히려 유혹을 보내던 그 남자에게 배신을 당한 것 같은 기분을 느끼기도 하지요. 내심 조금만 더 열렬히 밀고 나오기를 바라고 있는데, 딱 중단을 해버리니 그 남자가 얼마나 얄밉겠어요. 안 그렇겠습니까?"

"그렇기도 하겠습니다."

"이때가 중요합니다. 무관심이 지나치게 길거나 짧으면 절대로 여자를 잡을 수가 없습니다. 상대에 따라 개인차가 있지만 보통 일주일 정도가 좋습니다."

일주일 정도 무관심을 보이다가 다시 열렬한 구애를 한다고 했다. 이때는 1차 때보다 좀더 강한 말과 행동으로 폭풍처럼 몰아붙인다고 했다.

"'잊을려고 했지만 도저히 잊을 수가 없었다. 이제는 당신을 포기할 수 없다. 결단코 당신을 포기하지 않겠다.' 이런 말은 여자의 심리와 육체를 뒤흔들어 놓기에 충분한 법입니다. 여성을 유혹할 때 1차 시도에는 어디까지나 친절하고 신사다운 태도와 함께 열정을 보여야 하지만, 2차에는 강인함과 저돌적인 행동이 필요합니다. 왜냐하면 여성의 몸에는 항상 강한 수컷을 선택하여 의존하고 싶어하는 욕망이 숨어 있는 법입니다."

그들은 마치 폭력배를 연상시킬 정도의 야성적인 면을 강조했다. 그러면 여자들은 '진짜 이 사람이 날 좋아하나봐.' 하고 생각한다는 것이었다.

그들은 그런 방법으로 숱한 여자들의 유혹에 성공했다. 세 사람 모두가 단 한 번도 유혹에 실패한 적은 없었다고, 백 퍼센트 성공률을 자랑했다.

"언제나 담백하고 이해력이 있고 이성적으로밖에 행동하지 못하는 남성은 여자들에게 인기가 없는 법입니다. 여자를 인격적으로 대우하기 때문이지요. 때로는 무례할 정도로 거칠게 다뤄주는 것을 좋아한다는 것을 잊지 마십시오."

L의 말이었다. 그 말 끝에 그는 나에게 볼을 만지기는 많이 하지만 문전처리가 미숙할 것이라고 했다. 주변에 만나는 여자는 많지만 정작 호텔로 유혹하지는 못할 것이라는 말이었다.

그건 그의 말이 맞았다. 사실 나는 은근히 연정을 품고 만났던 여자들은 많았지만, 호텔로 유인하지는 못했었다.

"여자와 만날 때 처음 세 번까지의 만남에서 적어도 손을 쥐고 키스 정도는 해야 합니다. 그렇게 하지 않으면 친구 사이로 끝나기가 쉽습니다."

K의 그 말에 이미 경험이 있던 나는 공감했다. 상대 여성에게 깍듯한 예절을 지키느라 머뭇거리다 보면 '터치 플레이'할 기회를 놓치고 마는 것이다.

돈 주앙형은 여자 사냥의 프로다. 어느 경우에도 표적이 될 만한 여성이 눈에 띄면 그냥 간과하지를 않는다. 뒤를 추적하여 여자의 직장이나 집을 알아놓고 드디어 본격적인 작전에 들어간다.

그 첫번째는 강렬한 시선을 보내는 것에서 시작한다. 불타는 듯한, 한눈에 반했다는 느낌을 여자가 알 수 있도록 무언중에 시선으로 전하는 것이다.

"여자들은 항상 남자의 시선을 의식합니다. 거리를 걷다가도, 전철이나 버스 안에서도 남성의 시선이 자기를 향하고 있는가에 대해 신경을 씁니다. 그렇기 때문에 지나가는 남자가

흘끔 뒤라도 돌아보면 그것 만으로도 이내 몸이 뜨거워지는 것
이지요. "

P의 말이었다. 나는 그 말이 진실인지 어쩐지는 확인할 수
없지만, 계속 이어지는 다음 말은 그럴 듯했다.

"여자들이 노출이 심한 대담한 복장을 서슴없이 입는 이유가
바로 거기에 있습니다. 남성의 시선을 받고 싶다, 좀더 노골적
으로 말하면 남자의 외설스런 시선을 받고 싶다는 본능적인 욕
망에서 노출을 하는 것입니다.

노출을 즐기는 여자들은 남자들의 외설스런 시선을 받으면
마치 애무를 받는 듯한 야릇한 흥분을 느끼지요. 한 마디로 시
선에 의한 짜릿짜릿한 강간을 즐기고 있는 것입니다. "

그들은 나름대로 여자를 보는 눈이 예리했다. 모두 경험에서
체득한 관상안이었다. 어떤 여자를 보면 직감적으로 유혹에 강
한지 약한지를 알 수 있고, 정조관념의 유무도 알 수 있다고
했다.

그것을 대충 여기에 옮겨보면 다음과 같다. (이 내용은 나의
졸저 《한눈으로 백발백중》에 자세히 수록되어 있다.)

●붉은 색을 좋아하는 여성은 무슨 일이든 간에 극단적인 행
동을 취하기 쉽다.

●옷의 색깔이나 형태 등을 칭찬받고 기뻐하는 여성은 성적
인 감수성이 예민하다.

●여성이 곁눈질로 볼 때는 상대방에게 강한 관심을 품고
있다는 증거이다.

●동성끼리 팔장을 끼거나 무리지어 다니는 여성은 남성의
유혹을 바라고 있다.

●여성이 이쪽 저쪽 다리를 번갈아 끼는 것은 성적욕구 불만
의 표출이다.

●앉아 있을 때 항상 오른쪽 어깨가 밑으로 처지는 여성은 정에 빠지기를 잘한다. 유부남과도 서슴없이 연애를 한다.

●팔자형의 눈썹에 눈꼬리까지 아래(뺨 방향)로 처지는 여성은 대책이 없을 정도로 남성을 좋아하고 유혹에 약하다.

●여성의 눈이 둥글고 크면 유혹에 넘어가기 쉽다.

●눈꼬리가 아래로 처져 있으면서 눈이 작은 여성은 색정에 빠지기 쉽다.

●눈동자에 항상 붉은 색이 감도는 여자는 무척이나 색을 밝힌다.

●두 눈빛에 부광(浮光 : 빛이 밖으로 드러남)이 있는 여자는 음난하고 신의를 지키지 못한다.

●눈 속에 검은 점이 있는 여자는 색골이다.

●들창코의 여성은 유혹에 약하며 정조관념이 없다.

●아랫입술이 두툼한 여성은 음란하다.

●웃을 때 위의 잇몸이 크게 드러나는 여성은 정조관념이 약하다.

●팔장을 잘 끼는 여성은 매우 이기적인 성격의 소유자로 성욕이 매우 강하다.

●음성이 유난히 고운 여성은 성욕이 강한 반면에 정조관념은 약하다.

●마치 먼 하늘을 보듯이 항상 얼굴을 위로 쳐들고 있는 여성은 음난하고 바람기가 많다.

●앉으나 서나 침착하지 못하고 안절부절 못하는 여성은 경솔하면서도 성적 욕구가 매우 강하기 때문에 남성의 유혹에 매우 약하다. 이러한 여성이 입술이 두꺼우면 동네에 시아버지가 열둘은 된다.

●처음보는 남자에게 말하기 전에 눈웃음을 치는 여성은 천

성적으로 창녀 기질을 타고났다.

내가 만난 돈 주앙들은 여성에 관한 한 관상쟁이였고, 심리학자였다. 여자의 표정과 행동에서 무엇을 원하고 있는가를 알아차리고 처세했다. 임기응변에도 매우 능했다.

매력이 철철 넘치면서도 친절하고 열정적인 남자, 그러면서 남성적인 강인함이 엿보이는 남자, 어딘지 모르게 데이트에 능수 능란한 남자는 한번쯤 돈 주앙으로 의심해보는 것이 좋다.

카사노바형 유혹자

이 유형은 동물로 따진다면 잡식성(雜食性)에 해당한다. 여자라면 콩과 팥을 가리지 않는다. 치마를 둘렀고, 기회가 닿는다면 망설이지 않고 유혹부터 하고 본다.

돈 주앙과 다른 점이 있다면 속전 속결을 좋아한다. 시간이 많이 걸리거나 공략하기 힘든 상대와의 승부는 피한다.

나의 국민학교 동창 중에 대표적인 카사노바가 있다. 그의 말로는 상관한 여자가 족히 일천을 헤아린다고 자랑처럼 말하는데, 대폭 깎더라도 삼백 명 정도는 넘을 것이다.

별로 질이 좋지 않은 친구이기에 동창들에게도 경원시되는 놈팽이이다. 나도 그를 달갑게 생각하지는 않고 있지만, 어쩔 수 없이 만나게 되는 경우가 있다.

생김새는 제법 말쑥한 편이다. 헌칠한 키에 남자다운 외모, 그리고 언변이 좋다.

국민학교를 졸업하고 유흥가에서 잔뼈가 굵은 놈이라 약기가 이루 말할 수 없다. 사기성이 농후하고 여자를 잘 후린다.

우리 친구들은 그를 보고 '개차반'이라 부르는데, 그와 잘 어울리는 동창들은 '걸 헌터(girl hunter)'라고 부른다. 즉 여자 사냥꾼이다.

어느 해 겨울 밤, 향우회에 참석했다가 그를 만나 스탠드바에 들어가게 되었다. 나와 헌터, 그리고 나와 절친하게 만나고 있는 동창 둘 해서, 합이 넷이었다.

"우리끼리 술을 마시면 무슨 재미가 있나. 친구들, 잠깐만 기다리게."

헌터는 잠시 후, 네 명의 여자들을 데려왔다. 썩 미인들은 아니었지만 그런 대로 괜찮은 용모를 소유한 이십대 초반의 아가씨들이었다. 차림새나 행동으로 보아 결코 배움이 많은 여자들 같지는 않았다.

"자, 인사들 하세요. 이 친구는 ××지청에 있는 이 검사님이고, 이 친구는 ×××방송국에 근무하는 PD이고……."

헌터가 우리를 소개하는 말에 나와 친구들은 내심으로 혀를 내둘렀다. 헌터는 우리에게 한 마디 귀띔도 없이 신분을 바꿔놓고 있었다. 졸지에 나는 검사가 되었고, 다른 친구는 각각 PD와 의사가 되어버렸다.

내가 곤혹스런 표정으로 쏘아보자 헌터는 껄껄 웃으며,

"허허허……, 친구! 내가 자네의 정체를 불쑥 밝혔다 해서 노여워하지 말게나. 자네는 너무 고지식한 것이 탈이야. 오늘 같은 날은 품위를 세우려고만 하지 말고 인간적으로 어울리는 것이 좋지 않겠는가."

하고 말하면서 여자들에게 시선을 돌렸다.

"우리 친구들 중에서도 가장 출세한 친구입니다. 보시다시피 공부벌레여서 도통 멋을 부릴 줄 모릅니다."

나는 헌터의 언변에 새삼 놀랐다. 내가 생각해도 진짜 검사처럼 생각될 정도였다.

그의 언변은 그야말로 청산유수였다. 그는 우리를 은근슬쩍 추켜세우면서 아가씨들을 살살 구슬렸다. 이윽고 여자들은 헌터의 말에 젖어들었다.

시간이 흐르면서 술병이 많이 비워졌다. 우리 일행도 취했지만 여자들도 적당히 흔들거리고 있었다.

"바에 왔으니 춤을 춰야지."

블루스 음악이 흐를 때 헌터가 말했다. 가짜 의사와 가짜 PD는 파트너와 함께 나갔지만, 나는 고개를 가로저으며 술잔을 들었다.

사실 나는 블루스를 출 줄 몰랐다. 괜히 나섰다가 망신을 당할 것 같아서 거절했는데, 그것도 모르고 헌터는 억지로 나의 손을 잡아끌었다.

"자네가 자꾸 그러면 미스 김이 외롭지 않은가!"

나의 파트너는 아주 짧은 미니스커트의 미스 김이라는 아가씨였다.

춤을 추려고 그녀를 안았다. 몸매의 탄력이 대단했다. 그녀의 볼록한 가슴의 감촉이 내 가슴에 전달되었을 때 짜릿한 세포의 전율이 일었다.

"검사님은 이런 곳에 잘 오시지 않나 보죠?"

미스 김이 속삭였다. 나의 춤실력이 너무도 서툴기 때문에 하는 말 같았다. 나는 나 아닌 나를 호칭하는 '검사님'이란 말이 부담스러워 건성으로 고개 대답을 하고 춤추는 사람들을 둘러봤다.

가짜 의사와 가짜 PD는 그런 대로 춤을 추고 있었다. 나와 눈이 마주친 헌터가 찡긋 신호를 보내왔다.

헌터의 파트너 미스 리는 숫제 상대의 가슴에 얼굴을 파묻고 있었다. 좀 애매 모호한 표현을 빌자면, 어두침침하고 야리꾸

리한 조명 아래서 헌터는 내놓고 미스 리를 노골적으로 애무하
고 있었다.

헌터가 다시 신호를 보냈다. 나에게도 자기처럼 하라는 신호
라는 것을 알아차릴 수 있었다.

나는 헌터를 곁눈질로 보았다. 헌터는 미스 리의 엉덩이를
쓰다듬었다. 나는 마른침을 꿀꺽 삼키고 나서 미스 김의 엉덩
이에 손을 댔다. 감촉이 좋았다.

헌터는 엉덩이를 쓰다듬던 손에 힘을 주어 하체를 바싹 밀착
시켰다. 나도 그랬다. 그때 나는 여자의 굴곡이 느껴졌기 때문
에 정신이 아찔했다.

헌터는 미스 리의 귀에 입술을 갖다대고 뭔가를 속삭였다.
나도 미스 김의 귀에 입술을 갖다댔다. 그러나 헌터가 뭐라고
말했는지를 몰라 그냥 가쁜 숨결만 불어넣었다. 그러자 이상하
게도 미스 김의 숨결이 거칠어지기 시작했다.

미스 김의 거친 숨결은 나의 남성을 한없이 자극했다. 절로
음탕한 생각들이 떠올라 머리 속이 혼란했다. 이 밤 잘만 하면
미스 김과 엔조이할 수도 있을 것 같았다.

그런 생각 저런 공상을 하고 있을 때 블루스 음악이 끝났다.
조금 아쉬운 감이 있었지만 자리에 들어와 앉았다.

"친구들, 우리 여기서 이럴 것이 아니라 자리를 좀더 좋은
데로 옮기세."

자리에 앉자마자 헌터가 우리에게 말하고 나서 아가씨들을
보고 은근히 속삭였다.

"괜찮겠죠? 우리들의 수준에 맞는 우아한 곳으로 가서 한잔
더 합시다."

헌터는 '우리들의 수준에 맞는 우아한 곳'에 억양을 넣어 그
네들을 유혹했다. 내 귀에도 그 말이 제법 그럴싸하게 들렸다.

아가씨들은 별로 싫어하는 기색이 아니었다.

'이럴 수가!'

나는 다시 한 번 혀를 내둘렀다. 시계를 보니 거의 자정이 다 된 시간이었다. 그 시간에 갈 수 있는 우아한 곳이란 어떤 곳인가가 궁금했다.

"어때, 쉽게 팬티를 내릴 값싼 계집들이야. 그러니 재미 좀 보자구."

아가씨들의 귀가 미치지 않는 틈을 타서 헌터가 우리에게 속삭였다.

"대체, 네가 말하는 우아한 곳이 어디야?"

나는 목소리를 낮춰 궁금하게 생각하고 있던 것을 물었다. 헌터는 '이 바보야'하는 표정을 하고 속삭였다.

"어디긴 어디겠어! 바로 거기지."

'바로 거기'가 어디인가? 나는 한참 동안 생각했다. 그렇지만 도무지 알 수가 없었다.

밖으로 나온 헌터는 우리를 어디론가 안내했다. 그제서야 나는 '바로 거기'를 알 수 있었다. 그곳은 놀랍게도 삼류 호텔의 문턱이었다.

헌터는 비틀거리는 미스 리의 허리에 손을 두르고 거리낌 없이 호텔로 들어갔다. 그것을 본 우리들도 치기가 동하여 그의 뒤를 따라 들어갔다.

헌터 덕분에 뜻하지 않게 하룻밤 풋사랑을 나눈 그날 이후 우리는 그의 놀라운 능력(?)을 인정하지 않을 수 없었다.

그는 여자가 생각나면 대체로 유흥장에서 조달하는 카사노바였다. 여자를 유혹할 때는 온갖 감언이설로 살살 꼬드겼다가 기회를 봐서 호텔로 이끌었다.

"배짱이 있어야 여자를 품을 수 있는게야. 마음에 들면 과감

히 접근해서 유혹해보라구. 잘 되면 좋고, 밑져도 본전 아니겠
어?"

헌터가 여자를 유혹하는 방법이다.

이처럼 카사노바들은 뻔뻔하고 유들유들하다. 무작정 유혹
했다가 걸려들면 농락한다.

박문수형 유혹자

지위를 이용하여 여성들을 농락하는 유혹자들이다. 스승이
제자를, 사장이 여사원을, 상사가 부하를, 목사가 신도를 유린
하는 경우가 여기에 해당된다.

둘의 관계는 수평적인 관계가 아닌 수직적인 관계라 할 수
있다. 그렇기 때문에 늘 여자가 약자다.

가르치거나 명령을 내리는 쪽과 배우거나 명령을 받는 쪽은
매우 밀접한 관계를 맺고 있다. 이것이 유혹자의 교활성과 음
흉성이 쉽게 접근할 수 있는 환경이다.

이 유형은 매우 치밀한 계산 아래 여자를 유혹한다. 결코 우
발적으로는 유혹하지 않는데, 그 이유는 독특한 인간관계 때문
이다.

만약 유혹을 했다가 실패하는 날에는 매일 만나다시피하는
둘의 관계가 껄끄러울 수밖에 없다. 유혹자는 그것을 염두에
두고 있기 때문에, 단 일격에 여자를 정복할 치밀한 계획을 세
우는 것이다.

일전에 경리 사원을 여관으로 유인하였다가 반항하자 목졸라
죽인 중소기업 사장이 구속되었다.

경찰의 수사 발표에 따르면 그는 상습범이었다. 경리 사원이

석 달이 멀다 하고 바뀌었는데, 그 수법은 이러했다.

신문 광고를 내어 경리 사원을 모집한다. 응시자 중에서 가장 얼굴과 몸매가 빼어난 어린 아가씨를 능력과 상관없이 채용한다.

처음 한 달 동안은 정말 자상하게 대해준다. 그러다가 어느 날 갑자기 근무시간에 외부에서 전화를 한다. 급한 일이 있으니 은행에서 돈을 인출하여 어느 호텔 몇 호실로 나오라고 다급히 지시한다.

사장의 다급한 전화 목소리를 들은 경리 사원은 부랴부랴 은행에서 돈을 인출하여 호텔로 나갈 수밖에 없다. 그랬다가 느닷없이 강간을 당하곤 했던 것이다.

이 유형의 유혹자들은 무척이나 비인간적이고 파렴치하다. 함정을 만들어놓고 유혹하기 때문에 순진한 여성들은 어이없이 당하기 쉽다. 만약 심하게 반항하면 뒷감당(매일 만나야 하므로)이 두렵기 때문에 살인까지 하는 경우도 있다.

여성들은 수직적인 관계의 남성과 단둘이 만나야 할 경우에는 항상 "왜?"라는 의문을 갖을 필요가 있다.

문찬빈형 유혹자

흔히 이 유형을 '제비족'이라 한다. 일본말 '쯔바메(つばめ; 제비)'의 역어(譯語)에서 유래된 말인데, 여성에게 붙어 사는 남자를 일컫는다.

이들의 활동 무대는 일반적으로 카바레와 같은 유흥업소이다. 그러나 택시기사나 외판원 등도 간혹 있기 때문에 정숙한 가정주부들도 걸려들기 쉽다.

이들의 수법은 거의가 대동소이하다. 남편이 있는 여자를 유혹하여, 혹은 강제로 정을 통한 후에 그것을 미끼로 협박하는 것이다.

어떤 형식으로든 몸을 망친 주부는 그것이 큰 약점일 수밖에 없다. 그 약점을 남편과 자식들에게 폭로하겠다고 나설 때 여자는 속수무책, 그 비밀을 유지하기 위해서 돈을 갖다 바치고 계속 몸을 망친다.

협잡꾼들의 요구는 한도 끝도 없다. 매번 '이번만 이번만' 하면서 돈을 뜯어내지만 그들에게는 공염불이다.

그들에게는 인격이 없다고 봐도 무방하다. 여자가 파멸할 때까지 거듭거듭 돈을 요구한다. 여자도 처음에는 비밀의 폭로가 두렵기 때문에 남편 몰래 빚을 내서라도 그의 입을 막으려고 한사코 노력하지만, 한계가 있는 법이다.

결국에는 벼랑 끝에 몰려서야 경찰에 신고를 하거나 가출을 한다. 심한 경우에는 자살하는 경우도 많다.

나는 이 글을 쓰기 위해서 서울 시내에 산재해 있는 몇 군데의 카바레에 들러봤다. 그곳에는 외모가 번지르르한 남자들과 가정주부로 보이는 수많은 여성들이 우글거리고 있었다.

남들은 땀흘려 일하고 있을 대낮에 남녀가 부둥켜 안고 스텝을 밟고 있는 그들은 누구인가? 일하지 않고도 충분히 먹고 살 재산이 있는 유한족(有閑族)인가, 아니면 건전한 사교를 위하여 애쓰는 군상(群像)들인가가 궁금했다.

좀 가혹한 표현이지만 대낮에 그런 곳에 드나드는 남녀치고 제대로 정신이 박힌 사람은 없을 것이다. 틀림없이 그들 중에는 버젓한 가정과 남편이 있음에도 불구하고 춤바람난 여편네가 대다수일 것이고, 덩달아 그네들의 등을 쳐서 먹고 사는 제비족이 절반 이상을 차지하고 있을 것이다.

문찬빈형의 유혹자들은 여성을 유혹하는 그 자체를 직업으로 생각하고 있는 경우가 많다. 유부녀가 걸리면 야금야금 돈을 뜯어내 집도 사고 최고급 승용차를 굴리고 자식 교육도 시키고 있는 것이다.

"남편에게 전화할까?"

그들의 이 한 마디에 하늘이 무너져내리는 것처럼 눈앞이 캄캄해지는 유부녀들이 수두룩뻑쩍하다. 이 악질적인 유혹자에게 걸린 유부녀들의 불행은, 파멸한 후에서야 덫에서 벗어날 수 있다는 데에 있다.

유혹의 손길에 걸려들지 않는 방법은 불륜의 음모가 도사리고 있는 장소에 출입하지 않는 것밖에 없다.

김현호형 유혹자

앞서 소개한 네 가지 유형의 유혹자에 비하면 매우 인간적이라 할 수 있다. 남자들치고 이런 이유 저런 핑계로 홍등가 출입을 한 번도 안 해본 경우는 별로 없을 것이다. 따라서 화류계 여성들과 상습적으로 상관한 남성들은 이 유혹자의 범주에 속한다.

화류계 여성들은 직업적으로 남자와 관계를 맺는 경우가 많고, 남자들은 생리적인 배설과 쾌락을 위해 돈으로 여성들을 유혹한다.

이 유혹자들은 상관한 여성에 대한 하등의 책임감을 느끼지 않는다. 그리고 곧 잊어버린다. 잠시 몸을 빌린 값을 돈으로 환산하여 지불했기 때문이다.

"만약에 우리들이 없다고 생각해보세요. 세상에 얼마나 많은 성범죄가 생길 것인가를……."

어느 창녀의 말이다. 자기 합리화에 대한 변명에 불과하지만, 이 말을 전적으로 무시할 수는 없다.

홍등가는 필요악(必要惡)이다. 한 여자(아내)로는 만족할 수 없는 유부남들, 주체할 수 없는 성욕에 어쩔 줄 모르는 미혼 남성들이 큰 죄책감없이 욕망을 채울 수 있는 유일한 통로라고 할 수 있다.

그렇다고 해서 이 유혹자들이 도덕적인 측면에서 면죄부를 받을 수도 없다. 매음(賣淫) 자체가 인간의 존엄성에 대한 파괴이며, 종교상의 전통 위에 구축된 사회의 인습에 역행하는 일이기 때문이다.

필자형 유혹자

매력 있는 여성을 보고도 아무런 감정을 느끼지 못하는 남성이 있다면, 그는 이미 남자가 아니다. 신(神)의 경지에 이르렀거나 아니면 성 기능을 상실한 사람일 것이다.

건강한 남자가 매력있는 여성에게 이끌리는 것은 어쩔 수 없는 인간적인 본능이다. 이 본능적인 야릇한 욕구는 굉장히 강한 것이어서 갑자기 나의 몸과 마음을 들쑤셔 엉망으로 만들어 놓곤 한다.

거리를 걷다가 앞서 걷는 여자의 도발적인 히프의 씰룩임을 볼 때, 전철이나 다방 등에서 노출이 심한 옷을 입고 앉아 있는 미인을 볼 때, 또한 조금이라도 마음에 드는 여자를 만날 때의 나의 감정은 결코 편안치 못하다. 만지거나 더듬어보고 싶고, 키스를 하고 싶고, 껴안아보고 싶고, 앞가슴에 손을 넣어보고 싶은 욕구가 일어난다.

분명히 아내가 있지만 다른 여자에게 눈이 가는 것은 사실이다. 때로는 내가 부도덕하고 음탕한 사람이어서 그런 것이 아닌가 하고 생각할 때가 많다. 다른 사람들은 어떻게 생각하고 있는가가 한없이 궁금하기도 했다.

남자라면 모두들 나와 같은 욕구를 느낄 것이라는 심증은 가지만, 한편으로 혹시하는 생각이 들었다. 그래서 사회적으로 존경받는 인사들을 만날 기회가 있을 때 조심스레 그 문제를 꺼내 그들의 심리를 알아내려고 노력했다. 이름만 밝히면 누구나 알 수 있는 학자와 문인, 그리고 성직자들이 그들이었다.

대답을 회피하는 사람도 더러 있었지만 대개 솔직한 답변을 해주었다. 그들도 역시 나와 비슷한 마음의 동요를 느낄 때가 있었다.

나는 비로소 야릇한 욕망에 대한 정의를 내릴 수 있었다. 남자라면 누구나 여자에 대한 욕망에서 자유로울 수 없지만 나름대로 극복하고 있다는 사실을.

나는 유교적 관습을 지닌 사람이기에 보수적인 도덕관에 지배되어 살고 있다. 그러나 그것을 곧이곧대로 지키지는 못하고 있는 것이 사실이다.

우연한 기회에 매력적인 여자를 만나면 유혹하고 싶어지는 것이 보편적인 남자의 마음이다. 그렇지만 여기에 대한 반응은 크게 두 가지로 나눌 수 있다. 그 한 가지는 유혹을 시도해보는 경우이고, 다른 한 가지는 자제하는 경우이다. 도덕성을 놓고 따지면 전자는 부도덕자라 할 수 있고 후자는 도덕자가 된다.

평상시에 나는 분명 후자에 속하는 사람이지만, 그때 여행 중에는 전자에 속했었다.

"여행의 해방감이 나를 유혹자로 만들었다."

이렇게 변명하고 싶지만 지금은 변명할 상황이 아닌 것 같기에 솔직히 고백한다.

이 유형은 아주 애매 모호한 유혹자라 할 수 있다. 유혹을 시도하면서도 상대의 반응에 매우 세심한 주의를 기울인다. 그것은 거절을 당하는 것이 두렵고, 설령 유혹에 성공하더라도 뒤책임을 생각하기 때문이다.

도덕을 알고 있기에 양심의 가책을 받는다. 그러면서도 기회가 온다면 끝내 마다하지는 않는다. 다른 특색이 있다면 우연히 관계를 맺은 여자 때문에 자기를 희생시키는 경우는 절대로 없다.

어디까지나 뒤탈이 없기를 바라고 있다. 이 말은 한 순간의 외도와 가정의 소중함을 뚜렷이 구별하는 냉정함을 가진 유혹자라는 이야기이다.

세상에는 의외로 이 유형의 유혹자가 많다. 아내 몰래 슬쩍슬쩍 바람을 피우면서도 제 가정을 무척 소중하게 건사한다. 때문에 아내들은 '내 남편은 절대로 한눈 팔 사람은 아니다'라고 굳게 믿고 있는 것이다.

애매모호한 유혹자는 바람의 속성을 지니고 있다. 순진한 여성들이 사랑하는 마음을 바쳤다가는 상처를 받기 쉽다. 언젠가는 반드시 제 가정으로 훌쩍 돌아가버리기 때문이다.

이상으로 유혹자의 여섯 가지 타입을 대충 소개했다. 독자들이 실례를 붙이고자 생각하면 더 많이 붙일 수가 있을 것이지만, 대부분의 남자들은 이 범주에서 많이 벗어나지를 못한다.

남녀가 만나서 나누는 달콤한 밀애는 즐겁기 그지없다. 연애에 빠져 있을 때 삶은 반짝이는 것이고, 행복은 물결처럼 출렁이는 것이다.

사랑은 소중하고도 아름다운 감정이다. 이것은 아무리 강조해도 지나침이 없다. 중요한 젊은 이 아름다운 감정은 보통 노력으로는 지켜지질 않는다는 사실이다. 흔히 사랑에 빠지면 그 사랑이 영원할 것으로 믿는 데에 무서운 마성(魔性)이 도사리고 있다.

그러나 영원한 사랑이란 흔히 있는 일이 아니다. 오래 참고, 오래 기다리고, 한없이 이해하는 가운데서만 비로소 피어나는 꽃이다.

유혹자들의 속닥속닥 귓속말에 값싸게 스커트를 내리는 가운데서는 진실한 사랑이 절대로 싹틀 수 없다. 한없는 애정과 동경이 육체의 본능적인 욕망을 억누를 때 사랑은 고귀하게 승화(昇華)되는 것이다.

지은이 ǀ 이 명 수
소설가 · 희곡작가, 전남 해남 출생.
한국희곡작가협회, 순수문학회, 탐미문학회 회원.
〈효과적인 대화와 인간관계〉, 〈유머와 화술의 대인관계〉,
〈나는 노무현식 바보가 좋다〉, 〈사람을 읽는 법〉, 〈효(孝)
를 읽는 법〉, 〈공처가 별곡〉, 〈어느 미혼모의 가슴 아픈
이야기〉, 〈귀곡성〉, 〈입-여자에게 주는 99가지 충고〉, 〈동방
우화 ①②〉, 〈불교우화〉 등 저서가 있음.

어느 미혼모의 가슴 아픈 이야기

2014년 02월 10일 인쇄
2014년 02월 15일 발행

지은이   이 명 수
펴낸이   김 용 성
펴낸곳   지성문화사
등 록   제5-14호(1976. 10. 21)
주 소   서울 동대문 신설동 117-8 예일빌딩
전 화   02)2236-0654, 2236-5554
팩 스   02)2236-0655, 2236-2953